140F.

LA MÉ
d'C
est le cinquai ...neuvième ouvrage
publié chez
LANCTÔT ÉDITEUR.

D1424644

LA MÉMOIRE DES DORIAN

Olivier Garnier

LA MÉMOIRE DES DORIAN
roman

LANCTÔT
ÉDITEUR

LANCTÔT ÉDITEUR
1660 A, avenue Ducharme
Outremont, Québec
H2V 1G7
Tél. : (514) 270-6303
Téléc. : (514) 273-9608
Adresse électronique : lanedit@total.net
Site internet : http ://ww.total.net/~lanedit/

Illustration de la couverture :
Gérard

Maquette de la couverture :
Gianni Caccia

Mise en pages :
Folio infographie

Distribution : PROLOGUE
Tél. : (514) 434-0306/1-800-363-2864
Téléc. : (514) 434-2627/1-800-361-8088

Distribution en Europe : Librairie du Québec
30, rue Gay-Lussac
75005 Paris
France
Téléc. : 43 54 39 15

Nous remercions le Conseil des arts du Canada de l'aide accordée à notre
programme de publication. Lanctôt éditeur remercie également la Sodec,
du ministère de la Culture et des Communications du Québec, de son
soutien.

À ma mère, Danielle Opyt,
et à Diane Raymond
pour leur aide,
leurs encouragements et leur amour.

«Alors il sauta encore des lignes pour devancer les prophéties et chercher à connaître la date et les circonstances de sa mort. Mais avant d'arriver au vers final, il avait déjà compris qu'il ne sortirait jamais de cette chambre, car il était dit que la cité des miroirs (ou des mirages) serait rasée par le vent et bannie de la mémoire des hommes à l'instant où Auréliano Babilonia achèverait de déchiffrer les parchemins, et que tout ce qui était écrit demeurait depuis toujours et resterait à jamais irrépétible, car aux lignées condamnées à cent ans de solitude, il n'est pas donné sur Terre de seconde chance.»

GABRIEL GARCÍA MÁRQUEZ
Cent ans de solitude

Chapitre premier

Nous attendions mon grand-père chaque année, les uns avec impatience, comme ma mère, les autres avec inquiétude, comme mon père, ou enfin avec curiosité, comme moi. Notre demeure amarrée au bord du lac Moirand, d'habitude occupée à regarder passer de paisibles familles de cygnes, semblait un dormeur réveillé d'un lourd sommeil à l'approche de l'ancêtre. Les murs s'ébrouaient, éclaboussés de paroles incompréhensibles, les malles bâillaient sur des antiquités amassées là depuis trois générations, on allait même jusqu'à déranger le poulailler dont on invitait de force un des membres à garnir une vaisselle précieuse arrachée à sa pensive léthargie. Remuant le ciel, la terre et beaucoup de meubles, nous parcourions la baraque, qui répondait par mille bruits de souris affolées, de vases renversés, de valises retournées. Nous remontions au jour des légions de vieilleries oubliées, guirlandes de dentelles, lampions à l'accordéon démantelé, portraits craquelés, théières décapitées, ébréchées, roses, une lunette de marine fendue, un jeu de dominos édenté, un train à vapeur sans rail, et nous examinions ces reliques d'un air grave, ma mère et moi, cherchant le bon endroit, impressionnés par l'importance de notre décision, tandis que l'excitation nous gagnait petit à petit. Nous lancions de timides hypothèses, bientôt suivies par de

franches certitudes aussitôt reconsidérées, cela s'ampli-
fiant en une sorte de joute de décorateurs déments,
chacun parlant plus haut que l'autre, pour terminer le
débat en une course folle et poser le xylophone africain
sur un rebord de fenêtre.

Parfois, au détour d'une caisse-oubliette, je voyais
ma mère rosir en extirpant un soutien-gorge ou une
gaine bordée de dentelle noire, et je me demandais
pourquoi son air confus me la rendait adorable à moi,
garçonnet de dix ans, peu sensible aux secrets de l'érotisme du siècle dernier. D'un mouvement de la main elle
m'envoyait illico enrouler une guirlande sur le ponton
de notre barque, pressée de demeurer seule avec ses
souvenirs, un mouchoir blanc serré dans sa menotte et
les yeux déjà humides. Je filais sans me retourner, croi-
sant mon père qui dérivait dans ce capharnaüm comme
dans un port encombré un pétrolier sans remorqueur.

Dès que je me montrais dehors, une dynastie de
canards glissait vers moi, l'escouade rayait la surface de
Moirand d'un seul sillage. Ils me surveillaient sans mot
dire, l'œil chargé de questions, la tête inclinée parfois
quand, mon colifichet à la main, je tâchais de l'accrocher à la plus haute pile de notre embarcadère. Je comprenais que si d'ordinaire nous étions de bonne compagnie, ils n'appréciaient plus autant notre voisinage. En
général, ils restaient jusqu'à la fin de l'opération, espérant que le lumignon qui distillait une auréole multi-
colore sur leur plan d'eau cracherait des miettes de pain
et de pop-corn à force de patience. Enfin, comme je
repartais vers la maison, ils abandonnaient leur faction et
se retiraient d'une allure digne et offensée.

Souvent, je m'arrêtais un instant pour admirer la
progression de nos travaux, étonné que le domaine des
Dorian puisse quitter sa sévérité granitique dès l'apparition de quelque babiole baroque. Un simple panda en

peluche, l'oreille basse mais le sourire satisfait, assis sur une marche aux côtés d'un cheval de bois, sortait cette façade millénaire de son austérité aristocratique pour la propulser dans le royaume du fantastique. En vitesse je corrigeais une ou deux imperfections, plaçais une geisha au parapluie décharné vers le portrait d'Humphrey Bogart par exemple.

Je retrouvais ma mère la tête dans un autre tas de frusques qui m'accueillait avec sa dernière trouvaille à la main. Elle exhibait un masque vénitien au nez cassé, un chapeau de mousquetaire orné d'une plume de paon ou une arquebuse qu'elle épaulait soudain en direction d'un mannequin cul-de-jatte qu'elle tuait de deux « Pan, Pan ! » et d'une petite poussée de la main. Les armoires du château Dorian recelaient une quantité inouïe de rêves, de jeux, de leçons. Ainsi, tandis qu'elle brossait une queue-de-pie galeuse dont la poussière naphtalinée me faisait tousser, ma mère me racontait le triomphe de son bisaïeul, le virtuose Abélard Dorian, lors de sa prestation devant le roi d'Angleterre, le vieil anarchiste tout heureux de multiplier les fausses notes pour ces têtes couronnées. Et son arrière-petite-fille, dont les qualités musicales ne dépassaient pas le premier couplet de *Au clair de la lune*, de feuilleter la partition des sonates de Schubert d'un geste tendre.

Nous aurions pu passer des heures dans l'histoire de la dynastie Dorian, sautillant d'une époque à l'autre au hasard des rencontres, mais la voix de mon père soudain perçait le plancher, lui qui n'était qu'un Longchaland, et d'un ton bref s'informait si nous comptions redescendre un jour. Abandonnant nos précieuses découvertes au milieu d'un inventaire, nous volions vers lui. D'un commun accord, nous nous élancions dans ses bras comme si nous revenions d'un long voyage et avions craint de ne plus le revoir, lui faisant perdre l'équilibre sous le choc et emportant du même coup une guirlande de Noël dans notre chute. Il ne nous disputait pas, caressait nos têtes, troublé. Il nous pardonnait tout, toujours, le bon Étienne. Sa grosse figure de maquignon nous contemplait, le sourire dissimulé sous la terrible moustache, jusqu'au moment où ses fossettes creusaient des vallées de rires au coin de ses joues. Alors il se dépêtrait de notre amour, tendait une main galante vers sa femme, la débarrassait d'un bout de crêpe pris dans ses cheveux et déclarait que le repas nous attendait.

Dans la salle à manger, un assortiment de sandwichs gardait la table, escorté par un régiment de sauces toutes faites. Nous dévorions ces victuailles en contant nos voyages. Étienne tentait d'endiguer le flot de nos récits avec deux ou trois remarques terre à terre, mais le barrage rompait sous la pression et il tournoyait bientôt au milieu de nos exclamations comme un bouchon sur une rivière déchaînée. Finalement, il reposait pour la centième fois la Fatidique Question : « Quand donc arrive Aimée ? » Et l'échéance approchant, il frémissait en entendant la réponse. Cependant, cette manœuvre, pour douloureuse qu'elle lui fût, ne manquait jamais son effet car, muets illico, ma mère et moi nous demandions si tout serait prêt à temps. Ainsi, Étienne Longchaland obtenait la paix pendant dix bonnes minutes.

□

La plaine de Lélut abrite une population d'hommes et de chats. Les uns s'occupent à cultiver la riche terre de cette vallée, les autres vivent de leurs secrètes lueurs, une patte sur l'oreille et l'œil aux aguets. Les hommes donnent à une région son identité, mais les chats lui donnent sa noblesse.

Ainsi, quand le printemps éclate en bourgeons poisseux, on croit voir mille yeux félins se balancer au bout des branches. En plein été, le blé semble onduler sous la caresse du vent comme le poil d'un matou sous la main de son maître. À l'automne, quand les forêts s'allument de feux multicolores, leurs reflets chatoient comme des fourrures souples et vivantes. Enfin, l'hiver, avec ses courbes élastiques, ses angles amollis, gommés par les rondeurs de la neige, suggère des échines de chats déployées sur le paysage.

— N'as-tu pas remarqué la démarche des chats? me demandait ma mère. Quand ils s'avancent, la planète semble venir à eux. Ce ne sont pas eux qui se déplacent, c'est la mappemonde qui roule.

Nous, isolés dans le bois de Fauvel, nous en connaissions une bonne douzaine qui ronronnaient dans nos jambes, miaulaient leur peine à l'aube, animaient notre retraite d'une présence féerique et malicieuse. Dès le grand matin, ils accouraient à la gamelle, la transformant en soucoupe volante à antennes ondoyantes, leurs queues dressées autour de la jatte. Ces dignes animaux, avec leur fierté obséquieuse, se chargeaient de nous annoncer l'arrivée de mon grand-père. Au bout de la route s'amenait une sorte de pâtre qui évoluait au milieu d'un troupeau de nobles quémandeurs auxquels il distribuait de temps en temps des pincées de sandwichs ou les restes d'un pain au chocolat. Cette levée de moustaches frémissantes le précédait d'une dizaine de mètres.

Dès que je l'avisais, dédaignant de l'accueillir moi-même, je courais à la maison, dans laquelle, au seul cri de « Le voilà! », ma mère bondissait sur ses pieds. Une main sur son cœur, barbouillée de poussière, elle se précipitait à la rencontre de sa jeunesse dans les bras du marcheur. Elle s'élançait depuis le seuil pour lui sauter au cou après trente mètres de course, que le brave homme en aurait pu tomber, mais il restait debout, solide comme un chêne, heureux de cajoler sa petite fille. Je suivais d'une courte longueur et, d'une flexion de la colonne, il me soulevait au-dessus du monde, ma mère enfouie dans son cou tandis que les nuages tournaient au son de ses vivats.

Ensuite, petit rituel, il léguait aux chats les restes de son casse-croûte, vidant ses poches de toutes miettes importunes, quoique cela fût loin d'être suffisant pour obtenir leur pitié. Mais il leur promettait force festin dès qu'il aurait gagné la maison, «n'est-ce pas, Séverine?» Et chaque fois j'éprouvais une gêne ridicule en entendant le prénom de ma mère.

Ils partaient tous les deux, se chuchotaient d'urgentes confidences tandis que derrière, la valise collée à mes pieds, je grimaçais les deux mains sur la poignée. J'aurais voulu acheminer seul ce bagage nonobstant mes dix ans et ma petite taille. Je m'essayais de tout mon cœur jusqu'à ce que mon grand-père s'avise d'une absence, me repère près de la charge et se précipite à mon secours. Il arrachait le quintal sans y penser, lui, jurant à «Séverine» que j'étais sur le point de me couper la langue et qu'on pouvait compter les veines de mon cou. Il prenait mon menton dans sa main libre et m'assurait qu'un jour je brandirais la lune au-dessus de ma tête.

— Mange des bananes, me conseillait-il.

Étienne, sur notre seuil, la poitrine arrogante, arborait des moustaches courageuses. Bien que d'une tête plus petit que le patriarche, il se dressait de toute sa taille en une statue de taffetas noir. Au milieu des jouets, des bibelots, dans une lumière de fête foraine, il regardait s'approcher le colosse en pratiquant quelques exercices respiratoires destinés à ralentir les battements de son cœur. Comme tout homme sur cette Terre, il adorait la prose d'Aimée Dorian. Mais il se serait fait piler

sur place plutôt que de baisser les yeux en face du bonhomme.

— Tiens, Étienne! s'exclamait mon grand-père,
comme s'il eut été surpris que celui-là fût encore son
gendre.

Étienne, pâle, hochait la tête, esquissait un sourire,
s'effaçait pour laisser entrer le grandiose personnage.

L'année de mes dix ans, pourtant, Aimée s'arrêta
avant de franchir le seuil. Sa main droite quitta l'épaule
de Séverine et il tendit une paume amie en direction du
maquignon, qui s'en empara, les jambes en coton car,
en treize années de mariage, c'était son premier contact
avec l'artiste. Lorsque je passai à sa portée et alors que
les deux autres parcouraient déjà la maison à grands
éclats de voix, mon père me glissa une main dans les
cheveux, émerveillé.

Nous les retrouvâmes dans la cuisine, ma mère en
train de préparer une infusion et l'Aimée assis en bout
de table, un chat sur les genoux, s'écriant qu'on ne lui
ferait pas boire de l'eau chaude. J'assistai à l'inévitable
suite avec le même plaisir que les fois précédentes. Ma
mère apporta les tasses aux arômes délicats et le vieux
grigou y trempa les lèvres avec des mines de douairière
vexée, mais gourmande. Étienne, quant à lui, remua
force bûches et allumettes pour démarrer un feu d'enfer,
puis demanda tout à trac si le décor convenait.

— Au poil, mon bon ami! répondit Aimée en
sirotant sa verveine.

Et le maquignon d'ajouter quelques rondins destinés
à faire cramer la baraque.

La scène se jouait comme au théâtre. Séverine, enve-
loppée dans un châle écossais, harcelait son père de
questions auxquelles il répondait ce que sa nature lui
dictait, sans souci de la forme ou du protocole.

— As-tu fait bon voyage? demandait la fille.

— Entre une mijaurée à culotte sale et un bidasse boutonneux qui m'a écrasé trois fois les pieds pour aller aux toilettes, je dirais que c'était divertissant.

— Comment savais-tu qu'elle avait une culotte sale?

— Je reniflais un parfum... d'adolescence! Cela se répandait chaque fois qu'elle croisait les jambes. Son petit animal respirait pour elle, crois-moi.

Mon père et moi, le dos à la cheminée, écoutions. Nous étions si fascinés que nous n'entendions pas les messages qui nous parvenaient de nos pantalons brûlants. Ce n'était que lorsque les deux acteurs levaient la séance que nous prêtions l'oreille aux appels de nos derrières ébouillantés. Mon grand-père reposait sa tasse sur la table, se débarrassait du chat qui somnolait sur ses genoux, ma mère rangeait la boîte de petits gâteaux et mon père et moi tirions sur nos braies en nous dégageant de la flamme. C'était une tradition.

— Trane! m'interpellait Aimée, allons dehors.

Une autre tradition.

Je le suivais et nous nous dirigions vers le lac de Moirand couché sous la nuit comme un ciel au-dessous du ciel. Devant cette étendue de tremblotantes pépites à l'est de la lune, il mettait sa grosse patte sur mon épaule.

Au loin, une ou deux collines s'incurvaient dans les rayons lunaires, parfois ridées par une brise imperceptible. Des feux de fenêtres, de l'autre côté du lac, désignaient Lélut, avec de temps en temps le pinceau des phares d'une voiture zébrant la nuit d'un clignement ébloui. Sur le ponton de notre embarcadère, perdus dans nos réflexions, nous dérivions jusqu'au frontières de nous-mêmes, avertis que nous étions arrivés à destination par une course plus lente, une sorte d'enlisement de nos pensées. Alors, l'âme en suspens, nous accostions tous deux dans le silence de la lune et nous contemplions la petite perle bleue de laquelle nous venions avec ses montagnes aux sommets de crème fraîche, ses lacs en sucre glace, ses mers en sirop de menthe et cet homme qui tenait un enfant par la main et nous regardait en silence. Cette extase durait jusqu'à ce que, d'un mouvement du bras, Aimée nous fasse dégringoler les cinq minutes d'années-lumière qui nous séparaient de nos corps désincarnés et nous fasse revenir à notre point de départ. Moi, j'avais envie de bâiller et de me frotter les yeux tant le songe avait été puissant. Je revenais d'un pas las vers la maison et je montais dans ma chambre, épuisé d'étoiles.

Lorsque ma mère rabattait les draps sous mon visage ensommeillé, j'étais déjà prêt pour mon voyage stellaire, naviguant entre Sirius et le grand Sagittaire. Juste avant la plongée, quelques bruits amis flottaient dans la pièce, notamment ceux des allées et venues de mon grand-père, qui arpentait la salle à manger pour ses «premières heures», comme il les appelait. Au cours de cette promenade rituelle, il concevait son prochain roman, décidait de la direction à prendre, pensait aux lignes d'ouverture, bâtissait la charpente de son monde. Je savais que je dormirais longtemps avant qu'il inscrive le premier mot.

Couché dans la chambre à côté de la mienne, les yeux grands ouverts, caressant le pelage d'un chat étendu sur son ventre, mon père comptait les pas du créateur. Il pensait à ces phrases, ces paragraphes qu'Aimée ciselait, le visage du livre à venir. Enfin, lorsqu'un bruit de chaise remuée l'avertissait que son dieu s'installait devant les pages blanches, Étienne frissonnait et ma mère lui serrait la main sous les draps.

□

Au petit déjeuner, la famille admirait un petit tas de feuilles posées sur la table de la salle à manger, le fruit d'une nuit de travail. Ma mère, une fesse sur la table, lisait cette littérature en croquant une pomme alors que son mari, intimidé, lui lançait des regards de reproches. Au détour d'une phrase, elle esquissait un sourire ou une grimace, et même éclatait de rire. Elle finissait une page, la posait à côté d'elle, n'importe où, empilait la suivante de travers, suçait le jus de la pomme sur son pouce, toutes ces manœuvres accomplies avec une négligence espiègle destinée à faire bouillir Étienne. La lecture achevée, elle déclarait avec aplomb qu'elle savait d'où venait le gros personnage qui fumait des cigarettes turques, et ce disant, elle désignait un bouddha de jade accroupi au pied d'un narguilé. Elle se gardait d'en dire plus et mon père en était pour ses frais, lui qui n'osait s'approcher de l'œuvre en cours, ou même y porter les yeux.

Ainsi, chaque visite de mon bisaïeul était jalonnée d'étapes qui avaient pour moi la couleur et l'attrait d'une cérémonie folklorique. La signification de ce rituel m'échappait. Je ne connaissais rien à la littérature. Bien que nous soyons abondamment pourvus de livres, je considérais ces objets avec scepticisme, et mes tentatives pour y comprendre quelque chose s'étaient arrêtées après la lecture de *Vingt mille lieues sous les mers*. Je préférais de loin écouter le chant du lac plutôt que de me murer entre les pages d'un roman au point d'en perdre le boire et le manger, différant en cela d'Étienne lorsqu'il s'immergeait dans les livres de son beau-père. Cependant, l'année de mes dix ans, j'ai senti pour la première fois que mon grand-père représentait autre chose qu'un parent un peu farfelu et, par là même, que les bouquins pouvaient avoir de la valeur.

Donc, ce matin-là, quand ma mère eut achevé la lecture des pattes de mouche de son père et que le mien égalait les bords du paquet d'un geste respectueux, je fis la sourde oreille pour aider à la vaisselle et m'enfuis vers le ponton, saluant au passage la Chinoise amoureuse de Bogart.

Les branches frémirent dès que j'apparus, agitant leur kaléidoscope végétal dans la lumière. Les mains dans les poches, je m'engageai sur les planches.

C'était encore plus beau que la veille. Le grand lac étalé sous la voûte buvait une série de stratus étincelants. Les montagnes alentour, un manteau d'automne jeté sur les épaules, flottaient sur le miroir géant.

Une main se posa sur mon cou, un chat se frotta à mes jambes. Aimée, qui revenait de sa balade matinale, se joignit à ma béatitude.

L'assiette du lac méditait une paix lumineuse au moment où, décollant d'une arête rocheuse, un oiseau se hissa dans l'espace. D'après la queue pivotante et le vol rectiligne, j'en déduisis que nous admirions les grâces d'un milan. Posé sur le vent, il suivit une ligne tranquille, amorça un long plongeon silencieux, descendant les marches du vide d'une éternelle glissade. Puis, parallèle au plan d'eau, il passa devant nous selon une abscisse déployée sur la profondeur de l'air. Nous le vîmes s'enfoncer vers l'ouest, sa silhouette appuyée contre un massif de calcaire bleu, puis, d'un calme battement d'aile, il se haussa de cent mètres, rasa la planète et disparut derrière un piton de craie.

Aimée poussa un soupir :

— Tu en sais plus long que moi, dit-il.

Comme, empli de silence, je ne répondais rien, il murmura :

— Allons, viens, au moins faut-il essayer.

Nous nous sommes aventurés dans le bois de Fauvel par un sentier montant. La terre dégageait une odeur d'humus et de champignons. Petit à petit, l'automne nous a enveloppés de ses mains parfumées. Nous avons gravi la colline du Tronc-Mort jusqu'à un champ dans lequel se dressait un verger. Le domaine des Dorian apparaissait par des trouées de feuillage. La vallée s'ouvrait devant nous et cette maquette de train électrique nous a semblé aussi simple et aussi belle qu'une vision du paradis. Mon grand-père a ramassé une pomme dans les fesses de laquelle il a planté ses mâchoires.

— Asseyons-nous ! proposa-t-il.

— C'est mouillé par terre, protestai-je.

— Tu serais bien le premier Dorian au derrière sensible ! Assieds-toi !

Je me suis calé sur une touffe d'herbe, incommodé par l'humidité qui traversait le tissu de mon pantalon. Lui, les jambes allongées sur le sol, régnait sur le paysage comme un dieu sur son trône.

— Et maintenant, dis-moi...

Un temps.

— Quoi ? demandai-je.

— Ne vois-tu pas cette nature vautrée à nos pieds comme une femme qui se dore ? Tu n'as pas envie d'inscrire quelque chose sur cette page blanche ? Est-ce que tu comprends ton pouvoir ?

— Quel pouvoir ?

— Celui de dire !... annonça-t-il en écartant les mains dans un geste bénisseur.

J'étais perplexe. Il y avait là quelque chose qui m'échappait et j'entrevis que mon embarras était dû à mon âge.

— Alors, dis-moi ! commanda-t-il.

J'inspirai profondément. Je ressentais un amour tout neuf pour lui. Bien sûr, je ne le savais pas encore, je pensais juste que je ne voulais pas le décevoir.

— Maman dit que tu n'as pas écrit que des bonnes choses, me lançai-je. Elle dit que *les imbéciles muets,* c'est bon à jeter. Papa, lui, il n'est pas d'accord, il trouve tout bon. Il dit que...

— Bon Dieu, je ne te demande pas ce que disent les autres ! coupa-t-il.

Il a patienté quelques secondes, le temps que ses mots m'anéantissent puis me fassent renaître.

— J'ai vu une fois la télévision, tentai-je à nouveau. Ils parlaient de guerre, de catastrophe, de toc en bourse. J'ai rien compris.

Un sourire a glissé sur son visage.

— « Cote en bourse », rectifia-t-il.

— Qu'est-ce que c'est ?

— Ce n'est pas à moi de parler.

J'ai pêché une branchette sur le sol que j'ai triturée en réfléchissant. J'allais renoncer à le satisfaire quand une idée m'a traversé l'esprit. J'ai cru saisir ce qu'il me demandait. Comme le milan de tout à l'heure, j'ai ouvert mes ailes. Ce qui est sorti de ma bouche m'a stupéfié.

— J'ai des secrets... mais je les tiens pas longtemps, je raconte tout à maman, je peux pas m'en empêcher. Hier, je lui ai dit que c'était Cédric qui avait cassé le carreau des Lancenay. Elle a rien répondu, et je sais qu'elle ira pas le répéter, mais j'ai bien vu qu'elle m'a pas cru. C'est moi qui ai jeté le caillou, mais je visais pas le carreau, je visais la petite statue qu'ils ont sur leur façade. Je suis qu'un sale cafteur et un sale trouillard. Je voulais pas qu'elle me gronde. Ou sinon, je pleure presque plus, et quand j'en ai envie, je me mords la main. Parce que des fois je trouve que la vie est pas juste. La preuve, je peux rien dire, rien décider. C'est vrai que je sais pas grand-chose. Mais c'est pas une raison pour qu'on m'appelle « enfant » comme si j'avais une maladie.

Droit devant, des milliers de kilomètres par-dessus les montagnes, un point le fascinait.

— Je crois que ta mère a raison, souffla-t-il. Tu es prêt. J'espère que tu ne nous en voudras pas.

L'inquiétude m'a envahi comme une plante grimpante un mur. Ses racines et ses branches ont pénétré lentement dans mon corps.

— Je suis prêt pour quoi ? questionnai-je.

Mais il s'est remis debout et de deux tapes brutales a réveillé son derrière. Sans m'attendre, il est descendu par le sentier, hochant la tête en réponse à quelques réflexions intérieures. Le lierre d'angoisse m'a durci les muscles des mâchoires, j'ai bondi sur mes pieds. Je le hélai, mais il disparut dans un tournant. À fond de train, je dévalai la pente. Il s'était volatilisé. Je m'époumonai cinq minutes sans résultat. Alors, je courus à perdre haleine jusqu'au domaine, les chevilles tordues, les genoux griffés, les idées en vrac. Dans la propriété, je trébuchai sur un vase rempli d'immortelles et m'étalai au pied d'un bouc en plâtre. Affolé, je me ruai dans la cuisine, où ma mère, mon père et le vieux diable sirotaient une tisane. Ils toisèrent avec curiosité ma mise débraillée, mes cheveux en paquets. La crainte revenait. Épouvanté, je gagnai le suprême refuge : la poitrine de ma mère.

Un moment de silence puis, enfin, elle a chuchoté des mots doux, des paroles rassurantes. Je me suis arrêté de trembler. Ensuite, Étienne m'entraîna dehors et, avec mille précautions, m'expliqua comment j'allais passer mes derniers jours auprès d'eux. Il en était si ému que je vis deux perles goutter à ses paupières, glisser le long de ses joues, se perdre dans ses moustaches qui m'embrassaient de temps en temps.

J'avais dix ans, ma vie était sur le point de commencer, que comprenais-je à ses explications, à ses conseils ? Tout ce que je voyais, c'est qu'on allait m'arracher au ventre qui jusqu'alors me nourrissait. Que

m'importait que mon destin fût scellé depuis longtemps, que ma naissance sur Terre ait une signification
quelconque? On allait m'amputer de la meilleure part
de moi-même. Comment pouvais-je supporter de
perdre ma prison sans protester? Je n'en voulais pas de
leur satanée liberté. Ce mot n'avait pas de sens, il était
creux et vide comme un tambour. Et je le leur expliquai
en long, en large et en travers, je hurlai, je pleurai, je
trépignai. Je refusai les derniers repas que ma mère
prépara, je menaçai de m'enfuir «à jamais». Mais ils
restèrent inflexibles. Ma mère fut malheureuse, je le sais,
mais elle ne montra rien, qu'une figure résignée. Mon
père, quant à lui, s'enferma dans un silence triste et
lourd et il évita de me regarder en face jusqu'à mon
départ. Aimée affichait une indifférence froide et
imperméable, il avait commencé un autre bouquin, mes
lamentations ne lui faisaient pas plus d'effet qu'une
tempête sur un sous-marin immergé.

Au bout de tout ça, je me suis retrouvé dans le petit
train de Lélut une semaine plus tard. Mon grand-père,
ses cheveux noirs penchés à la fenêtre du compartiment,
nous avait pris deux tickets pour le sud.

Chapitre 2

L E TORTILLARD donna un coup de hanche et se faufila entre les montagnes du Jura. Sur le quai, mes parents agitèrent la main. Je me refusai à tourner la tête de leur côté. Lentement d'abord, puis de plus en plus vite, les poteaux électriques défilèrent. Ce n'est qu'au sortir de la gare que je me rendis compte que je ne les reverrais pas, que la vie nous avait séparés et qu'elle ne nous réunirait plus, aussi je quittai ma bouderie, me précipitai à la fenêtre, m'écrasai contre la vitre, et pleurai en regardant les chères silhouettes s'amenuiser. Nous emboutîmes le noir du premier tunnel que j'étais encore à griffer cette stupide vitre, le visage collé à mon passé, barbouillant la glace de morve, mon esprit bloqué sur la zone blanche de la panique. Finalement, Aimée me fourra un doigt dans le pantalon et me tira en arrière. Je réintégrai mon siège.

Mes mains sur les genoux, la bouche grande ouverte, les paupières crispées, je sanglotai en silence. Que je me rende à l'évidence : j'avais été abandonné. Tout l'amour que je portais pour l'excentrique Séverine et le doux Étienne avait été trahi. Maintenant, j'étais dans les pattes d'un vieil indifférent que mon chagrin ne dérangeait pas plus qu'un gravillon sur la voie ferrée. Ne tirait-il pas de sa poche un paquet de cigarettes d'un geste nonchalant ? Imperturbable, ne s'abîmait-il pas dans la contemplation du paysage qui venait de réapparaître? Qu'entendait-il à ma peine, lui qui soufflait ses songes en volutes âcres? Je ne pouvais espérer aucun secours d'une âme aussi froide. Seul donc, délaissé, je dégoulinai en silence jusqu'à ce que mes larmes fassent déborder la coupe de la patience de mon grand-père. Alors, il se pencha vers moi:

— Le voyage invite à la réflexion, je ne connais pas de meilleur lieu pour ce genre d'activité. Profites-en.

Ce à quoi je répliquai que je ne l'aimais pas, mais il ignora l'apostrophe et se renfonça dans sa méditation. Quand même, ma brusque sortie fit basculer les voyageurs du compartiment dans mon camp. On me couvrit d'œillades attendries. Une dame à rivière de perles pendue sur son jabot sembla prête à intervenir. Fort de cette victoire, je résolus de déclencher mon orchestre personnel: cris, larmes, accents désespérés, petites mines et accusations assassines. Au moment juste où j'allais ouvrir les hostilités, mon grand-père, pas si indifférent que je croyais, montra nos passeports à la ronde:

— Quelqu'un veut vérifier que je suis bien son aïeul? J'ai aussi la lettre de tutelle, si vous voulez!

Bien que *tutelle* ne me fût pas familier, je jugeai à leur masque qu'il leur avait cloué le bec. Il enfourna les passeports et écrasa sa cigarette. Ensuite, il me tira par la main et me poussa le long du cahotant couloir, jusqu'aux toilettes. Là, il nous enferma dans le bruit des essieux.

— Coltrane, tu m'emmerdes! Je n'ai aucune envie de traîner un chouinard derrière moi. Arrête tes simagrées! Je ne t'ai pas enlevé.

Je m'assis sur le couvercle des toilettes, les bras croisés, le menton enfoncé dans la poitrine, bien décidé à ne pas lui céder un pouce de terrain. Il s'appuya contre l'évier en fer. Il me considéra en silence. Je ne bougeais pas. Il se vit y passer la journée et résolut d'employer les grands moyens.

— Je t'aurais cru moins peureux, articula-t-il.

La remarque m'ébranla, je hochai négativement la tête. Il s'agenouilla alors dans un double craquement de rotules. Il proposa de m'administrer la preuve que tout irait bien si je voulais lui accorder un semblant de confiance. Comme je ne répondais toujours pas, il extirpa de sa poche arrière un laguiole dont il allongea la lame sous mon nez. J'aurais dû être terrorisé, j'aurais dû crier, taper du poing, j'aurais dû essayer de m'enfuir, je pensais à tout ça à toute vitesse, mais il m'avait envoûté et je ne fis pas un geste. Ce saint armé d'un eustache à sigle d'abeille avait dompté ma volonté. Aussi, quand il me demanda de lui donner la main, je savais qu'il allait terrasser mes dragons et je m'exécutai.

— Si la plaie guérit, c'est que j'ai raison, dit-il en dépliant mes doigts.

Instinctivement, je voulus me retirer mais la lame avait déjà cisaillé la chair de mon index et la pulpe s'écoulait en rigoles écarlates. Épouvanté, j'enfournai la blessure dans ma bouche, puis m'avisai que cela me gênerait pour le hurlement que je préparais pour la seconde suivante. Encore une fois, il fut le plus rapide. Il me serra contre lui dans une étreinte tendre et tranquillisante qui eut le don de bloquer mon poignet contre son épaule, me bâillonnant avec mon propre doigt.

— Je t'en supplie, Coltrane, réfléchis! Je ne peux pas tout faire à ta place, je ne peux pas tout t'expliquer. La vie nous noie de questions et ne nous livre que quelques indices pour y répondre. Il faut que tu remplisses les blancs par toi-même. Arrête de pleurer, arrête de faire la gueule, essaie de comprendre et d'apprécier ce qui t'arrive. C'est souvent la seule chose qu'on puisse faire et c'est déjà beaucoup. Allez, retourne dans le compartiment, j'arrive tout de suite.

Lesté de ces étranges paroles et fouillant ma plaie du bout de la langue, je rejoignis ma place les yeux secs, les idées claires, comme nettoyées.

La dame à collier de perles m'accueillit avec une mine bouleversée, ainsi que la jeune fille en minijupe et l'homme en chemise à carreaux. Seul le grand gaillard aux épaules serrées dans un tee-shirt blanc m'envoya un coup d'œil indifférent.

— Que t'est-il arrivé, mon petit? s'élança la madame.

Je filai vers mon siège sans répondre, pêchai dans ma poche un mouchoir que j'enroulai autour de mon doigt.

— Il t'a fait mal, mon petit? s'enquit-elle derechef.

Je n'étais pas son petit, je n'étais le petit de personne. Plus maintenant. J'avais pris quelques centimètres durant ces quinze dernières minutes. Je n'avais pas besoin de pitié. La lame du couteau s'était frayé un chemin dans les replis de ma conscience comme celui d'un écailleur dans les mâchoires d'une huître. On avait inséré un grain de sable dans le mécanisme de mon enfance, et je savais qu'Aimée avait l'espoir que ce grain devienne une perle.

Nous roulions vers Besançon, mes parents m'avaient confié à mon grand-père parce que les écoles étaient meilleures là-bas qu'à Lélut. J'avais ainsi pour mission de devenir intelligent. Dans le train qui m'emmenait vers ce nouveau rivage, j'avais suivi mon premier cours. Pour aide-mémoire, on m'avait entaillé le doigt. Et il me suffisait d'agacer la plaie ouverte pour me rappeler la leçon dans ses moindres détails.

□

Aimée Dorian s'était promis d'écrire. Adolescent, il couvrait déjà des pages et des pages d'écolier de ses cursives nerveuses. La raison de cette passion se trouvait dans la bibliothèque familiale. Un jour, son père, Abélard Dorian, pianiste renommé qui jouait parfois pour les princes et les rois, ouvrit la porte d'une vaste armoire que tout le monde croyait condamnée et à l'intérieur de laquelle s'entassait un monceau de livres d'âges et de formats divers.

— Tous ont écrit, dit Abélard en filant sa moustache d'un geste fier. Du plus loin que l'on puisse remonter dans la famille, un Dorian s'est emparé de la plume à la fin de sa vie et a conté son histoire. Ensuite, il l'a scellée dans ce meuble.

Aimée, ainsi que deux ou trois chats qui traînaient par là, reniflait l'odeur de moisissure qui se dégageait du coffre de bois. Le trouble de son père l'impressionnait. Il avait le sentiment de sentir la mémoire de ses ancêtres à travers l'odeur du papier pourrissant, leur lourde présence, leur fatalité. Des métayers aux architectes en passant par les révolutionnaires, ils s'alignaient les uns au-dessus des autres, les reliures rangées par ordre chronologique : les plus anciens en bas, les plus récents en haut. Le bahut recelait toute la condition de sa dynastie, ses forces, ses faiblesses, ses doutes, ses certitudes. Certains avaient produit mille ou deux mille pages, remplissant trois ou quatre tomes de leurs souvenirs, tandis que d'autres n'avaient légué qu'un fascicule de six chapitres, condensé d'une vie réduite à sa plus stricte essence. Et Abélard d'avertir que les plus volumineux ne provenaient pas de ceux qui avaient le plus à dire. Mais Aimée écoutait la voix chuchotante de sa généalogie et sentait monter une irrépressible curiosité.

— Vois, dit Abélard en désignant trois étagères vides, il reste de la place pour quelques générations.

Il tira le dernier en date, le feuilleta d'un geste délicat.

— Voici le mien. Je l'ai fini depuis moins d'un mois. Comme j'ai été gratifié de la mémoire des Dorian, je pourrais te le réciter par cœur.

Mais il s'en garda bien et replaça le manuscrit sur son rayon.

— La tradition veut que cette armoire reste fermée et qu'elle ne dévoile jamais ses secrets. Personne ne doit connaître ces vies! Suis-je clair?

Aimée ne connaissait pas encore la ruse, il leva des yeux désolés.

— Personne! répéta son père en refermant les portes.

— Je n'irai pas dans l'armoire, se résigna Aimée.

Cinquante ans plus tard, Aimée en riait encore:

— C'était le plus sûr moyen pour que j'aille y fourrer le nez. À peine étions-nous sortis que déjà la main me brûlait.

Pourtant, il tint bon une longue semaine, rôdant dans la maison en cercles concentriques dont le cœur se situait quelque part dans la bibliothèque.

Abélard ne parla plus de l'armoire, du moins plus en termes directs; il reprit ses gammes et ses arpèges comme s'il ne s'était rien passé.

Enfin, une nuit, le plancher craqua dans l'aile sud. Aimée, pieds nus dans la lueur froide de la lune, ange effrayé qui serait tombé foudroyé si on l'avait surpris, tendit la main vers l'armoire, toucha le massif battant en noyer sculpté, patienta quelques secondes encore dans l'angoisse, se figea au cri d'une chouette suivi d'un trottinement de souris près des fenêtres puis, au paroxysme de l'épouvante, ouvrit le bahut, dont le sinistre grincement des gonds lui retourna le cœur.

La grise lumière lunaire éclaira les sombres couvertures frappées de noms et de dates qui descendaient au fond des temps. N'ayant pas décidé à l'avance celui qu'il prendrait, il parcourut les époques tandis qu'en son for intérieur il se traitait d'andouille et s'exhortait à choisir. Dans l'aile qui abritait la chambre de ses parents, une porte claqua, un bruit de pas s'amplifia dans le couloir, puis un chat tigré surgit dans la bibliothèque. Terrorisé, Aimée brusqua ses délibérations. Il se hissa sur la pointe des pieds et atteignit le plus haut rayon. D'un mouvement sec, il extirpa le dernier volume, le plus récent, celui de son père. Ensuite, parce que le halo d'une bougie s'intensifiait par la porte entrebâillée, il se blottit sous l'armoire après en avoir refermé les vantaux dans une supplication de métal rouillé, sous l'œil indifférent du matou rôdeur. Le faisceau de lumière grandit. Il entendit quelqu'un pénétrer dans la pièce, qui se remplit d'une clarté tremblotante. Aimée reconnut les chaussons paternels du premier coup. Suivis par les petites pattes du félin, ceux-ci se dirigeaient vers la fenêtre, dont on vérifiait la fermeture. Ensuite, les savates parurent réfléchir. Immobiles, les pointes tournées vers le nord, elles hésitaient sur la direction à prendre. Avec lenteur, elles firent deux pas vers la sortie pour se raviser aussitôt et s'avancer droit vers Aimée. Elles stoppèrent à quelques centimètres de lui, si près qu'il en voyait les coutures de la semelle.

L'armoire s'ouvrit. On en examinait le contenu, la lueur de la bougie se balançait sur les murs. Aimée trouva que l'examen durait bien longtemps. Enfin, après une série de grognements — Aimée n'aurait su dire s'ils étaient joyeux ou contrariés —, les portes furent poussées et les chaussons sortirent de la bibliothèque escortés par le gros chat tigré.

Le garçonnet attendit que la porte de la chambre parentale claquât pour s'extirper de sa cachette. Il secoua la poussière de son pyjama, cracha quelques particules salées, vérifia que la porte de l'armoire n'était pas verrouillée, puis il regagna sa chambre. Il venait de remporter son premier combat pour la littérature.

Le lendemain, Abélard oublia de mentionner sa promenade nocturne et son criminel de fils, qui guettait un commentaire sur le sujet, eut la vague sensation d'être lésé d'une engueulade. Mais il ne s'attarda pas trop sur le problème, d'abord parce qu'il était déjà rempli de poésie à la lecture de l'œuvre paternelle, ensuite parce que cette lecture ne lui avait laissé que quelques heures de sommeil et qu'il navigua dans les limbes toute la journée.

Les jours suivants s'écoulèrent comme dans un rêve. Aimée dévora les cinq cents pages du manuscrit à la vitesse d'un chapitre par soir, couché au chaud dans sa chambre et un chat roulé sur le couvre-lit. Cette performance développa en lui trois qualités essentielles. D'abord, parce qu'il pouvait à tout moment être découvert et obligé de rendre le manuscrit, il devint rapide lecteur. Ensuite, il développa sa mémoire. Pour ne plus avoir à y revenir, il mémorisa la totalité de l'œuvre. Enfin, il se mit à considérer l'écrit comme une chose importante, vitale, qui méritait des sacrifices, des renoncements. Et la signification de l'écrit lui apparut non pas lentement, comme une fleur s'ouvre au soleil, mais d'un seul coup, comme on écarte un rideau pour être frappé par la lumière.

Abélard ne se contentait pas de raconter sa vie, il dévoilait aussi sa personnalité, son caractère. Il retraçait ses expériences de petit garçon, qui d'ailleurs ressemblaient fort à celles de son fils, au grand étonnement de ce dernier, ses activités, ses soucis, ses espoirs. Au fil des épisodes, des noms de filles apparaissaient, certains revenaient comme une litanie. Abélard les évoquait avec une émotion mal dissimulée, se perdait dans le souvenir d'un visage. Aimée s'attardait sur des descriptions qui devenaient de plus en plus sulfureuses, de plus en plus précises. Avec toute la fougue de l'adolescence, il s'enflammait pour une voisine, rapportait les premiers signes de sympathie, les regards du bout des cils, les rendez-vous, le contact de sa main, les serments échangés, puis la séparation, l'oubli. Au cours de paragraphes troublants, il peignait le chagrin de l'amour, son cœur naïf saignait sur le papier. Mais, à la fin du passage, l'homme mûr réapparaissait, exposait d'une phrase le problème, en tirait un enseignement lucide et réfléchi. Dans ces moments, Aimée avait l'impression de voler une des clés d'or de la vie.

Des préoccupations d'autre sorte remplacèrent ces élans. La musique un jour éclata sur les pages en mots passionnés, fervents, amoureux. Elle s'imposa dans le texte d'emblée, en prit possession comme une reine d'un royaume. « Avant tout n'était que silence et mystère, après tout ne fut que musique et clarté », racontait Abélard. Et il enchaîna sur des descriptions époustouflantes, cascades d'arpèges, torrents d'accords, tempêtes de notes et de rythmes, grondements de basses, sifflets d'aigus. En termes échevelés, il peignit la beauté de l'harmonie, le charme des timbres, l'enchantement de la mélodie, la puissance de la basse.

Il parlait des intervalles comme de personnages. L'octave, pleine et ronde comme une femme enceinte. Les septièmes, la majeure ample et majestueuse, la mineure plus discrète et mélancolique, la diminuée sournoise et vicieuse. Les sixtes, toujours grasses, majeure ou mineure, un peu niaises pour tout dire, les cousines bébêtes de la famille. Ensuite, la quinte, monotone et creuse, bourdon lancinant dont la seule fierté réside dans son droit à participer à n'importe quel accord. Puis, les deux quartes, aussi dissemblables qu'on puisse l'être entre deux parentes proches. L'augmentée d'abord, grimaçante bossue que personne n'invite jamais dans aucune fête, et la quarte tout court, bien équilibrée, royale, qui figure en en-tête de tous les hymnes du monde. Puis, viennent les tierces, piliers de l'harmonie depuis le XVIIᵉ siècle, celles sans qui l'humeur d'un morceau ne pourrait être déterminée. La majeure, symbole de gaieté, de joie, de légèreté. Et la mineure, ma préférée, douce et mélancolique comme une pluie d'automne, qui s'excuse presque d'avoir autant d'importance, dont la peine inconsolable nous console de tous nos chagrins. Serviable tierce mineure qui nous aide à aimer notre douleur. Enfin, viennent les secondes, majeure et mineure, le duo de jazz, l'audace des joueurs de blues, la fierté de tous les bastringues.

La musique devint la raison de vivre d'Abélard, son alcool, sa drogue. Toutes ses facultés se tournèrent vers l'apprentissage du piano. Il équipa le domaine des Dorian d'un long piano noir, un *Bösendorfer*, qu'on installa dans sa chambre. Ensuite, il suivit des cours auprès d'une vieille institutrice qui avait taquiné la muse dans sa jeunesse. Il lui fallut un peu moins d'un an pour surpasser la pauvre retraitée, qui lui conseilla de chercher un autre professeur. Elle lui donna l'adresse d'un maître qui habitait dans le canton d'à côté, pas très éloigné en fait. Son nouveau professeur, un petit vieillard tout sec qui avait vécu « à la capitale », n'accordait ses leçons qu'au prix fort avec beaucoup de parcimonie. D'entrée, il avait prévenu son jeune élève :

— Je n'ai pas besoin d'argent, je vous donne des cours parce que votre père a insisté. Mais, si un jour vous revenez sans avoir fait vos devoirs, je vous mettrai à la porte sans plus d'explications. Maintenant, voyons vos gammes.

Le vieux maître, qui s'appelait Édouard Marchand, dirigea son pupille d'une main sûre. Il lui enseigna non

seulement la technique mais aussi l'écoute et l'interprétation — ce qui passe par la compréhension de l'harmonie — et Abélard progressa à un bon rythme. « Ce
n'est que plus tard, après m'être frotté à d'autres pia-
nistes, que je compris que le vieux Marchand m'avait
légué un peu plus que sa science, il m'avait aussi donné
son talent », écrivait Abélard.

Il peignit le long et douloureux parcours du musicien apprenti lassé par les exercices répétitifs, abruti par
les heures d'études, découragé par les obstacles. Les partitions de plus en plus ardues, les doigtés de plus en plus
étranges, les subtilités de plus en plus inaccessibles se
succédèrent. Malgré toute son envie et toute la péda-
gogie de son maître, le ton tournait au défaitisme, à
l'aigreur. Aimée voyait approcher le moment où son
père abandonnerait pour de bon. Mais Marchand eut
l'idée de présenter son élève aux gens de son village.

Par un bel après-midi d'été, Abélard monta sur une
estrade installée sur la propriété de son professeur et
interpréta quelques sonates pour la petite foule amassée
à l'ombre des arbres du parc. Selon lui, il joua « d'une
façon acceptable ». Modestie d'artiste. En fait, il rem-
porta un succès magnifique. À tel point qu'il allait poser
le dernier accord au pied de l'assistance quand celle-ci,
soudain debout, l'applaudit à tout rompre. Il en fut si
surpris qu'il lâcha son clavier et oublia de conclure la
pièce. Rouge de fierté, il reçut sa première récompense.
Le vieux Marchand monta sur l'estrade, lui prit le bras
et s'inclina avec lui. Ensuite, ils descendirent pour recevoir des compliments. Avant de quitter la scène, le vieux
maître avait plaqué l'accord final que son élève avait
omis.

Aimée décela qu'Abélard venait de vivre l'un des
moments les plus importants de sa vie. En effet, après
cet événement, le ton devint plus ferme, plus décidé,

presque arrogant. Aimée assistait à la naissance d'un homme. Les paragraphes, qui au début accumulaient les digressions et les remarques, s'inscrivaient maintenant dans un cadre plus rigoureux. La boussole des mots indiquait un cap clair et résolu, les idées se regroupaient autour de thèmes logiques. En même temps qu'un homme, naissait un conteur. Les sujets étaient traités selon un point de vue unique et lumineux par lequel Abélard justifiait toute son existence, expliquait toutes ses démarches. Le lecteur, éclairé par ce jugement comme un mineur par sa lampe, comprenait l'auteur, s'identifiait à lui, le pardonnait, l'aimait. Et, tel un coffre qui s'ouvre sur un trésor, soudain Aimée embrassait l'ensemble de la vision de son père. Mieux, il y adhérait. Car le pouvoir des mots fait éclore des idées, mais le pouvoir du conteur fait naître des convictions.

Aimée vécut avec émotion chaque étape de la renommée de son père. Des Indes en Arabie, d'Amérique en Russie, il parcourut le monde accroché au flanc paternel. La guerre éclatait sur leur parcours, les peuples faisaient la révolution, les pays changeaient de régimes et de frontières. Abélard, traînant son rejeton de page en page, assistait à des massacres, à des grèves, à des soulèvements. Son œil anticonformiste se teintait de dégoût, ses opinions déjà libérales devenaient libertaires. « La guerre est une boule gigantesque qui écrase le grain de sable que je suis », l'une des seules phrases fatalistes qu'on puisse lire sous la plume du concertiste. Écœuré, Abélard arrêta ses voyages, revint dans le domaine des Dorian, eut un enfant avec une écrivaine qui mourut en couches, et commença son manuscrit.

Petit à petit, à mesure que les dates se rapprochaient du présent, les Mémoires se transformaient en une sorte de journal philosophique. Les événements y étaient traités avec de plus en plus d'humour et de sagesse.

Aimée vit son nom revenir de plus en plus souvent au cours des derniers chapitres, toujours accolé à un adjectif affectueux. Le grand Abélard, au soir de sa vie — il avait eu son seul et unique enfant à plus de soixante ans —, énonçait des vérités savoureuses. « Je finis cet ouvrage dans un état de grande réconciliation. À force de jouer des accords, je crois que j'ai trouvé l'harmonie. » C'était l'ouverture de son dernier paragraphe, un paragraphe qui se finit doucement, comme une cadence plagale. Et quand Aimée referma le livre, il sut que c'était le plus beau qu'il lirait de toute sa vie.

Il garda le livre dans les mains. Il resta longtemps sur son lit, l'esprit à la dérive, les idées floues, comme ivre, surfant sur la vague profonde qui l'entraînait au bout de lui-même. Une pensée le poussait d'un côté, une émotion de l'autre, il balançait ainsi entre rêve et amour, transporté, éperdu. Il se laissait guider par ce demi-coma, savourait cette houle intérieure en fermant les yeux. Son père l'avait emmené dans son voyage avec une telle force de persuasion qu'Aimée n'était pas certain de n'avoir pas vécu cette vie lui-même.

Près d'un chat assoupi, au matin, le manuscrit gisait encore sur son lit. Aimée ne se décidait pas à le rendre. Pourtant, il avait tout absorbé, tout retenu. Quarante ans plus tard, il pouvait encore le réciter dans son intégralité. Mais c'était le graphisme qui allait lui manquer, cette écriture fine et nette tracée pleine plume, sans faute, sans rature, comme tirée directement du cerveau d'Abélard. Et aussi la couverture de cuir, le signet rouge, la tranche dorée, l'odeur du papier, tout l'objet en lui-même, sa présence, son poids, sa vie.

Cependant, le piège fonctionnait à merveille. Aimée restitua le livre le soir même, en catimini, et prit le suivant (ou le précédent), puis le suivant et ainsi de suite jusqu'à ce qu'il ne pût plus lire. Cela lui prit cinq ans.

Au cours de ses lectures, il constata que les Dorian offraient des profils très divers. Le catalogue de l'humanité se trouvait réuni dans cette dynastie. Le bon vivant côtoyait le pieux, l'aventurier engendrait un marchand, le saint un démon, le preux un couard. Certains employaient un langage châtié, des adjectifs mesurés, des métaphores sans artifice, tandis que d'autres traitaient la langue en femme facile, lui extorquaient des comparaisons hardies, des tournures audacieuses, des formules téméraires. Ces derniers écrivaient comme ils forniquaient. Ils prenaient la grammaire et la syntaxe chacune dans un bras, les faisaient asseoir sur leurs genoux, les chatouillaient jusqu'à ce qu'elles pouffent leurs plus risquées grossièretés, leurs plus triviales expressions. Et ils étaient fiers, ces vaillants écrivains, de posséder une langue aussi énergique, aussi saine, aussi docile.

Dès le premier chapitre, pour ainsi dire au seuil du livre, ces gras noceurs accueillaient Aimée avec les bras grands ouverts, un sourire magnifique sur leur trogne avinée, une armée de chats ronronnant autour d'eux, car eux aussi traversaient les siècles. Ils le prenaient par la main et l'emmenaient dans le palais de leur existence, jalonnant leur parcours d'anecdotes grivoises ou d'aphorismes sentencieux. Les vieux murs du domaine Dorian résonnaient de rires énormes, de bruits de bouteilles entrechoquées, de gloussements de femmes. Mille personnages fleurissaient entre les pages : des amis, des voisins, des domestiques même se mêlaient aux réjouissances. Anatole Dorian se comptait parmi ces fiers buveurs, ainsi qu'André Dorian, un autre céleste leveur de coude, celui qui avait lancé la tradition des prénoms commençant par un A.

Au temps de ces paillards, les étables servaient à trousser les boniches, la cave débordait de solennelles nuits d'ivresse, la salle à manger regorgeait de plats en sauce, on usait du lac pour guérir les gueules de bois et des champs pour régler ses comptes à la pointe de l'épée. On bâfrait à s'en rendre malade, on s'engueulait ou s'aimait de même. Armand Dorian, ami de Sade, fit connaître au domaine des heures démesurées.

Généreux en tout, les textes de ces noceurs s'allongeaient, s'étiraient, se boursouflaient de protubérances littéraires gigantesques. On y pratiquait la digression ou le retour en arrière avec bonheur, presque gourmandise. Les explications vaseuses pouvaient s'étaler sur dix ou quinze pages, enflées de récits annexes, de gloses, de notes, de ramifications destinées à perdre le lecteur. Puis un personnage apparaissait, on le campait en trois lignes, on lui serrait la main, et il s'évanouissait, on passait à un autre, un plus truculent encore, l'âme cuite par le vin, mais qui s'effondrait au bout de deux paragraphes, remplacé sur-le-champ par un troisième, abruti de nuits blanches, qui tenait vaille que vaille jusqu'à la fin du chapitre et qu'on désignait sous le terme de « grand ami ».

Parfois, une polémique s'engageait entre deux personnages. Les commérages se confondaient avec les mensonges, les sophismes défiaient les anathèmes, les proverbes jouaient au bras de fer avec les devinettes. Cela conduisait de temps en temps aux pires insultes, aux condamnations sans appel, mais, le plus souvent, on se réconciliait au petit matin, sur le ventre d'une barrique vide. Ainsi, Untel qu'on avait encensé jusqu'ici, lui prodiguant les compliments les plus flatteurs, se retrouvait deux pages plus loin affublé de qualificatifs infâmes, on décorait le triste sire d'infects étrons. Puis, sans raisons particulières, on lui redorait son auréole, on lui remplumait ses ailes d'ange. Cinq pages plus loin, on re-précipitait le racheté dans la merde.

Aimée savourait ces déballages. Il se sentait proche de ces ventripotents ancêtres, on pourrait dire au coude à coude à la même table. Une jovialité communicative éclairait leurs souvenirs à laquelle il ne se sentait pas capable de résister.

Il ne pouvait pas en dire autant des austères, de ceux qui avaient posé là leurs testaments spirituels en volumes condensés, résumés, aussi comprimés et durs que le produit d'un constipé. Ces froids autobiographes ne narraient pas leur existence par plaisir, mais par sens du devoir, comme on se débarrasse d'une corvée. Ils noircissaient à reculons une centaine de pages concises, laconiques, dépouillées, et accédaient au point final avec un soupir de soulagement.

Leur prose glaciale impressionnait Aimée. Il avait l'impression de voir ces écorchés vifs se déshabiller devant lui. Il les regardait dégrafer leur timidité avec des gestes méthodiques. Petit à petit, ils dévoilaient leur chair blanche et vulnérable, leur corps maigre, leurs cicatrices qui creusaient de douloureuses crevasses. Ils livraient à la postérité des secrets déchirants, des secrets dont l'issue paraissait parfois obscure à un petit garçon du XXᵉ siècle. Avec des phrases courtes, des mots durs et tranchants, ils exposaient leur tristesse, leur amertume, remontaient au jour des rancœurs mal digérées, des chagrins inconsolés. L'un d'entre eux, plus particulièrement dépressif, concluait son manuscrit sur une note désespérée : « J'ai tout raté parce que je n'ai jamais aimé la vie. » Aimée ne s'attardait pas sur ces malheureux.

Une autre catégorie d'ancêtres le laissait perplexe, par exemple les politiques. Ceux-là profitaient de l'occasion pour se répandre en polémiques dont les motifs n'avaient plus cours. Leur existence se résumait en deux mots : le pouvoir. Depuis les manœuvres familiales jusqu'aux intrigues de cour, ils avaient consacré une vie entière à gravir l'échelle de la bêtise.

De même pour les financiers, les commerçants, les gens d'argent. Les gains d'une terre, d'une alliance, d'un mariage, voilà ce que contenait leur testament littéraire. Ils évoquaient l'amour, la nature, les voyages, la poésie, tout enfin, avec un langage emprunté à celui des affaires. Ils habitaient une des plus belles régions du monde et ils ne s'occupaient que de dividendes, de bénéfices, de revenus. Pour ceux-là, un mariage se changeait en partenariat, une maison en investissement, un ami en associé. Parfois, sous la croûte de ces irascibles, perçait un sentiment plus tendre, plus humain, mais il fallait examiner cette parcelle de chaleur avec circonspection car elle aurait pu aussi bien être placée là par calcul.

Malgré le jeune âge et l'envie d'aventures d'Aimée, les pages écrites par les guerriers de la famille le laissèrent froid. Ces histoires de territoires perdus, repris, reperdus lui parurent aussi intéressantes que les planches d'un cadastre périmé. Le langage de la guerre, qu'il soit employé par un lâche ou par un preux, ne pinçait pas sa corde sensible. De même celui de la religion. Les Dorian étaient athées depuis la Révolution, depuis le règne du grand Antoine Dorian, et les préoccupations d'un ascétique qui se flagelle semblaient à Aimée le comble du ridicule. Ces pénitents transformaient la demeure des Dorian en monastère hermétique, caverne de silence, refuge de méditation. On y craignait le démon ou les hérétiques, on y pratiquait la prière et le recueillement. Arnold Dorian, cul-bénit à tout crin, projeta même de bâtir une petite chapelle qui communiquerait avec le bâtiment principal. Heureusement, il manqua de crédits et dut se contenter d'un minuscule oratoire bricolé dans la grange... oratoire que son fils se hâta de démolir dès que le vieux fou fut enterré.

Cependant, mis à part ces trois catégories-là, les commerçants, les guerriers et les dévots, peu de rencontres lui furent désagréables. Anselme Dorian, pour ne citer que celui-là, avait écrit une autobiographie remarquable. Ce chevalier pratiquait l'art du compliment et les tournures de l'amour courtois avec un plaisir qui ressortait à chaque mot. Aimée retrouva cette qualité chez Ambroise Dorian, fervent croisé que ses dons littéraires obligèrent à embrasser la carrière hasardeuse de troubadour. Il écrivait parfois depuis les coulisses d'un théâtre ambulant, ou sur le pont branlant d'une charrette à bœufs. Il commençait tous ses chapitres en peignant le décor qui l'entourait. Parfois, il évoquait la cour d'un château, parfois les coteaux d'une vigne, ou encore une petite chambre d'auberge perdue au milieu d'un jour de pluie. Aimée connut d'autres moments de bonheur avec Annibal Dorian, ou Anasthase Dorian, ou encore Antonin Dorian. En fait, ses ancêtres le décevaient rarement.

Puis vint André Dorian, dont j'ai déjà parlé, celui qui a établi la tradition des prénoms en A. Dès le début de son manuscrit, Aimée fut troublé. Une des habitudes des autobiographes était d'ouvrir leurs Mémoires par la description de leurs parents et de les faire participer au récit pendant au moins le premier tiers du texte. Or, André commençait ses Mémoires par cet avertissememt : « De mon père je ne dirai mot, oncques ne dérange le Diable. » Après quoi, André s'acquittait de sa tâche en écrivant un texte succulent sur sa vie de jouisseur. Débordant de vie, cet aïeul chevaucha cavales et femmes avec une égale bonne humeur. Il agrandit le domaine, construisit des dépendances, ajouta des chambres, des salons, des cuisines.

Ensuite, la folie des voyages s'empara de lui. Il prépara ses bagages, harnacha ses chevaux et se mit en route. Il n'avait pas encore contourné le lac de Moirand qu'il tomba de cheval et se cassa un os «entre ventre et couille», ce qui lui paralysa les jambes pendant toute une année et le fit boiter pour le restant de ses jours. Il renonça à son «besoin de lointain» et finit sa vie à cinquantre-quatre ans, achevé par une «fièvre maligne qui donne des renvois d'amertume».

Son texte, quoique narré sur un ton enjoué et libertin, procura une sensation de malaise à Aimée. On sentait une ombre, une malédiction accabler l'auteur. À tout instant surgissaient des phrases mystérieuses, comme: «Je commandai la démolition de l'aile sud, laboratoire et grimoires compris. Avec force chaux nous réussîmes à en chasser l'odeur maudite.» Ou encore: «Lors de mon mariage, les gens du village boudèrent nos invitations. Pour le commun, le nom des Dorian est encore synonyme de malheur et de sang.»

Quand Aimée prit le volume suivant, logiquement celui du père de cet André, il s'attendait à découvrir l'explication de cette énigme. L'auteur, un certain Louis Dorian, commença son histoire dans un langage tiré presque exclusivement du patois franc-comtois. Louis Dorian grandit près du lac Moirand, comme les autres, trouva femme dans un canton voisin et commença à vivre la vie simple des paysans. Quelque chose n'allait pas. Aimée sauta des passages. Le premier enfant s'appelait Charles, un garçon qui ne survécut pas à une épidémie de grippe. Le deuxième fut une fille, Julienne, suivie un an plus tard par Marthe puis par Émeline. Enfin, vers la fin du manuscrit, Louis mentionnait son dernier-né: Norbert Dorian.

Pas d'André.

Aimée ferma le livre et en examina la tranche: *Louis Dorian. 1253-1298.* Il prit une bougie et s'en fut vers la bibliothèque. Depuis quatre ans qu'il avait commencé son périple dans la lignée des Dorian, il n'avait jamais consulté les dates. Chaque récit annonçait le suivant dès les premières lignes grâce à la description du père, et Aimée n'avait jamais remis en cause ce principe. Aimée ouvrit l'armoire. La lueur de la flamme éclaira la reliure de *André Dorian 1335-1388*. Il fit un rapide calcul. Entre 1298, date de la mort de Louis, et 1335, date de la naissance d'André, il existait un trou de trente-sept ans ! Il manquait un livre, et, à n'en pas douter, c'était celui de Norbert Dorian, qui avait dû naître vers 1292 ou 93 d'après son père. Aimée chercha plus avant pour voir si la biographie de cet étrange aïeul n'aurait pas été placée ailleurs. Il consulta les dates en murmurant des bribes d'additions et de soustractions, puis il se remit debout : les volumes s'enfonçaient dans l'histoire de la famille sans faillir. Mais le récit de Norbert n'était pas là.

Aimée rejoignit sa chambre et se replongea dans le livre de Louis dans l'espoir de découvrir quelques indices sur la personnalité de son fils. Il prit le récit à la naissance de Norbert et apprit qu'il était si gros qu'il avait failli faire mourir sa mère en forçant son passage. Ensuite, Louis détaillait les mensurations du bébé en coudées et en pouces, dévoilait son poids en livres et parlait d'une santé et d'une vitalité exceptionnelles. Au fil du récit, de temps à autre, il évoquait le « petit Norbert » rampant dans la cuisine, jouant avec les chats, des vétilles. Louis était mort alors que l'enfant n'était pas encore entré dans sa troisième année.

Aimée posa le livre et réfléchit. La première explication de cette disparition était qu'André ait subtilisé le texte. Pourtant, il ne voyait pas André, qu'il pensait bien connaître, capable d'un tel forfait. Malgré sa crainte, ou sa haine, à l'égard de son père, le bon vivant était trop intègre pour ce genre de démarche. Cette pensée en appela une autre. Peut-être qu'André ne s'offensait pas de laisser les Mémoires du « Diable » dans l'armoire, mais un autre que lui, plus religieux, plus inquisiteur, aurait pu en être choqué. Quelqu'un comme Alain Dorian, par exemple, digne archange de « L'Éternel, notre Seigneur tout-puissant », se prenant pour le Saint Sauveur, aurait pu un jour se ruer sur l'armoire, en extirper le dangereux volume et le jeter dans les flammes.

Cette solution, pour plausible qu'elle fût, satisfit à moitié Aimée, qui savait que les gens les plus dévots sont aussi les plus respectueux des traditions.

Un autre détail le chiffonnait. Les autres membres de la famille, ceux qu'il avait déjà lus, n'évoquaient aucune énigme. Personne ne parlait du mystère de Norbert. André était souvent cité comme l'instigateur des A, mais nul ne faisait référence à la disparition de son père.

Aimée se demanda si son père à lui, Abélard, n'était pas le responsable. Le vieil espiègle était bien capable d'un tour pareil rien que pour exciter la curiosité de son fils. Mais il chassa l'hypothèse : Abélard, pour facétieux qu'il pût être, n'aurait pas écorné presque mille ans de souvenirs.

Comme il avait hâte de reprendre le cours de son odyssée, Aimée opta pour une solution temporaire. Peut-être que la raison de cette absence se trouvait plus loin dans le passé, dans le tout premier manuscrit par exemple.

Il piocha le livre suivant, celui du père de Louis, l'ouvrit à la première page et poussa un cri. Le texte était illisible : il était en latin ! Saisi d'effroi, il empoigna le volume d'après. Rédigé en latin lui aussi ! Et les autres ? Même chose. Alors, en tremblant, il s'empara du tout premier témoignage des Dorian, écrit vers les années 1000 par un certain Romuald Donatien Dorian, le patriarche de la dynastie. Et il fit la grimace en butant sur l'incompréhensible prose latine. Comme il feuilletait le livre, un papier en glissa et tomba sur le sol. Aimée lut :

« Comprendre n'est rien, créer est tout. Norbert Dorian. »

Chapitre 3

L'HISTOIRE, je l'ai apprise quand Aimée a bien voulu me la raconter, beaucoup plus tard. Ensuite, il m'a fallu du temps pour comprendre. Cela s'est fait lentement, quand j'ai pu respirer un peu, réfléchir. En général, Aimée se déboutonnait peu. Au détour d'une soirée, entre un verre plein et une assiette sale, un mot lui échappait, une anecdote lui mettait les larmes aux yeux. Il s'en rendait compte, bloquait son émotion, embrayait sur un autre sujet. Avec moi, il ne parlait presque pas, il écrivait.

Dans le train qui nous emmenait tous les deux vers Besançon, je n'avais qu'une bien petite idée de l'envergure du bonhomme. À vrai dire, j'étais tourné vers moi et je m'efforçais de le haïr.

En effet je le considérais comme responsable de ce qui m'arrivait. Sans lui je n'aurais pas été arraché à mon cocon, sans lui je ne serais pas monté dans ce train, sans lui je n'aurais pas connu cette poignante détresse, je n'aurais pas eu le doigt coupé et surtout, sans lui je ne me serais pas posé de questions. Tout au contraire, protégé par l'amour de mes parents — où étaient-ils, le cher Étienne, la chère Séverine ? —, j'aurais grandi sur les bords de Moirand. Tranquille, j'aurais contemplé le fil des jours se mirer sur la surface du lac. J'aurais vécu ma vie simple et adorée, sans points d'inter-

LA MÉMOIRE DES DORIAN

rogation, sans diableries. Aimée me forçait à penser. Je le détestais.

En même temps, mes efforts pour lui en vouloir étaient limités par mon appétit d'aventure. C'était d'ailleurs une des caractéristiques de mon grand-père. Ses démarches ne se comprenaient jamais d'un point de vue manichéiste. Les notions du bien et du mal ne participaient guère à ses raisonnements. Il possédait une vision plus large de la vie et, par là, plus sensible. Parfois, il fournissait de maigres explications sur sa conduite mais, le plus souvent, il vous laissait patauger dans le noir.

C'était exactement ce que je faisais sur mon coin de banquette tandis que les escarpements du Haut-Jura se nivelaient en plateaux calcaires dont nous descendions patiemment les degrés. Aimée avait rejoint sa place sans prêter attention aux regards outrés que lui décochait mon imposante voisine. À mesure que nous dévalions les pentes du relief, la végétation devenait plus verdoyante, l'automne lâchait prise et un été encore vigoureux s'installait. Des villages de poupée, nappés d'une lumière orange, envoyaient quelques signaux de fumée dans un ciel doré. Je suçai mon doigt pendant tout le voyage.

Enfin, nous arrivâmes dans une grande gare pleine de gens qui nous regardèrent comme si on leur avait volé leur train. Nous débouchâmes sur le quai où la foule se pressait, hérissée de bagages et de cris, grosse masse énervée qui nous bousculait, nous engueulait et dont la fièvre du départ nous semblait à présent déplacée. Mon grand-père nous fraya un chemin dans cette lourde pâte humaine, emboutit quelques tibias avec nos valises et, après force injures et coups de gueule, nous propulsa dehors.

La gare étant bâtie sur une des collines qui dominent la ville, Besançon m'apparut dans son ensemble dès le premier regard. La cité était scellée au fond d'un large cône rocheux perforé à deux endroits par le Doubs, fleuve dont le serpentin ceinturait le centre-ville. Cette enclave, qu'on appelait à juste raison « La Boucle », recélait les plus vieux bâtiments, les plus hautes églises, les plus prestigieuses autorités. La population aimait y flâner, les amoureux s'y donnaient rendez-vous, les notables y travaillaient. Ce joyau serti dans les méandres de la géographie abritait à lui seul presque toutes les curiosités de l'endroit. Découpé par deux grandes artères piétonnières, aéré par des places, des squares et des esplanades, grouillant de venelles, de passages et de cours secrètes, il offrait un site idéal pour les rêves et les besoins de ses habitants.

Autour de cette enclave de calcaire, les montagnes de Chaudanne, Bregille, Rosemont, Planoise et Montboucon veillaient sur la paix de la cité. Ces colosses velus couverts de forêt, armés de forteresses et défendus par des précipices vertigineux abritaient des quartiers résidentiels ou pouilleux, des zones industrielles aussi. C'était vers cette puissante banlieue que nous allions.

Mon grand-père héla un taxi :

— Les 408 ! annonça-t-il en grimpant dans la voiture.

Quoique cette adresse me parût pour le moins succincte, le type démarra tout de go et s'engouffra dans les encombrements sans moufter. Nous coulâmes de la colline par une grande route qui traversait le fleuve. J'espérais que nous franchirions le pont qui s'offrait à nous mais, virant à droite, nous longeâmes les berges et contournâmes le ventre historique de la ville. Je vis quelques ponts défiler et je tâchai de me rassurer. Sûrement nous allions, à un moment donné, en choisir un et nous enfoncer dans le dédale de façades pour atterrir dans quelque pittoresque et célèbre quartier, si célèbre qu'on ne le désignait plus que par ce numéro : 408.

C'est vrai, j'ai tout de suite été attiré par le vieux centre-ville de Besançon. J'imaginais dans ses entrailles les plus belles histoires, les plus grandes destinées. Enserré dans un tel écrin — puissantes montagnes, serviable fleuve —, il cachait certainement des trésors fantastiques, des âmes extraordinaires. J'aurais voulu habiter au cœur de cette couveuse pour y mener une existence grisante et fabuleuse.

Mais le taxi s'éloigna soudain de l'objet de mon désir en bifurquant sur une rampe où se hissaient de sévères immeubles cubiques, et blancs, et tristes. Parvenus au sommet de ce surplomb, nous redescendîmes vers une perspective de pavillons revêches et d'autoroutes à quatre voies.

— Arrêtez-vous là ! ordonna mon grand-père.

Le taxi obtempéra et nous déposa au milieu de la grand-route où les voitures passaient à quatre-vingts kilomètres heure. Nous marchâmes en suivant un long mur de caserne, qui s'ouvrit tout à coup sur une porte blindée gardée par un bidasse neurasthénique. Aimée, nos deux valises dans les mains, s'arrêta en face d'un passage clouté.

Alors, je les vis. Gris, sales, lugubres, deux grands bâtiments m'engloutirent dans leur ombre. Appuyés contre la colline de Velotte, les façades des 408 hébergeaient la misère de Besançon. Devant ces édifices, on avait aménagé une esplanade de bitume qui servait de parking et, dans un coin, on avait jeté un peu de sable pour simuler une aire de jeu (en fait, un crottoir à chien). À gauche, sous un toit de béton, quelques échoppes maladives proposaient des légumes, de la pharmacie, de la viande ou un peu d'oubli sur le comptoir en formica d'un bar à vitrine fendillée. Je frissonnai quand nous nous dirigeâmes vers la bouche noire d'une porte percée dans ces falaises à pauvres. En chemin, Aimée salua des passants mélancoliques, les bannis du paradis de la boucle. Ils semblaient, comme moi, écrasés par le destin.

À l'intérieur de l'immeuble, je fus assailli par une odeur d'urine et de graisse cuite. Sur la porte de l'ascenseur, une note déclarait que celui-ci était en panne.

— Tu sais compter jusqu'à neuf? plaisanta Aimée.

Nous commençâmes donc à gravir les marches taillées dans le béton brut. Nous frôlâmes un mur couvert d'inscriptions vengeresses tracées à la peinture ou au marqueur. Au premier étage, je lus : « Deshir ta mère ». Et je fus plus troublé par l'orthographe que par la signification du message. Nous passâmes des portes desquelles émanait le son d'un téléviseur ou d'une radio que leurs propriétaires écoutaient à plein volume. Au cinquième, nous entendîmes des éclats de voix de l'appartement 5B, suivis par un appel rageur puis par le claquement d'une paire de gifles. Ces bruits furent remplacés par les aboiements furieux d'un chien qui s'épuisait derrière la porte du 8A. J'arrivai bien déprimé sur le palier du neuvième.

Aimée posa nos bagages et tira sa clé. Il s'apprêtait à l'enfoncer dans la serrure quand il s'aperçut que celleci avait été remplacée par un trou duquel sortaient quelques fils de fer, lesquels étaient reliés au chambranle et assuraient la fermeture de l'huis. Il n'eut même pas un haussement d'épaule. Il alla frapper à la porte de son voisin.

— Malheur à toi, ô chien d'entre les hommes ! répliqua-t-on après la première salve de « toc, toc ».

— Ahmed ! appela Aimée. C'est moi, ouvre !

— Louanges à Allah, le Maître des destins ! Tu es revenu ! s'écria Ahmed en apparaissant sur le seuil. Comment vas-tu ?

Drapé dans une djellaba blanche, des babouches aux pieds, nous avions devant nous un sultan arabe robuste et ventru dont le visage rond s'éclairait d'un sourire de bienvenue.

— Ça va, répondit Aimée.

— Gloire au Très-Haut! Ta santé, ça va? demanda Ahmed.

— Oui, ça va.

— Et ton travail?

— Ça va bien.

— Et ton voyage?

— Agréable.

— Et tu as vu ta petite fille? Comment elle va?

— Ça va.

— Et ton gendre, il va bien?

— Ça va, dit patiemment Aimée.

— Et alors lui, dit Ahmed en me fixant. Par Allah! C'est ton petit garçon?

— Oui, c'est Coltrane.

— Bonjour, monsieur, articulai-je.

— Et il est poli! s'extasia Ahmed. La paix et la bénédiction sur toi, mon petit. Mais regardez-le! Il a quel âge? Dis, tu as quel âge?

— Dix ans, monsieur.

Il ouvrit de grands yeux et secoua ses cheveux gris.

— Que ma vue s'obscurcisse! Cet enfant-là a quatorze ans, pas une année de moins.

— Non, il a dix ans, confirma Aimée.

— Et il est déjà plus grand que les tigres de l'Éden! Le nom d'Allah sur toi, ô fils du grand-père!

Puis, décidant que nous en avions terminé avec les salamalecs, il changea brusquement de cap.

— Pas comme ces bandits qui ont saccagé ta porte! Que le Très-Haut les renie!

— Que s'est-il passé? demanda Aimée.

— Je ne sais pas. Attends, je vais chercher les pinces coupantes, c'est moi qui ai mis le fil de fer.

Il disparut un instant et, par l'entrebâillement de sa porte, j'aperçus un matelas et une commode posés sur un tapis persan. Une théière en vermeil, un livre de prières, une lampe coiffée d'un abat-jour jaune.

— Ils sont venus après ton départ, dans la journée, alors que j'étais chez le docteur. Je suis resté longtemps absent parce que j'ai dû aller à l'hôpital pour mes analyses de sang. Bref, quand je suis rentré, j'ai vu ta porte ouverte, le trou dedans : quelle pitié !

Ce que disant il cisaillait les fils de fer et poussait le battant.

— Ils ont tout pris ! s'écria-t-il en nous précédant à l'intérieur. Ces infâmes, qu'Allah leur fasse payer au centuple ! Mais regarde-moi ça !

— Je n'avais pas grand-chose, dit Aimée.

Nous pénétrâmes dans la salle à manger, où siégeaient une table retournée et quatre chaises couchées. Ahmed se dirigea vers une desserte à roulettes.

— Ta télé, ton magnétoscope ! Et ta chaîne stéréo ! Les cassettes, les disques ! Ils ont même emporté ton télécopieur ! Des sauvages, des barbares !

— Laisse, le calma Aimée. Ce n'est pas grave.

Mais Ahmed était lancé.

— Pas grave ? Tiens, viens voir dans la chambre ! tonna-t-il. Ils t'ont volé ton ordinateur ! Et ton magnétophone, ton radio-réveil ! Ils ont tout emporté !

— Mais ils m'ont laissé mon lit et la table de chevet, remarqua Aimée. Et mes habits sont dans l'armoire.

— Ô père des hommes d'esprit, je te trouve bien serein face à ta maison ravagée.

— Ce n'est pas ma maison, répondit doucement Aimée. Et puis, tu me le répètes assez souvent : tout vient d'Allah et vers lui tout retourne.

— Peut-être, admit le sultan. Mais au moins tu vas porter plainte cette fois-ci.

— Pour quoi faire?

— Mais pour qu'on démarre l'enquête! qu'on arrête les pillards!

— Je n'ai peut-être pas envie qu'on les arrête.

Ahmed, qui pendant la dernière partie de cette conversation avait les bras en l'air, les baissa d'un seul coup, décontenancé. Il se gratta le crâne, soupira, puis, enfin, sourit.

— Tu es un digne fils du Prophète, déclara-t-il. Qu'Allah prolonge de mille ans les jours de ta vie! Je me réjouis les yeux de revoir ton visage.

Et il le prit dans ses bras, lui flatta les épaules de petites tapes amicales. Aimée se laissa faire, puis alla chercher les bagages sur le palier.

— En tout cas, ce soir tu manges chez moi! prévint Ahmed.

Aimée fit non de la tête.

— Et où veux-tu manger, hein? Allez, c'est décidé, venez vers sept heures. Bon, pour le moment je vous laisse. Qu'Allah soit glorifié!

Sur ces bonnes paroles, il regagna son appartement. Sa porte se referma sur une odeur de cumin et de poivre moulu.

Mon grand-père redressa la table d'un geste las, les chaises, puis me demanda si j'avais faim. Les voleurs n'avaient pas touché aux gâteaux secs serrés dans l'armoire. Je déclinai son offre, je cherchai encore à déglutir la grosse boule de chagrin qui me serrait la gorge. Il ouvrit deux ou trois placards dans la cuisine, vérifia leur contenu et pêcha un paquet de petits beurres tandis que je restais planté sur le seuil.

— Allons, entre, dit-il en me poussant dans le salon et en calant la porte avec une valise. Tiens. Va t'asseoir à table, il faut qu'on parle tous les deux.

Timidement, j'allai me jucher sur une chaise et il se posa en face de moi. Je crus n'en jamais voir la fin mais, après m'avoir considéré une bonne minute, il finit par sourire.

— Cole, dis-moi pourquoi tu fais cette tête.

Je ne sais quel mystérieux déclic, quel secret ressort ces mots déclenchèrent, toujours est-il que je me mis à sangloter sans retenue.

Il ne bougeait pas. Peut-être contemplait-il ses mains ou une lézarde au plafond. Il attendait sûrement que l'averse passât en cherchant ses mots. En fin de compte, comme cela menaçait de durer, il contourna la table, me souleva de ma chaise et me serra contre lui. J'eus un peu honte d'être ainsi consolé comme un bébé (sans compter que c'était la deuxième fois dans la même journée) mais, sincèrement, je n'avais pas les moyens de faire autrement.

— Cole, Cole, mumura-t-il en me berçant. Fais-moi confiance un peu. J'ai peur, moi aussi, qu'est-ce que tu crois ? Ce n'est pourtant pas une raison pour se laisser aller.

Il me reposa sur ma chaise.

— Tiens, écoute, on va faire un pacte. Tu veux ? Ce sera comme un secret entre nous. Qu'est-ce que tu en dis ?

— Quel pacte ? larmoyai-je.

Il s'est accroupi, ses mains sur les miennes.

— Eh bien, à partir de maintenant, tu peux tout me demander. Tout !

— Mais ce n'est pas un pacte, répondis-je.

— Si ! Si, c'en est un parce que, moi, quelle que soit la question, je te répondrai toujours et je ne te mentirai jamais. Jamais ! C'est ça, notre pacte ! Tu comprends ?

Je ne répliquai rien et essuyai mes larmes d'un revers de manche. Il quitta la pièce et revint avec un bout de papier toilette qu'il me tendit. Je me mouchai en songeant à la proposition qu'il venait de me faire.

— Tout ? demandai-je.

— Tout, assura-t-il.

— Alors, est-ce que je vais bientôt retourner à Lélut ?

Il a fermé les yeux pour encaisser le choc. Je n'avais pas l'intention de le désarçonner. Dans mon esprit, il avait quitté le royaume des ogres. C'était vraiment la question qui me tourmentait le plus. Il rouvrit les paupières.

— Tu vas rester avec moi jusqu'à la fin de l'année scolaire. C'est ce que nous avons fixé avec tes parents.

— Un an ?

— Un peu moins, nous sommes déjà en octobre.

— Octobre ! beuglai-je en sombrant dans une nouvelle crise de désespoir et en découvrant par là même que le jeu avait ses limites et que toute vérité n'est pas bonne à savoir.

Il ébaucha un geste désolé qui retomba en claquant sur sa cuisse. Un peu plus tard, parce que toujours les larmes m'épuisaient, je m'endormis sur le lit de la chambre dans une odeur de mouton grillé et d'échappement de Mobylette.

☐

Le lendemain soir, je suis rentré en ruminant des envies de meurtre. Ma joue droite brûlait d'un feu cuisant, mon genou commençait à enfler et j'étais bien certain d'avoir deux doigts cassés. Mon beau petit pull rouge au col en V avait craqué et mon pantalon était déchiré à la cuisse. Quant à mon cher cartable, les cahiers, les stylos qu'il contenait, tout ça avait été volé. Je me jurai une vengeance implacable, une chasse cruelle pour un dénouement sanglant.

Quand je refermai la porte dont les serrures toutes neuves brillaient d'un éclat de laiton, mon grand-père leva le nez de ses feuilles. Il jaugea la situation d'un coup d'œil, écarta son manuscrit et me dit d'approcher. Pinçant mon menton entre pouce et index, il fit la dernière chose que j'attendais : il sourit. Ce n'était plus l'homme de ce matin, celui qui m'avait accompagné à l'école dans son pardessus mastic, évitant les flaques d'eau et les regards trop insistants dans la rue. Du costume noir, bien découpé, élégant, il était revenu à son inusable jean, sa chemise à rayures bleues, sa ceinture en cuir à tête de taureau. Je l'imaginais se hâtant de revêtir des habits confortables et pestant contre cette fichue célébrité qui changeait un entretien avec un directeur de collège en séance d'autographes.

Mais revenons au début de l'aventure. Le matin de bonne heure — de trop bonne heure à mon goût, je n'arrêtais pas de bâiller —, nous avions attendu le bus sous une pluie fine et pénétrante. À 7 h 46, il arrivait. Je notai l'heure de passage parce que chaque minute de sommeil compte.

Dès que nous grimpâmes dans le véhicule, quelques regards nous harponnèrent et ne nous lâchèrent plus. Surtout Aimée, le pauvre, obligé de rester debout dans l'habitacle bondé. Moi aussi, j'obtenais ma part, mais après qu'on l'eût toisé à satiété. Le malaise dura pendant tout le trajet.

Le bus se dirigea droit vers le fleuve et je m'aperçus que j'avais encore une chance de passer les portes de la ville. Au pied d'une longue pente courbée, se présentait un pont majestueux. Nous stoppâmes à une centaine de mètres du point stratégique pour prendre encore des voyageurs. Il fallut se pousser, se serrer dans le fond, et je perdis de vue le pare-brise dans lequel s'inscrivaient les vieux murs convoités. Dans un bruit d'aspirateur,

nous reprîmes notre course et, comme le paysage cli-
gnotait entre une paire de fesses et un sac à main, je
résolus de fermer les yeux. De toutes mes forces, je me
répétai : « Le pont, le pont, le pont. » En même temps,
j'essayai de sentir au balancement du véhicule si nous
prenions une bifurcation. Non, il me semblait que nous
suivions la tranquille courbe du virage, qu'aucune
malencontreuse embardée ne m'éloignait de mon objectif. Je rouvris les yeux. Nous parcourions les derniers
mètres du pont et une belle rangée d'arbres se dressait
de part et d'autre de la chaussée.

Avec émotion, je contemplai les pierres taillées d'un
très vieil hôpital, le fouetté d'une petite rue qui se fau-
filait vers une place bordée de fontaines, les trottoirs
étroits, les grilles peintes en noir, coiffées de fleurs de lis
aiguisées, les maisons boiteuses sous leurs longs toits
vallonnés, les façades penchées, avec une casquette de
guingois, sculptées de lions ou de sirènes, agrémentées
de colonnes grecques ou de clochetons ventrus. Tout à
mon admiration, je me frayai un passage pour mieux
voir les beaux magasins étincelants de lumière, les graves
portes cochères défendant des cours abritant des escaliers qui montaient en torsades compliquées, les squares
protégés par des arbres centenaires. Je savourais ce
décor comme un bonbon délicieux, je me sentais bouleversé par tant de travail, tant de soin, tant d'amour
apporté à la construction de cette ville.

Mon grand-père me mit la main sur l'épaule et me
tira en arrière. Nous étions arrivés. Je sautai du bus dans
une rue couverte de dalles ocres sur une grande place
dominée par le fronton d'une haute église en craie
blanche. Aimée prit le vent, puis nous entraîna vers le
nord. À ma question, il répondit qu'on ne s'en va pas
à l'école les mains dans les poches. Il avait réservé la
matinée pour l'achat d'une tenue complète de collégien.

Nous entrâmes dans le premier magasin, duquel nous ressortîmes vingt minutes plus tard avec un sac en plastique qui contenait mes vieilles chaussures. Alors que j'essayais différents modèles, la vendeuse avait dévisagé Aimée avec l'air de se demander où elle l'avait vu. C'est ce qu'elle nous expliqua quand il lui tendit sa Carte bleue. Elle reconnut le nom sur-le-champ, s'exclama qu'elle avait lu tous ses livres et qu'il était le meilleur auteur de la planète. Mon grand-père rentra la tête sous la bourrasque tandis que la demoiselle continuait ses louanges. Poussant son avantage, elle entreprit, mutine et familière, de lui tirer les vers du nez. Je sentis qu'il se crispait quand elle lui demanda le sujet de son prochain bouquin. Ensuite, elle s'orienta sur la durée de son séjour «dans notre petite ville», et il se rétracta encore un peu plus. Enfin, sur la promesse qu'il repasserait de temps à autre «comme ça, pour papoter», il réussit à s'en dépêtrer.

Dehors, il déclara que ça commençait bien et qu'il en était pour une vraie partie de plaisir. Je le sentis prêt à abandonner : «Écoute, nous achèterons tout sur catalogue», mais il posa les yeux sur mes pieds chaussés de neuf. Une jolie paire de mocassins à lacets remplaçait mes brodequins. Il m'entraîna vers un magasin de confection.

La même scène se répéta à quelques variantes près. Cette fois, nous fûmes pris d'assaut par deux vendeuses extatiques qui n'hésitèrent pas à réclamer des autographes, à poser des questions scabreuses, à aller chercher des copines pour les faire profiter de l'aubaine. On poussa des cris d'enthousiasme, on s'emballa, se pâma, et tout ça dans un tel élan qu'on m'oublia dans une veste aux manches trop longues et un pantalon kaki. Je contemplai un moment cette espèce de clown qui me renvoyait mon pathétique sourire dans la glace puis regagnai la cabine d'essayage. J'enlevai tout, sauf un pull bordeaux au col en V dont le moelleux me plaisait. J'allais jeter l'éponge et renoncer à mon élégance quand soudain j'entendis mon grand-père m'appeler. La volière, réveillée en sursaut, dirigea ses flèches vers moi et me dégotta en l'espace de cinq minutes une dizaine de chemises, quatre pantalons, quinze tee-shirts, six pulls et deux blousons. Le poulailler m'abrutit de réflexions foireuses sur la mode, le fin du chic de cette année, et, non, je vous promets, ça se porte avachi, un peu bouffant, oui, oui. Finalement, chargés comme des mulets, nous nous arrachâmes de cet enfer et Aimée poussa encore un long soupir contrarié sur une bonne partie de la rue. Mais ce n'était pas fini. À présent, j'avais besoin d'un cartable. Il m'entraîna vers un autre magasin.

Le maroquinier, un Juif volubile qui siégeait parmi les cuirs, nous servit sans commentaire. Ou il n'était pas lecteur, ou la célébrité ne l'impressionnait pas. Quoi qu'il en soit, cette trêve nous permit de prêter attention aux ressources de son échoppe, notamment les cartables, qui proposait un mur entier à notre convoitise. J'en repérai un sur-le-champ, un petit à fermoir doré, à liseron écru sur fond anthracite, avec des poches, un soufflet, des sangles solides. Aimée m'en conseilla un autre moins tape-à-l'œil, que je refusai net d'un regard dédaigneux. Le vendeur déclara que j'avais des goûts sûrs et nous pilota vers la caisse. Aimée Dorian sortit sa Carte bleue, que le vieil homme examina sans tiquer. Nous sortîmes, moi tout fier de me pavaner avec un si joli bagage, lui un peu soulagé.

La dernière étape concernait la papeterie. Mon grand-père pâlit en songeant au nombre de lettrés qui hantent un tel magasin. Cependant, nous étions en marche, nous n'allions pas caler si près du but. Aussi me conduisit-il d'un pas ferme vers la plus grande librairie de la ville. Arrivés aux portes de cette mosquée de la littérature, quand même, il s'arrêta. Je l'entendis reprendre son souffle avant de pousser le bec-de-cane.

Cela se divisait en trois parties, au fond les livres, au sous-sol les bandes dessinées, et près des vitrines la papeterie. Nous restâmes dans ce dernier coin. Sur les murs, on avait déployé des étendards arborant la photo d'un écrivain célèbre avec la couverture de son dernier livre. Mon grand-père tâcha de s'éloigner de celui qui le concernait.

Nous étions en train de farfouiller dans un lot de crayons de couleur quand un vendeur nous demanda si nous désirions de l'aide. Nous étions si tendus, si pressés, Aimée et moi, que nous sursautâmes de concert. Le vendeur était petit, cravaté de blanc ; une massive paire de pectoraux gonflait sa chemise. De fines lunettes rondes marquaient son grade de grand lecteur. Il nous examina sans ciller, surtout mon grand-père, et renouvela sa question. Je le priai alors de me trouver stylos, cahiers, règle et compas, ce qu'il fit sans autre forme de procès. Nous échangeâmes des regards étonnés, Aimée et moi. Je vis mon grand-père se détendre petit à petit, d'autant plus que la librairie était vide et que le reste du personnel semblait somnoler. Bientôt, en confiance, une sorte d'excitation s'empara de lui. Enfin, il n'y tint plus :

— Dites-moi, monsieur...

— Oui.

— Je me demandais... Enfin, comment dirais-je... Vous me reconnaissez ?

— Vous êtes Aimée Dorian, non ? répliqua l'autre en me tendant une botte de pinceaux.

— Ah bon ! vous me reconnaissez !

Aimée fit tourner ses yeux autour du magasin, puis se pencha vers l'impassible.

— Je voudrais voir les dernières parutions littéraires, est-ce possible ?

Il lui avait chuchoté ça à l'oreille comme un lycéen demande une boîte de préservatifs. L'Impertubable l'escorta vers le fond, où s'étalaient les couvertures des plus prestigieux auteurs.

Aimée ouvrit des livres, renifla des reliures, caressa des pages. On aurait dit qu'il se choisissait un parfum. De temps en temps, il écartait un volume qu'il posait sur une pile séparée. J'avais fini depuis longtemps qu'il était encore à fureter parmi les rayons. Son œil brillait d'une lueur étrange.

Il revint vers la caisse lesté d'une petite bibliothèque et, alors qu'on lui emballait ses bouquins, il demanda s'il pouvait les laisser en dépôt le temps de trouver un taxi.

Maintenant, j'étais équipé, nanti, muni, harnaché de pied en cap. Nous partîmes vers le collège.

L'école se trouvait à deux pas dans une petite rue sale et torteuse — mais rien n'est jamais très loin dans une vieille ville. Le directeur vint nous chercher personnellement dès qu'on l'eut averti de notre visite. Élancé, grand, cintré dans un sévère costume noir, il portait les cheveux courts, une barbe noire taillée en brosse qui tombait de sa moustache sur le bulbe de son menton. C'était le portrait de l'homme à poigne, responsable et autoritaire. Nous le suivîmes jusqu'à son bureau sculpté dans du chêne bicentenaire.

Tout de suite, il nous fit part de son plaisir à m'accueillir dans ses murs. Il s'enquit de mes antécédents scolaires et, comme Aimée répliquait : « Aucun », il s'étonna.

— Mais enfin, la loi exige... commença-t-il.

— Qu'un enfant reçoive de l'instruction ? coupa Aimée. Il en a reçu, posez-lui des questions.

— Hum ! Je ne suis pas là pour faire passer des tests. Vous m'aviez promis son dossier scolaire aujourd'hui...

S'ensuivit une sorte de cafouillage car de dossier, je n'en avais pas. Ma mère m'avait fait la classe jusque-là sans me sanctionner d'un bulletin trimestriel. Nous nagions en pleine confusion quand mon grand-père décida de prendre le taureau par les cornes.

— Mais, enfin, que demandez-vous à vos pupilles : de la mémoire et de l'intelligence. Coltrane est certainement pourvu des deux. Passez-moi un livre, celui que vous voulez.

Le proviseur hésita, puis tira de la bibliothèque qui tapissait un mur de la salle le très célèbre *Une saison en enfer* d'Arthur Rimbaud. Aimée me le remit et pria le directeur de lui désigner un poème de son choix. « Voyelles » fut élu.

C'est comme ça que mon amour pour la littérature est né. Peut-être à cause de la solennité de l'instant, peut-être à cause des émotions des dernières vingt-quatre heures, je lus le texte avec des yeux neufs. J'ai découvert Rimbaud et la force du verbe en même temps. Pour la première fois, je comprenais que la langue est bien plus qu'un moyen de communiquer. Dans le sonnet, on sentait l'odeur des mouches, on goûtait ces « naissances latentes », on voyait la couleur des lettres, les cinq sens participaient à l'éclosion d'une émotion, d'un souffle, d'une vie. Ici, on avait compris l'essence, le poids, l'envergure des mots et chacun résonnait dans mon être comme des oiseaux se cognent aux cloches d'un beffroi pour produire une mélodie douce et puissante. Arrivé à la fin du poème, encore ébloui, je comprenais un peu mieux la vie et son sens profond. Il me semblait qu'on venait de briser la fiole d'un liquide merveilleux qui se répandait en coulées douces au fond de moi. À vrai dire, je vivais mes toutes premières secondes de maturité, j'avais démarré ma mue. Et le fracas de ce formidable écroulement ne fit pas plus de bruit qu'un doigt qui passe sur la flamme d'une bougie.

Mon grand-père me retira le livre.

— Récite-le, dit-il.

Je lui récitai «Voyelles» avec le feu de ma toute fraîche passion. Je respirai ces mots comme on s'emplit d'un sentiment rare. Mais l'heure n'était pas aux élans. Il m'interrogea sur quelques points de grammaire et je lui fournis promptement la réponse comme un immigrant tend ses papiers à un douanier soupçonneux. Fort de cette victoire, il me fit commenter les trois premiers vers du sonnet, puis l'œuvre tout entière. Me fiant aux méthodes que ma mère m'avait enseignées, j'élaborai une dizaine d'idées que je classai par ordre d'importance. Puis, il me demanda de déduire de tout cela le sujet du poème, son thème.

— Je pense que Rimbaud décrit un sexe féminin, conclus-je.

— Cela vous convient-il? triompha mon grand-père.

Le proviseur nous lança un coup d'œil inquiet.

— Évidemment, évidemment, marmonna-t-il. Mais qu'en est-il des sciences, des mathématiques, de la physique, de la biologie, par exemple? Et l'histoire? Et la géographie?

Mon grand-père avança qu'on pouvait me tester dans toutes ces matières mais que cela prendrait du temps. Pourquoi ne pas me donner une chance? L'autre caressa sa barbichette puis afficha une mine du genre: «Après tout, c'est comme vous voulez.» Le directeur m'accorda donc un trimestre dans son établissement à la

condition que mes notes et ma conduite soient irrépro-
chables, sinon il avertirait l'inspecteur d'académie.

— Je peux faire un effort pour le petit-fils de mon
auteur favori, ajouta-t-il. Je suis l'un de vos plus fervents
admirateurs. D'ailleurs, j'ai ici une copie des *Imbéciles*
muets que, si vous le voulez bien...

Mon grand-père lui dédicaça le livre. Le proviseur
appela alors le concierge et lui lança cet ordre :

— Emmenez M. Coltrane Dorian vers la 6ᵉ B, ils
sont en classe de français avec Mᵐᵉ Carrelle, à qui je
parlerai tout à l'heure.

Nanti de mon cartable tout neuf, de mes habits tout
neufs, de mon cœur tout neuf, je me tournai vers
Aimée.

— Monsieur le directeur, vous permettez ? Je voudrais parler à Coltrane en privé.

— Bien sûr, bien sûr. Ensuite, je vous ferai signer
quelques papiers. À propos, entre l'espagnol, l'allemand
ou l'anglais, quelle sera sa première langue ?

Je choisis l'anglais.

Nous fîmes quelques pas dans les couloirs, Aimée et
moi. Le concierge se tint à distance quand nous nous
arrêtâmes.

— Je m'excuse de t'avoir fait faire ce numéro de
cirque, murmura mon grand-père. Dis-moi, que s'est-il
passé avec ce poème ?

J'ai serré les sangles de mon cartable qui me tirait les
épaules.

— On n'a jamais étudié Rimbaud avec maman.

— Je ne te reproche rien. C'était parfait. On aurait
même dit que tu étais touché par la grâce. Je me
trompe ?

Les enfants ne dévoilent jamais leurs secrets aux
adultes.

— Qui c'est, Rimbaud ?

Il m'a passé la main sur le visage, puis il a posé un baiser sur mon front.

— Je te dirai ça ce soir. En attendant, je dois retourner auprès de cet homme qui, je le devine, va me faire dédicacer la collection complète de mes bouquins. J'ai hâte de rentrer dans mon taudis, crois-moi. Au moins, ils me foutent la paix, aux 408.

Résigné, il est parti rejoindre son « fervent admirateur » et le concierge m'a guidé dans les couloirs déserts.

☐

Le soir, le bus m'a déposé en face de la caserne et, encore charmé par ma première journée d'école, j'ai traversé la rue. Je songeais à tous ces gens de mon âge massés dans la cour aussi grande qu'un parking, les échanges de poignées de main, les filles qui riaient, les pions anémiques avec leur pulls de laine, et puis les professeurs (les profs), des douzaines de profs pour des douzaines de classes pour des centaines d'élèves. Je ne me sentais pas encore chez moi mais j'étais attiré par cette ambiance taillée à mes mesures. La nuit était tombée maintenant et les grands buildings des 408 suintaient la pluie, qui n'avait pas cessé depuis le matin. Je m'élançai sur le terrain vague face aux bâtiments, j'avais hâte de raconter ma journée à Aimée.

— Ho ! Où tu vas, toi ?

On m'interpellait et je cherchais des yeux d'où provenait la voix.

— Hé ! Pauv' con, tu m'entends pas ?

Ça venait de la droite et quelque chose me disait de ne pas aller y voir. J'ai fait deux pas vers ma cage d'escalier.

— Ah, l'enculé ! Y s'arrête pas ! V'nez, on y va !

Ils sont sortis de l'ombre, trois adolescents dans les douze à quinze ans qui m'ont encerclé tout de suite.

— Mais il est joli comme tout! Il lui manque plus qu'une fleur dans les ch'veux. Ho! bâtard, t'entends pas quand on t'cause?

C'était un petit musclé avec des cristaux noirs plantés dans les oreilles qui m'apostrophait de la sorte. Il me parlait de tout près, me soufflant son haleine au chewing-gum en plein visage. Il avait les cheveux bouclés, courts, rasés sur les côtés, le chef de la bande sans doute.

— File-nous ta vache, dit un autre, plus gras, avec un blouson qui lui descendait à mi-cuisse. Vas-y, enculé, aboule!

Ils en voulaient à mon cartable.

— Allez, putain, bouge!

Le type au blouson-minijupe s'est agrippé après et j'ai donné un coup d'épaule pour lui faire lâcher prise. Cependant, le troisième se tenait dans mon dos. Il m'a prestement garrotté le cou avec son bras et a serré de toutes ses forces.

— Tiens-le, l'enculé d'sa mère. Tiens-le, j'vais l'déchirer!

Le petit méchant m'a balancé son pied dans les parties, à toute volée. Mes testicules me sont remontés dans la gorge. Si fort que je n'ai même pas pu crier.

— Amène-le! Amène-le, on va lui niquer sa mère!

Celui qui me tenait me tira vers l'arrière du bâtiment, me traîna plutôt car il n'avait pas la force de me porter, et je n'avais pas celle de me soutenir. Nous nous sommes retrouvés dans l'interstice entre la falaise de béton et celle de la colline de Velotte, un espace de soixante mètres carrés sans lumières et à l'abri des regards, un endroit très tranquille.

— Vas-y, chécou l'enfoiré! C'est ça, comme ça.

Je suis tombé sur le flanc quand il m'a lâché, juste à temps pour recevoir une reprise de volée dans le ventre.

— Putain, l'coup de saton que j'lui ai pas mis! s'est exclamé le type au blouson-tutu. Ah! la pauv' tanche, il a dû faire mal çui-là! Ho, papi! t'as mal?

— Attends! J'vais y péter la tronche! Téma le coup d'latte balayette!

Celui-là m'est arrivé sur la joue à la vitesse d'un train express. Ma tête a fait une embardée sous l'impact, j'ai failli m'évanouir. À présent qu'ils m'avaient un peu préparé, ils ont entrepris de me retirer les sangles de mon cartable. J'ai essayé de me débattre, je me suis agrippé à la poignée. Ils tiraient dessus à deux:

— Putain, mais laisse! Laisse ou j't'arrache la tête!

Le plus petit m'a shooté dans les jointures, mes doigts ont explosé et j'ai été obligé de lâcher.

— J'y crois pas! T'as vu comment il y tient à sa merde?

Ma main avait giclé au milieu des détritus, parmi des objets de formes et de tailles diverses. Sous mes doigts, je sentis comme un petit tuyau qui se terminait en pointe. Je m'en suis emparé et quand le petit m'a empoigné par le col, que j'ai vu qu'il s'apprêtait à me mettre un magistral coup de tête, j'ai propulsé mon bras vers lui. La seringue hypodermique s'est plantée dans son épaule jusqu'à la garde.

— Bâtard d'sa mère! Putain, mais c'est une seringue! Une seringue de drogué en plus!

Je ne m'arrêtai pas en si bon chemin, je retirai l'aiguille et la lui plantai dans la joue. Et la retirai encore, mais cette fois avec la pointe cassée. Je brandis mon arme en me relevant:

— Allez! venez! m'écriai-je. Venez donc, maintenant!

Celui que j'avais piqué se tenait la mâchoire. Ses copains, un peu en retrait, me couvraient d'injures.

— Vos gueules, merde! a crié le blessé. J'ai l'aiguille dans une gencive! Oh! la vie d'ma mère, j'vais choper l'sida!

Il m'a fait face en montrant le poing.

— Toi, j'vais t'faire chier ta race!

Il a tourné les talons.

— Allez, tirons-nous, faut que j'trouve un toubib!

Ils sont partis en courant et j'ai entendu l'esquinté engueuler les deux autres. J'ai lâché la seringue.

Ça m'a bien pris cinq minutes pour reprendre mon souffle et évaluer les dégâts. Ma mise de petit collégien ne ressemblait plus à rien, j'étais un agressé dans un coin des 408, un parmi tant d'autres. Je n'étais pas fier, ni courageux, je ne pouvais plus me raconter d'histoires. Je venais de faire connaissance avec la réalité, c'est tout.

Aimée m'a soigné la joue, il a examiné mes doigts, m'a promis qu'ils n'étaient pas cassés, puis il m'a donné un autre pantalon, un autre pull. Il m'a demandé si je voulais en parler un peu et j'ai déversé ma bile contre les salopards qui m'avaient mis dans cet état.

— Qu'est-ce que je vais faire s'ils reviennent? pleurnichai-je.

— Je ne sais pas. Courir peut-être, dit-il.

— Et toi? Hein?

— Oh, moi, je ne suis pas le bon Dieu! Je guettais par la fenêtre, mais il n'y a pas beaucoup de lumière. Je ne t'ai pas vu.

— Et alors?

— Et alors, que veux-tu de plus! Ce sont les 408, c'est comme ça! Ça ne triche jamais et parfois ça te rentre dedans. Moi, ça me convient comme ambiance.

Il s'est gratté la tête.

— Je peux te donner un conseil si tu veux : essaie d'anticiper les choses et de ne pas te retrouver coincé. Mais je ne sais pas si, en situation, c'est très utile. Voilà. Demain, nous irons te chercher un autre cartable, le même.

— Non, non, pas le même, protestai-je. Ce serait mieux un plus simple, un tout noir, pas voyant comme l'autre.

Il a soupiré, est allé dans la chambre et a ramené un cartable tout simple, tout noir, exactement comme celui que j'avais décrit. Il me l'avait acheté après m'avoir laissé à l'école.

— Je ne pensais pas que tu en aurais besoin si vite, me dit-il.

Chapitre 4

AIMÉE, LUI AUSSI, s'était battu en arrivant à Besançon. Dans la vieille traction familiale, alors qu'il avait quinze ans, à la toute fin des années quarante, ils avaient passé les portes de la ville, son père et lui. Abélard, qui était secoué de quintes de toux déchirantes et que le voyage avait épuisé, décida de s'en « jeter un » avant de trouver un hôtel pour la nuit. Ils parquèrent la voiture sur les quais de la rivière, se dirigèrent vers une antique taverne aux tables vert acide, au comptoir bancal. Ils s'assirent dans un coin de la salle humide et mal éclairée, à côté d'une table où siégeaient quatre buveurs échauffés par l'alcool et les polémiques. Après avoir commandé des verres de vin chaud, Abélard et Aimée entendirent l'un de leurs voisins, un grand barbu coiffé d'un béret qui naviguait au vent de ses coups de gueule, beugler que le fascisme avait engendré la guerre, d'accord, mais qu'à tout prendre cela permettait de reconstruire un pays ravagé, d'une, et que cela donnait des femelles à ceux qui étaient encore capables d'en profiter, de deux. Sur quoi l'ivrogne sortit une poignée de tickets de rationnement, les jeta en l'air et envoya tout le monde au diable en basculant la tête la première dans le giron d'Aimée.

Mon grand-père, peut-être parce que élevé dans une maison sans mère, haïssait le contact physique, surtout venant d'un inconnu. Aussi repoussa-t-il sans douceur le fâcheux. Cela déclencha le reste. Le soûlot lui lança un pain de cinquante livres qu'Aimée reçut à la pointe du menton. Heureusement, pour vigoureux qu'ait été le coup, sa précison était altérée par l'alcool et il glissa sur la peau sans la meurtrir. Aimée fut debout en moins d'une seconde, quinze ans, un mètre soixante-dix-huit, soixante-dix-huit kilos et prêt à en découdre. Il ne laissa pas son adversaire assurer sa garde et éjecta un quintal de viande dans le bide du quidam, qui s'écroula dans les chaises.

Les copains du bagarreur réagirent et entreprirent de défendre l'honneur de leur camarade. Mais une bouteille brisée et brandie par le col s'interposa entre les combattants. Abélard, menaçant, conjura tout le monde de se calmer. Il invita les trois hébétés à récupérer leur sac à vin et à déguerpir.

— Faites vite ! je me sens des mains de charcutier, annonça-t-il.

Quand les autres eurent disparu, il posa le tesson sur la table, termina son vin chaud puis se leva, escorté par son fils.

— Payez-moi ! dit le patron. Vous avez foutu le bordel ! Faut m'payer !

Abélard sortit une pincée de pièces de sa poche et les laissa tomber par terre. Ensuite, il renifla de toute la force de ses bronches encrassées, cracha un énorme glaviot sur la monnaie qu'il venait de répandre, et sortit.

Cette histoire, Aimée me la raconta cent fois. Il y voyait un trait commun entre ses premières heures à Besançon et les miennes.

Il y en avait d'autres.

Lui aussi avait dû répondre à l'interrogatoire d'un proviseur dubitatif ; lui aussi avait gagné ses galons d'écolier grâce à son intelligence et à sa prodigieuse mémoire ; lui aussi était investi d'une mission.

Le lendemain, Abélard déposa son fils au collège Victor-Hugo, lui donna une tendre bise, puis remonta dans sa traction pour regagner ses hauteurs et ne plus les quitter.

Aimée s'était mis en tête d'apprendre le latin afin de déchiffrer les arcanes de l'armoire. Malheureusement, l'emploi du temps qu'on lui avait concocté ne consacrait qu'une petite heure à cette langue. Il alla donc trouver le proviseur, qui lui expliqua que l'école n'était pas un restaurant, qu'on ne choisissait pas ses matières et qu'il fallait qu'il se contente du «menu» proposé.

De mauvaise grâce, Aimée se plia à la règle.

— Qu'est-ce que t'en as à foutre du latin? lui demanda Émile Œuvrard, un petit brun pourvu d'une puissante mâchoire, de sourcils en buisson et de cheveux de paysan aussi drus que des gerbes de paille.

Ils étaient assis l'un à côté de l'autre en classe et partageaient la même chambre au dortoir: deux raisons pour que naisse une grande amitié.

— J'en ai besoin, répliqua Aimée.

L'autre partit d'un rire sonore qui attira l'attention de M. Tenon, maître d'étude pâlichon dont la barbe naissante cachait mal l'acné galopante. Un type du troisième rang reçut un avertissement et Émile Œuvrard enchaîna.

— Tu viens d'où, collègue?

— Du domaine Dorian.

— Et c'est où, ça, le «domaine Dorian»?

— À Lélut, près du lac Moirand.

— Jamais entendu parler, dit Œuvrard en tirant les coins de sa bouche vers le bas. Moi, je suis de Landresse, tu connais?

Sur quoi Œuvrard expliqua les guerres de Landresse, la rivalité mourante qu'ils entretenaient avec les Velrans.

— C'est qui les Velrans? demanda Aimée.

À ce moment, M. Tenon sermonna un petit tout près de leur place et lui promit que si ces pénibles bavardages ne cessaient pas, il irait s'en justifier auprès de «monsieur le proviseur». Œuvrard oublia de répondre, mais assura que si le latin était la lubie d'Aimée, il saurait satisfaire sa curiosité.

L'étude finie, les deux nouveaux amis traversèrent la cour pour aller au réfectoire, qui prétendait sustenter leur jeune estomac avec des épinards fanés et des tranches de foie anémique. Ils mangèrent peu, se levèrent de table avant que le «flan à la saccharine» fut servi et déambulèrent dans l'école déserte.

— Je vais t'emmener dans la caverne d'Ali Baba! dit Œuvrard.

Ils grimpèrent des marches, se perdirent dans des salles vides, parcoururent des couloirs hachés de portes et de fenêtres, puis butèrent sur une grande porte vitrée blottie au fond d'un obscur corridor.

— Attends, je vais allumer! prévint le petit paysan.

Mais Aimée, déjà nyctalope, lisait les lettres apposées au fronton de l'entrée.

— Non, c'est la bibliothèque. Je le vois.

Son compagnon se dirigea à tâtons vers lui, le regarda curieusement puis lui prit le bras.

— Bouge pas, dit Aimée.

Il prit la poignée et la fit jouer. La porte s'ouvrit sur une odeur de parchemin putréfié. Ils pénétrèrent dans une longue salle voûtée soutenue par des colonnes de pierre blanche et divisée par de longs rayonnages de livres assoupis. Le tout était gardé par des chaises et des tables sentant l'urine et la chaussette mouillée. D'un pas sûr, Aimée se rendit vers la première rangée tandis qu'Émile, accroché à lui comme un aveugle à sa canne, butait contre les meubles en laissant échapper de sourds jurons.

— Tu y vois dans le noir ?

— Il ne fait pas très sombre, répliqua Aimée.

— Si t'étais pas là, je me serais déjà étalé vingt fois. Où va-t-on ?

Dans la pénombre, mon grand-père suivait les couvertures, y cherchant des mots à consonance latine.

— Hé ! Œuvrard ! tu sais où sont les latins ?

— Non, j'en sais rien. Aïe ! J'ai jamais cherché ce genre d'oiseau.

— Quelle heure il est ?

— Et comment veux-tu que je le sache, j'y vois comme dans mon cul !

— T'as une montre ? Viens voir... 7 h 50. Le couvre-feu est dans dix minutes. On reviendra demain.

— Écoute, je sais pas ce que tu veux, mais on risque pas deux heures de colle pour un coup d'œil à la bibliothèque.

Aimée le conduisit vers la sortie.

Ils rejoignirent le gros des pensionnaires. Sous l'œil fatigué de leur surveillant, ils se mirent en rang, montèrent au dortoir dans un bruit de troupeau las et se couchèrent sous la morne menace qu'au moindre chahut « ça barderait ».

Aimée me raconta plus tard que cette promiscuité d'enfants ronfleurs, geignards, somnambules, bruyants même dans leur sommeil, avait été à l'origine de ses insomnies. Comme moi habitué aux longues nuits paisibles de Moirand, il avait été marqué pour le restant de ses jours par ce tintamarre feutré. Dans mon cas, ce furent la télé du voisin, les pleurs du bébé de l'étage au-dessous, le grondement des voitures sur la route, les pétarades de vélomoteurs sur le parking qui me tinrent en alerte presque toute la nuit.

Aimée resta donc allongé jusqu'aux petites lueurs du jour dans ce vacarme silencieux, se tournant de temps en temps pour contempler les poses de son nouvel ami qui, en pensionnaire endurci, se livrait au plus profond sommeil. Aimée aurait bien voulu utiliser ces heures stériles à quelque tâche patiente — lire, étudier, écrire ou tout simplement marcher dans la ville —, mais il ne se sentait pas encore assez familier avec les règles de l'école pour les transgresser à son aise.

Dès que le pion eut sonné le réveil, que la troupe fut descendue à la cantine pour ingurgiter du pain mou imbibé de café tiède, Aimée posa sa question.

— Comment on fait pour sortir?

— Comment ça? Du bahut? demanda Œuvrard.

— Oui!

— Pourquoi? T'as une petite en ville? Comment elle s'appelle?

Aimée profita de la perche tendue et offrit un visage gêné.

— Ah! fais pas le timide! C'est pas grave, dit Émile.

— Alors? insista Aimée. Pour sortir?

— Je te montrerai ce soir, garantit le paysan.

Puis, plein d'admiration:

— T'es pas arrivé depuis vingt-quatre heures et déjà tu veux faire le mur! Elle doit valoir vachement le coup!

La journée se traîna entre le français, l'anglais, l'histoire-géographie et les sciences naturelles. L'unique heure de latin, la seule intéressante selon Aimée, avait été coincée en fin de semaine, entre la musique et les arts plastiques, et il se désespéra jusqu'à la tombée du soir. Ils se couchèrent comme la veille tandis qu'un beau clair de lune brillait aux fenêtres et ils attendirent que tout le monde soit endormi. Enfin, vers minuit, Œuvrard donna le signal.

— Allons-y! dit-il en rejetant ses draps.

Tout habillés, ils manœuvrèrent vers le fond du dortoir, frôlant les lits habités de chuintements divers.

Près de l'entrée de la salle de bains, Œuvrard indiqua
une porte de service percée dans la cloison.

— Elle est toujours fermée, chuchota-t-il. Mais,
attends, tu vas voir!

À l'aveuglette, il tira un objet effilé de sa poche et
Aimée lui guida la main jusqu'au trou de la serrure.
Après deux ou trois mouvements secs, le pêne claqua et
ils se faufilèrent dans un escalier qui sentait le moisi. En
deux minutes, ils furent dehors, dans l'air frais de
l'automne qui balayait la rue.

— Où as-tu appris ça? interrogea Aimée.

— Mon père est forgeron. Ça veut dire aussi serrurier, forcément.

Ainsi, le paysan n'en était pas un et son père lui avait
légué des trucs de cambrioleur.

— C'est bon, dit Aimée. Maintenant, tu peux
remonter. Je me débrouillerai pour rentrer.

— Non, mon vieux. Si je risque la colle, au moins
que ce soit pour quelque chose.

— Mais je ne vais pas t'emmener avec moi!

— Ça, fallait y penser avant. Allez, marche! Elle
habite où, cette petite?

L'âme d'écrivain de mon grand-père germa à ce
moment: il inventa sa première histoire, son premier
mensonge.

— Elle loge dans une rue près d'un théâtre.

— Un théâtre?... Y en a trois de théâtres.

— Avec un bar juste à côté.

— Ils ont tous des bars.

— Et une place avec des fontaines.

Le serrurier haussa les sourcils.

— Alors, je sais où c'est.

Ils partirent dans les rues somnolentes, le pas de
leurs semelles de cuir couinant dans la pénombre. Œuvrard marchait à bonne allure, sans hésiter, en homme
qui connaît la ville.

— Dis voir, tu connais pas son adresse ?

Aimée, obligé de satisfaire son public, rechargea la fournaise de son cerveau avec du phosphore de contrebande.

— On communiquait par l'intermédiaire d'Anne-Marie.

— Anne-Marie ?

— C'est une servante. Et Claire est le nom de mon ange caché.

— Ton « ange caché » ?

— C'est parce que je ne l'ai jamais vue, tu comprends.

Le serrurier fit entendre un sifflet étonné.

— Eh ben ! Et qui te dit qu'elle est belle, ta Claire ? Peut-être qu'elle est peute* comme une bouse, va savoir !

— Non, non, j'ai vu sa photo.

Aimée s'enfonça un peu plus dans la mousse délicieuse du mensonge.

— Elle est blonde avec des yeux grands comme des lunes pâles, une frange droite sur des sourcils arqués, la bouche comme deux moitiés de prune posées l'une sur l'autre.

— Ah, dis donc, t'es vachement mordu ! Mais alors, ce soir, c'est la première rencontre ?

Tout autre qu'Aimée se serait senti acculé, mais il faisait déjà confiance à ses talents d'illusionniste.

— On verra, déclara-t-il. Comme je ne savais pas si je pourrais m'échapper, je ne l'ai pas prévenue.

L'autre ratifia l'histoire d'un hochement de tête approbateur.

— Qu'est-ce que tu vas faire ?

— Déjà voir la maison, ensuite...

---

* Peute : Laide, en franc-comtois.

Ils débouchèrent d'une venelle sur un gros bâtiment en sucre blanc.

— C'est le théâtre de la faculté! dit Œuvrard. Maintenant, de quel côté?

Aimée fit mine de se repérer, longea les vitres d'un bar encore animé par une foule d'étudiants et marcha vers le haut de la ville. En chemin, il ajouta à son récit des détails folkloriques.

— Ça, c'est la pâtisserie où elle va tout le temps, et là la boucherie où sa mère l'envoie acheter des pâtés, et là la mercerie pour son fourbi. Nous ne sommes pas loin!

Leur rue en croisa une autre, et à l'angle des deux un poisson, la queue en l'air, crachait un jet d'eau dans un bénitier de marbre.

— Voilà la fontaine! s'écria Aimée. Tiens, regarde, ça doit être une de ces fenêtres, là, en face.

Émile Œuvrard, de plus en plus captivé, écarquilla les yeux dans la direction indiquée. Les ouvertures n'avaient rien de particulier, elles se situaient au premier étage d'une maison de pierres grises. Les lumières étaient éteintes.

— Tu sais, reprit mon grand-père, un jour elle m'a écrit que je lui manquais et qu'elle pleurait tout le temps, «bien plus que la fontaine du poisson». Il paraît que l'eau de cette fontaine est salée parce que toutes les femmes qui ont perdu leur mari viennent chialer ici.

Le futur écrivain se pencha vers la vasque et porta un peu d'eau à ses lèvres.

— Vas-y, dit-il, essaie.

Son ami but une gorgée et la recracha aussitôt.

— T'as raison, c'est salé!

«Les hommes aiment croire aux histoires qu'on leur raconte», pensa Aimée.

Ils admirèrent les fenêtres un bon moment, chacun perdu dans ses pensées. Aimée ajoutait parfois une touche poétique au portrait de la chimérique Claire. Leur rêverie dura longtemps. Les deux garçons avaient laissé leur enveloppe charnelle pour pénétrer dans l'appartement aux vitres endormies.

Soudain, une croisée s'éclaira. Derrière un rideau blanc, ils aperçurent une silhouette qui s'approchait. Galbée de la poitrine, fine de la taille, voluptueuse des hanches, elle s'immobilisa derrière les carreaux. À un frisson du rideau, ils surent qu'on les observait. Ils restèrent pétrifiés tandis que leur âme s'envolait vers cette apparition. Le jeu se prolongea quelques secondes, puis l'ombre s'éloigna.

— Appelle-la, nom de Dieu! s'écria Œuvrard. Tu vois pas qu'elle s'en va?

La forme disparut. On éteignit la lumière.

— Je ne peux pas. La chambre de ses parents donne sur la rue.

Le petit forgeron prit appui des deux mains contre le marbre et s'étira en poussant un bâillement.

— Y a plus qu'à retourner au bahut, alors! dit-il.

— Vas-y, si tu veux. Moi, je n'ai pas sommeil.

Émile se dandina une minute, puis haussa les épaules.

— Moi non plus, tout compte fait. Viens, ne restons pas là!

Ils s'enfoncèrent dans une rue étroite et sombre, sinueuse, qui escaladait la plus haute montagne de la ville. La pente s'accentua tandis que les maisons devenaient plus basses, s'accrochaient en lierre de pierre au flanc de la côte. Un relent d'égout leur agaçait les narines. Petit à petit les habitations se raréfièrent, comme lassées de grimper après cette falaise, l'air fut plus respirable. Enfin, ils parvinrent sur un plateau recouvert d'une lande rase qui frémissait dans le vent d'octobre. Une ombre gigantesque les arrêta, absorba le relief.

— C'est la Citadelle, dit Œuvrard.

— On peut entrer?

— Tu rigoles! Ça appartient à la ville. Mais puisqu'on est là, je vais te montrer quelque chose.

Ils bifurquèrent sur la droite, vers un rempart hérissé de tourelles et de miradors. La pleine lune illumina une combe dont ils dévalèrent les parois presque sur les fesses. Dans cette vallée creusée de main d'homme, ils repérèrent un tilleul magnifique dont la cime dépassait le mur de la forteresse.

— C'est l'arbre aux pendues, déclara Œuvrard. T'en as entendu parler?

— Non.

Ils s'assirent tous les deux sous les branches et le petit forgeron raconta.

— Eh bien, dans l'ancien temps, il y a de ça des centaines d'années, un homme est arrivé à Besançon et il s'est installé sur le tranchant de cette combe, dans une maison qui a été détruite depuis (tu vas voir pourquoi). Cet homme-là faisait le mal, il était bien méchant, on disait que c'était le Diable.

— Le Diable!

— Oui, mon gars. Il jetait des maléfices du haut de cette montagne. Il maudissait les saisons, il lançait des sorts aux vaches qui crevaient de la murie*, ou aux récoltes qui pourrissaient dans les granges. Ou alors il ensorcelait une fille et elle enfantait d'un bouc. Le Diable, je te dis!

De toute façon, les gens, ils osaient plus s'aventurer par ici. Il y a bien eu un ou deux curés qui se sont retroussé les manches pour aller causer au gars, mais ils sont redescendus vite fait car ce cochon-là était puissant.

---

* La murie est une maladie qui atteint le bétail et dont il est très difficile de se débarrasser. Mot franc-comtois.

Toute la ville était déjà bien malheureuse à cause de lui quand tout à coup, la peste arriva. Tout de suite, on condamna toute la Boucle et on ferma les ponts, on fit la ville close. Celui qui vivait ici, il resta caché une bonne partie de l'épidémie, bien protégé par le vent de la montagne. En bas, la situation empirait, les gens tombaient comme des mouches. C'était la grande peste noire, la plus terrible.

Enfin le maire a eu l'idée de monter trouver notre bonhomme. Il s'était dit que si c'était bien le Diable qui logeait à Besançon, il pourrait peut-être arrêter tout ça avec un peu de magie, des formules secrètes, de la poudre de perlinpimpin, n'importe quoi pourvu que le monde arrête de crever. Et, bon, un beau jour il a monté la ruelle qu'on a prise et, tout tremblant, il a frappé à la porte du sorcier.

Tout de suite, une voix derrière le bois a crié des injures et « que celui qui frappe aille en enfer ». En enfer, le maire, il y était déjà. Alors, il retourne en ville chercher un beau pestiféré déjà tout décoré de plaies et de bubons et il le fait s'allonger devant la porte du Diable.

Ça, l'autre, ça l'a décidé. Il s'est montré dans une grande robe blanche, une cagoule sur le visage, ganté comme un fantôme et sentant le vinaigre à vingt lieues. Le maire, qui avait de moins en moins peur, lui a crié que s'il ne faisait rien pour les populations, il enverrait une équipe complète de pestiférés crever ici.

L'encagoulé a réfléchi deux minutes, puis il a dit que c'était d'accord, qu'il l'aiderait mais qu'il voulait trois vierges bien dodues, bien vigoureuses en paiement. Le maire a mis ça dans sa poche et il a été en parler avec le conseil municipal.

Le lendemain, une charrette apportait les trois belles filles, et le charretier, qui flanchait sur ses guibolles, les a laissées là et il a pas regardé en arrière en repartant.

La suite, on la connaît pas bien. Tout ce qu'on sait, c'est que le sorcier est arrivé au centre-ville un jour avec un grand sac de feuilles d'arbres. À tous ceux qu'il croisait, les pestiférés et les autres, il leur donnait une feuille à mâcher. Les gens ont guéri tout de suite et la peste a disparu en moins d'une semaine. Un vrai miracle.

La ville, c'est sûr, ne l'aimait pas, ce zigoto. Mais, quand même et malgré tout, ils avaient tous une dette vis-à-vis de lui parce qu'il les avait sauvés du mal noir.

Alors, ils ont organisé une immense procession avec des offrandes, des victuailles et des fleurs. Toute la ville a grimpé la pente. Ils sont arrivés par là, sur la crête des remparts, à quelques mètres d'où nous sommes. Et alors, ils ont vu les pendues. C'était horrible.

Les trois vierges se balançaient au bout de leur corde, pour ainsi dire au-dessus des têtes, et elles étaient déjà toutes grises et mangées par la pourriture. En plus, malgré le plein été, le grand tilleul était tout nu, tout dépouillé de ses feuilles. Les gens ont tout compris tout de suite, et la plupart sont repartis en ville en vomissant sur le chemin. Des gars un peu plus courageux se sont approchés des cadavres et les ont décrochés. Sur l'une des filles, on avait posé un mot : « Cet arbre est éternel. Celui qui l'abattra sera maudit. »

Plus tard, les gens de la mairie ont décidé de rayer le nom de celui qui vivait ici de la liste des habitants. Tous avaient mangé des feuilles de l'arbre, ils voulaient oublier l'histoire au plus vite.

Puis, le Diable est parti et, dès qu'il a eu décampé, ils ont détruit sa bicoque, ils ont nivelé le terrain et ont construit un rempart. Pour l'arbre, ils se sont tâtés mais, bien qu'ils soient coriaces et pas trouillards, nos ancêtres, aucun n'a voulu le couper. Les autorités ont dit qu'il fallait quand même faire quelque chose. Alors, un courageux a bien voulu graver une inscription.

Œuvrard se leva.

— Toi qui as des yeux de chat, tu devrais pouvoir la trouver.

En effet, sur la face nord du tronc, Aimée lut en frissonnant ces mots creusés dans la chair du bois : « Oncques ne dérange le Diable. »

☐

Aimée revint au domaine Dorian pour Noël. Il trouva Abélard près de la cheminée dans un fauteuil tiédi par un feu de bûches mourantes, un chat sur les genoux. La toux n'avait pas quitté le vieillard depuis le voyage à Besançon, compliquée à présent d'anémie et d'un affaiblissement général. Abélard regarda son fils poser ses bagages, arpenter la maison comme un chat nerveux et chercher des yeux et de la langue un interlocuteur.

Aimée aurait voulu parler de son exil. Il aurait aimé s'épancher sur une épaule compatissante et recueillir un avis sur le problème qui le préoccupait. À l'école, il avait été mis en quarantaine par la petite communauté des élèves et il ne voyait pas en quoi il avait mérité un tel châtiment. Était-ce parce qu'il savait beaucoup de choses et semblait n'avoir aucune peine à les retenir ? Était-ce parce qu'il était trop empressé auprès de camarades en difficulté ? Était-ce parce que, à la différence des autres, il ne parlait pas des filles ? La vérité, il le sentait, se trouvait quelque part dans la réponse à ces trois questions.

Aimée se trouvait en butte à l'une des règles les plus compliquées de l'adolescence : Est exceptionnel celui qui sait l'être sans le dire. Or, lui, doué d'une mémoire infaillible, habile à jongler avec les concepts les plus abstraits de la science autant qu'avec les formes les plus subtiles de l'art, curieux de tout et heureux de l'être,

possédait des ailes dont l'envergure gênait la suscep-
tibilité de ses besogneux collègues.

Les premiers de la classe sont chétifs, binocleux ou
boutonneux, discrets dans tous les cas. Aimée, lui, affichait une bonne humeur tapageuse tout en se forgeant
petit à petit une encolure de docker, dans la plus pure
tradition des Dorian. Des mains énormes poussaient au
bout de ses bras velus, ses épaules attachées à un poitrail
de percheron tendaient ses chemises, supportaient un
cou énorme et noueux sur lequel s'emmanchait une tête
gravée plein bois par un sculpteur cubiste.

Au début, il avait noté des regards en coin, des
mines sournoises, des conversations interrompues dès
qu'il se montrait parmi ses congénères. Puis, certains
l'ignorèrent sciemment tandis que d'autres le fuyaient.
Enfin, peu avant les vacances, trois types lui avaient dit
leur façon de penser, et qu'on en avait marre de ses
manières extravagantes, et que les profs devenaient de
plus en plus exigeants à cause de lui, et que ça ferait du
bien à tout le monde s'il voulait bien la fermer de temps
en temps. Aimée, vexé, les avait rossés. Encore une
fausse manœuvre.

Même Œuvrard, auprès duquel il conservait pourtant une partie de son prestige grâce à ses escapades
nocturnes, marquait maintenant de la distance.

Mais qu'aurait compris Abélard à cet imbroglio, lui
qui dérivait sur les vagues fatiguées de la vieillesse ? Le
pauvre avait déjà bien du mal à se souvenir de l'heure
de ses médicaments, alors la vie sociale des ados...
Aimée se sentit vraiment seul.

Il erra deux jours dans le bois de Fauvel, là où même
les chats ne s'aventuraient plus. La neige accumulée
depuis novembre renvoyait une lumière blafarde. Le lac
de Moirand bavait une mousse épaisse de glace concas-
sée annonçant la banquise. Le ciel lourd suffoquait de
nuages grisâtres.

Puis, un jour, au cours d'une marche, Aimée s'effondra dans un fossé, se tordit la cheville contre un tronc. Il revint au domaine en boitant et, immobilisé, eut enfin l'idée d'aller ouvrir l'armoire.

Au grand jour, il claudiqua vers la bibliothèque. Elle baignait dans une triste clarté d'hiver. Et Abélard attendait son fils, assis au centre de la pièce, un chat pelotonné dans son giron. Aimée continua d'avancer tandis que son père l'observait. Il alla directement vers le haut meuble, dont il ouvrit les battants. Le parfum des vieilles reliures lui fit monter les larmes aux yeux.

— Où en es-tu? demanda Abélard en peignant la fourrure du chat avec la fourche de ses doigts.

Aimée lui désigna un livre.

— Tu as buté sur les latins... constata le père.

Abélard eut un rire qui ressemblait à une plainte, ce qui réveilla le félin.

— Tu crois que tu auras plus de chance aujourd'hui? dit-il.

— Je peux au moins essayer, répondit Aimée.

— C'est vrai! Essayer! Cette famille n'aura donc pas fait autre chose. Je comprends maintenant.

— Qu'est-ce que tu comprends?

Un autre rire douloureux.

— Qu'il n'y a rien à comprendre.

— Vraiment?

Abélard se redressa péniblement sur sa chaise, le matou tangua sur ses cuisses.

— Cela vient avec l'âge, tu n'as pas à t'inquiéter pour le moment. On s'aperçoit qu'on fait les plus belles choses sans y penser. Qu'il suffirait en somme de se détendre et d'avoir confiance en soi. Mozart composait de cette façon, des petites notes toutes bêtes à la queue leu leu. De l'instinct et de l'audace!

— Pourquoi me dis-tu ça?

— Parce que j'ai bien peur que tu ne trouves pas les réponses à tes questions dans cette antiquité.

Aimée referma les battants, un livre à la main. La question passa ses lèvres avant qu'il pût la retenir.

— Tu sais qui est Norbert?

— Tu veux dire Norbert Dorian? Bien sûr.

— Et alors?

— Alors, gloussa Abélard, tu m'as l'air de patauger. Tu es en train de livrer la grande bataille du bien et du mal, n'est-ce pas? Si tu comptes sur Norbert pour t'en sortir!...

Aimée fit claquer la couverture du livre contre sa paume.

— Tu crois que ces autobiographies ont de la valeur? reprit Abélard. Il est vrai que je l'ai cru aussi puisque je te les ai fait lire. Mais le contenu de cette armoire ne vaut pas le mal qu'on s'est donné pour la remplir. Je ne voudrais pas que tu t'en aperçoives quand il sera trop tard.

— Pourtant, tu y a mis ton livre.

— Oui. Je n'avais pas compris. À propos, tu l'as aimé?

— Oui, mentit Aimée, qui, en fait, l'avait adoré.

— Je me suis appliqué, reconnut le vieillard.

— Qui était Norbert? insista Aimée.

Abélard passa la pince de ses doigts sur son menton, puis gratta la tête du chat.

— Norbert était un homme qui connaissait beaucoup de choses, un savant dans le langage de notre époque, un sorcier dans celui de son temps. Il ne s'est pas contenté d'apprendre et de réfléchir, il a aussi créé. Le seul inventeur de notre généalogie.

— Qu'a-t-il inventé?

— La ligne brisée, entre autres. Il a arrêté le temps. Il a été libre toute sa vie. Ce n'est pas une mince affaire dans notre famille.

— Et l'arbre aux pendues, à Besançon, c'était lui?
Abélard sourit.

— Oui.

— Et tu l'approuves?

— Tu vas trop vite, dit le vieillard. Ça ne marche pas comme ça. Vois-tu, j'ai commis la même erreur. Je lui en voulais de ne pas avoir écrit et déposé ses mémoires dans l'armoire, comme tous les autres. J'estimais que cela m'était dû. J'ai moi aussi cru aux histoires de démons, à la sorcellerie. À présent, je me rends compte que tout peut s'expliquer sans cette odeur de soufre. Par exemple, pour l'arbre aux pendues, imagine que Norbert se soit intéressé à la biologie, à la médecine, qu'il ait découvert l'action aujourd'hui reconnue des microbes et des bactéries, qu'il ait effectué des tests sur les plantes, les animaux ou même les gens.

— Pourquoi demander trois jeunes filles dans ce cas?

— Pour prélever du sang contaminé afin de fabriquer un antidote.

— Il aurait pu les guérir.

— Qui te dit qu'il ne l'a pas tenté?

— Elles auraient aussi pu retourner en ville.

— Elles seraient mortes de toute façon. Avec lui, au moins avaient-elles une chance d'arrêter l'épidémie en servant de cobayes.

— Et la pendaison?

— Elles avaient le choix, mourir soit dans les souffrances et la laideur de la peste, soit d'un nœud de corde passé aux branches d'un tilleul. Qu'aurais-tu fait?

— Et la note qu'il a accrochée à la chemise? L'éternité de l'arbre, tout ça?

Le vieux bonhomme toussa dans son mouchoir.

— Je crois que Norbert avait le même problème que toi: il avait du mal à se faire accepter. Car c'est bien ça qui te travaille, non?

Abélard se leva dans une série de soupirs déchirants. Le chat sauta à terre et s'étira en creusant les reins.

— Tu en apprendras bien d'autres sur Norbert, il a laissé beaucoup de traces dans la région. Quand même, souviens-toi d'une chose : cette armoire est comme la bible, elle est truffée de fables auxquelles il faut se garder de croire. Mais je ne suis pas sûr que tu m'entendes.

Ébranlé, Aimée partit dans sa chambre avec le premier livre en latin d'un de ses ancêtres. Il tenta de le déchiffrer, mais s'aperçut que le couteau de sa brève initiation s'émoussait sur la paroi impénétrable du texte. D'autre part, il dut bien s'avouer que sa motivation n'était plus la même. Il alla replacer le livre sur son étagère.

□

Cela devint un rituel. À chaque Noël, à chaque été, Aimée retentait sa chance. Au fil des années, il en comprit un peu plus. Pas assez cependant pour former de bribes de phrases une histoire cohérente. Le jeu était d'autant plus difficile que ce latin se mêlait de patois, de régionalismes, dont les tournures de phrases ou les expressions n'avaient plus cours depuis des lustres. En général, Aimée y passait les premiers jours de ses vacances, puis abandonnait en fulminant.

Abélard n'amorçait pas un geste pour l'aider. Il se déplaçait de moins en moins, respirait lourdement, comme accablé par l'ombre de la mort qui rôdait autour de lui. De temps à autre, quand son arthrite ne le faisait pas trop souffrir, il se traînait jusqu'au piano, son fidèle *Bösendorfer*, son dernier et son seul ami depuis qu'il s'était retiré de la scène. D'une main tremblante, il exécutait un prélude simple, un adagio facile ou une valse lente pour un petit groupe de chats qui tendaient leurs museaux humides. Aimée écoutait avec tristesse ces airs qui allaient bientôt lui manquer.

À Besançon, les choses se dégradaient. Aimée avait multiplié les avances et les courbettes pour regagner un peu de popularité parmi ses camarades mais ses démarches échouèrent. Banni il était, banni il resterait. Humilié, il se convainquit d'appartenir à une élite et se retrancha derrière l'attitude grandiose du mépris.

Plus insomniaque que jamais, le jeune homme errait la nuit dans les rues de la ville. Il connut l'heure de fermeture des théâtres, des cinémas, des bars, des boîtes de nuit. Il fut le témoin silencieux de baisers cannibales, de violentes altercations, d'étreintes brutales. Il devint de plus en plus voyeur, apprit les rites de l'amour en contemplant des couples enivrés qui s'arrachaient leurs vêtements. Il fit son éducation sentimentale en épiant les portes cochères peuplées de soupirs obscènes, les voitures en stationnement agitées par une houle furieuse, les chambres sans rideaux habitées par des ombres frénétiques.

Cet apprentissage nourrit son complexe de supériorité. Lui qui n'avait jamais touché une femme se prit à traiter de puceaux ses camarades qui assouvissaient leur faim de tendresse en écrivant à de vagues cousines. Sa vie sociale devint encore plus laborieuse. Seul Œuvrard l'accompagnait encore de temps en temps dans une conversation. Leurs discussions courtes, futiles, laissaient aux deux garçons une impression de pesanteur et de malaise. Œuvrard retournait vite se fondre dans la masse.

Pénétré de ses expériences nocturnes, Aimée commença de rédiger son premier livre. Déjà perfectionniste, il alla demander à son professeur de français la meilleure façon de mener à bien ce genre d'entreprise.

Le professeur, pris au dépourvu, passa en revue les différentes méthodes des grands auteurs, parla de classeurs, de dossiers, de chapitres pendus à des fils par des pinces à linge, puis conclut, dérouté, que chacun devait trouver sa voie.

Aimée choisit ce qu'il pensait être la simplicité. Il écrirait d'un seul jet tout le livre, et puis il corrigerait quand tout serait fini. Il avait dans l'idée de produire un roman dodu de trois cents ou quatre cents pages avec une intrigue compliquée, des sentiments passionnés, des peronnages étranges et merveilleux. Mais il cala au troisième chapitre. Ses personnages n'allaient nulle part, ses situations ne suivaient aucun schéma, sa trame, lâche et confuse, ressemblait à une panier de fils emmêlés. La seule qualité qui annonçait le grand écrivain résidait dans le style précis, coloré, vivant, qui allait devenir sa signature.

Puis, parce qu'Aimée n'abandonnait jamais rien, il révisa sa méthode de travail et, après avoir longuement médité, démarra une autre histoire. Cette fois, il n'écrivit pas une ligne avant qu'il n'eût un chapitre entier, au mot près, en tête. Dans la ville inerte, il élabora des métaphores, des personnages, des atmosphères.

Au bout d'une année d'efforts, alors qu'il avait à peine dix-huit ans, il mit le point final à son roman. Sous la garde du maître d'étude M. Proges, qui avait remplacé M. Florent, qui avait remplacé M. Tenon, il termina son dernier chapitre pendant l'étude du soir.

Au dortoir, il rangea son œuvre dans une enveloppe et la fourra dans un tiroir. Puis, baignant dans le jus aigre-doux de l'orgueil, il s'allongea sur son lit. Cette nuit, il ne sortirait pas, il voulait juste se couler dans le sommeil en pensant à... À quoi, au fait? Affolé, il sortit de sa quiétude. Son livre n'avait pas de titre!

Il décida d'en trouver un le soir même et, à minuit, comme à l'accoutumée, il gagna la petite porte de ses fugues.

Dans la rue, il se laissa guider par la lune cotonneuse d'avril et la lumière des réverbères. Il marcha un long moment, perdu dans ses réflexions.

Il traversait la place du marché quand il se mit à pleuvoir. C'était là la seule chose qui puissse refroidir ses humeurs noctambules. En maugréant, il gagna l'auvent d'un cinéma sous lequel une petite foule s'abritait. Il se faufila parmi les gens et arriva près de Louise.

La figure ronde, la peau rose et fraîche tendue autour de deux yeux bleus, le nez dessiné en arêtes arrondies, les sourcils mangés par une frange de cheveux noirs, elle paraissait quatorze ans tant elle était petite. Ses mains à fossettes serraient les pans d'un manteau de laine et ses pieds frissonnaient dans des mocassins de cuir. Elle s'effaça pour laisser une place au grand gaillard qui secouait son col en éclaboussant les alentours.

— Excuse-moi, lui dit-il comme elle fronçait le nez sous cette averse imprévue.

Elle lança un regard furtif au beau visage taillé dans le chêne.

— Ce n'est pas grave, répondit-elle.

Puis, inquiète, en regardant les stries de la pluie :

— Ça ne va pas durer.

— Oh, non. D'ailleurs ça passe déjà, renchérit Aimée.

Une bourrasque plus violente fit claquer une poignée de gouttes sur une vitrine contiguë.

Louise et Aimée ne se dirent pas un mot pendant les dix minutes suivantes. Tous les deux avaient horreur de parler pour ne rien dire. Ils préférèrent s'accommoder de l'inconfort du silence.

Quand le rideau humide s'éclaircit un peu, Louise fit un pas sur le trottoir en courbant la tête. Au même moment, un blouson se déployait au-dessus d'elle comme la toile de tente d'un cirque à deux places.

— Non, non, ce n'est pas la peine, protesta-t-elle.

Mais Aimée ne semblait pas vouloir changer d'avis. Elle haussa les épaules :

— De toute façon, je n'habite pas loin.

Plus tard, ils en vinrent aux confidences, aux explications, mais le début fut lent « comme la course de la braise sur la couture d'une cigarette », disait Aimée. Peut-être savaient-ils déjà qu'ils avaient toute leur vie pour se connaître.

Aimée évitait les flaques tandis que Louise arpentait le trottoir de son pas de souris. Le trajet fut court jusqu'au domicile de la jeune fille. Empoté, mon grand-père la salua d'un au revoir tout sec, puis se reprit et, tout à trac, l'invita au cinéma pour le samedi suivant. Elle accepta d'un signe du menton avant de disparaître.

Aimée revint au dortoir. Il pensa au titre de son roman toute la nuit, le visage de Louise en arrière-plan. Ce n'est que trois jours plus tard, quand il eut enfin goûté ses lèvres, qu'il baptisa son livre : *Point de rencontre*. Mais il ne tenta jamais de le faire publier.

Chapitre 5

CE SAMEDI-LÀ, donc, Aimée et Louise allèrent au cinéma. C'était leur première fois, tout était encore frais et neuf pour ces deux-là. Lui essayait de ne pas avoir l'air trop godiche, bien que ce fût son premier rendez-vous, sa première femme. Elle, elle savait déjà comment cela allait finir. Elles le savent toujours, bien avant nous, c'est pour ça qu'elles se rappellent le moindre détail. Aimée n'osait pas d'un regard la troubler, d'un geste la faire fuir alors que Louise attendait l'un et l'autre et que cette attente l'énervait.

Ils sortirent du cinéma affamés, mais ils ne savaient pas de quoi. Elle n'osait rien proposer, lui se dandinait d'un pied sur l'autre. Comme la pluie tombait, il murmura qu'il fallait songer à s'abriter.

Ils marchèrent jusqu'à un arrêt d'autobus, celui, le plus grand de la ville, planté devant la plus grande église sur la plus grande place.

L'attente reprit. Elle se demandant quand et lui se demandant quand. Tout était si mince et si fragile entre eux deux, ils avaient l'impression qu'un mot pourrait détruire leur envie.

Louise reconnut son bus tanguer au loin sur ses gros pneumatiques et elle le fit remarquer à Aimée, qui ne sut quoi répondre. Le bus maintenant était tout près, les gens autour d'eux s'agglutinaient en un paquet compact. Louise n'avait plus beaucoup de temps. Elle jeta un coup d'œil à ce grand crétin. Il semblait malheureux, perdu. Elle était irritée de le voir incapable de prendre le trésor qu'elle lui offrait.

— J'ai envie de te gifler, dit-elle.

— Vas-y! répondit-il.

Paf! Elle lui colla une grande baffe.

Il lui en fut reconnaissant. Que les gens les regardent, qu'ils échangent des regards étonnés, c'était sans importance. Il était heureux qu'une fille l'ait giflé. Il avait enfin compris. Tout de go, il se jeta sur elle, ses grands bras d'araignée étreignant le petit manteau bleu. Ils s'embrassèrent puis montèrent ensemble dans le bus.

☐

Il ne leur fallut pas trop longtemps pour apprendre la vie à deux. Aimée était au dortoir, Louise habitait chez ses parents, cela évitait à l'un et à l'autre de former de grands projets. Ils ne voulaient qu'un petit appartement, un lit à deux places, une fenêtre qui donne sur la rue, des rideaux de tulle, un chat qui se lèche la patte sur un couvre-lit. Peut-on appeler cela un projet? Ils vivaient leurs toutes premières heures, les plus importantes, les plus douces. Aimée s'en voulait de n'avoir pas tenté cette chose-là auparavant, même si cela lui faisait mal dès que Louise disparaissait de sa vue, même s'il vivait dans un rêve toute la journée.

Il écrivait encore, de temps en temps. Il aurait voulu commencer un autre livre. Enfin, il ne savait pas, il avait le temps, il voulait avoir les idées plus claires. Bien souvent, il empoignait son stylo avec l'intention d'évoquer ce qui lui arrivait. Il pensait à Louise, cherchait la phrase, l'adjectif, le mot qui l'implique, elle, leur relation, leurs sentiments, leur monde. Il ne trouvait pas le ton pour peindre cette impression de légèreté, de joie, d'innocence qu'il ressentait.

Comment décrire ne serait-ce que les lèvres de Louise? Elle ne possédait pas une seule bouche mais mille dont elle disposait à volonté selon son humeur. Il y avait la bouche fermée, neutre, impénétrable, presque dure si on ne distinguait cette ombre de sourire qui flottait toujours aux commissures. Puis la bouche amère, qu'il ne lui avait vue qu'une fois, après la mort de son chien. Ou bien la bouche rieuse, mais là encore il existait une infinité de nuances entre le sourire formé sans déclore les lèvres et le rire franc qui découvrait deux rangées d'amandes blanches.

Aimée renonça et garda son amour à l'intérieur, entier et indéfinissable.

Ils passèrent leur bac en même temps et furent tous deux reçus. Aimée se vanta de sa mention «Très bien» pour taquiner Louise. Ils avaient dix-huit ans, rien n'était sérieux. Ils cherchèrent un logement et trouvèrent un petit studio rue Morand avec une fenêtre qui donnait sur la rue et un petit chat, Nestor, qui trottait sur le couvre-lit. Ils restèrent leur été à Besançon. Abélard avait envoyé une lettre enjoignant Aimée de «faire connaissance avec sa nouvelle amie» et le couple franchit les beaux jours en faisant l'amour.

Aimée avait quitté le lycée sans regrets, il avait même oublié de dire au revoir à Émile Œuvrard, son compagnon de fugue. À la rentrée universitaire, mon grand-père se frotta aux professeurs de la faculté et, s'il reconnut en certains «quelques capacités», il les jugea pour la plupart «bien soporifiques». Il partagea ses vues avec ses voisins d'amphithéâtre et, à sa grande surprise, sa fatuité fut bien reçue. Même, on l'approuva chaudement. Continuant sur sa lancée, il se fit le champion du sarcasme désabusé et, au bout de trois mois, il échangeait des opinions blasées avec un troupeau d'intellectuels dont il se prétendait le chef.

— J'écris, leur disait-il.

Et il lançait ça comme un soldat dit : « Je me bats. » Mais il ne possédait pas d'autre arme que son stylo et pas d'autres œuvres qu'un manuscrit oublié au fond d'un tiroir. De plus, chaque fois qu'il s'installait devant la page blanche, il ne dépassait pas le premier paragraphe.

Où était passée cette verve qu'il avait connue avec *Point de rencontre*? Il aurait donné mille ans de sa vie pour retrouver cet élan d'adolescent, cet enthousiasme spontané, ce lyrisme enjoué. Bien que les idées se bousculassent, il était saisi d'une peur sainte à la pensée d'en noter une sur le papier.

L'hiver passa et un jeudi de printemps, il prit le train avec Louise en direction de Lélut. Ils gravirent les plateaux calcaires sur lesquels soufflait un vent de pluie pour aller à la rencontre d'Abélard. Aimée était sombre.

Personne ne les attendait à la gare et ils en comprirent la raison quand ils virent Abélard sur le seuil de la maison dans un fauteuil roulant, gardé par une armée de chats. Aimée se précipita vers son père, qu'il n'avait pas vu depuis deux ans, puis lui présenta Louise, qui posa une bise délicate sur le visage du patriarche.

La maison sentait le renfermé, l'abandon, la vieille sueur, une odeur aussi dure et entêtante que celle du fer. Abélard manœuvra son fauteuil et les guida dans la cuisine, où s'amoncelait une pile de crêpes dans une assiette en porcelaine. Ils se mirent à table et, tout en mangeant, échangèrent des remarques décousues sur la météo, les études, la politique et la santé de chacun. Aimée dévisageait son père. Partagé entre le bonheur et le chagrin, il se rendait compte que le vieux bonhomme lui avait manqué.

Après cette collation, Abélard suggéra qu'ils aillent se promener tandis que lui irait s'allonger.

Aimée, encore attablé, le vit braquer son fauteuil vers le salon et faillit se proposer pour l'aider. Quand son père eut disparu, il se mit à pleurer.

Le soir, ils mangèrent tous ensemble alors que la pluie dessinait une ruche de gouttelettes sur les vitres. Abélard se mit en frais « pour sa bru » et arbora sa queue-de-pie, celle qui flottait derrière lui quand il déployait la fougue de son talent. Il raconta des anecdotes pour faire rire Louise, évoqua ses premiers succès, déboucha deux bonnes bouteilles, bref il essaya d'oublier sa solitude et le *Bösendorfer* qui dormait sous la poussière.

Au dessert, suivi par une escorte féline, le trio se rendit dans le salon illuminé par les flammes de la cheminée. Le printemps ne s'installait que pendant la journée près du lac Moirand. À la nuit, l'hiver revenait passer ses mains froides sur le paysage. Aimée et Louise choisirent des fauteuils en cuir autour de l'âtre tandis qu'Abélard se plaçait près du coffre à liqueurs. Au bout de deux minutes, ils avaient tous un chat sur les genoux. Ils ne s'étaient encore rien dit, enfin, rien de vraiment important. Abélard épiait son fils en se demandant quand il aurait le courage de parler. La discussion roula sur des sujets anodins. Aimée manœuvrait pour éviter les pièges.

Abélard ne brusqua rien. Il était trop content de voir son fils et d'avoir un peu de compagnie pour risquer de briser cette harmonie.

La conversation dévia imperceptiblement, ils entrèrent peu à peu dans le vif du sujet. Abélard en reconnut les signes quand ils abordèrent la politique. Aimée se réclamait du Parti communiste et citait Lénine, Marx ou Thorez à tout bout de champ. Il critiqua sévèrement la politique d'après-guerre, la mainmise des Américains sur l'Europe de l'Ouest. Abélard, qui n'avait jamais été fin bretteur dans ce domaine, le mit en garde contre le risque d'émettre des idées trop primaires ou radicales.

— Je ne sais pas quels sont les bienfaits du communisme, dit-il en taquinant les oreilles d'un matou cendré, comme je ne sais pas quels sont les méfaits du capitalisme. Mais je n'irais pas prendre un fusil pour défendre l'un ou tuer l'autre. La mort supprime tous les discours. Un cadavre ne proteste plus, c'est vrai, et en cela quand je serai mort peut-être adhérerai-je à tes opinions. Pour le moment, je ne peux que te conseiller la plus grande prudence. Je ne suis pas sûr que tous les mots de plus de dix lettres que tu emploies trouvent un réel écho dans ton expérience de pensionnaire ou d'universitaire.

Aimée, évidemment, se sentit prêt à mordre. Il était facile, dit-il, pour un ancien concertiste, fils de bonne et bourgeoise famille, de parler ainsi devant un feu confortable quand « les camarades meurent de faim sous la pression du patronat ». Abélard n'était qu'un égoïste, un de plus, cloîtré ici, à Lélut, où la guerre n'était même pas venue, et qui s'en foutait que le monde ait à se battre contre l'impérialisme américain.

— Aimée, je te répète que tu uses de bien grands mots pour démontrer de bien petits points de vue. On dirait que tu t'en sers comme d'un masque. Aurais-tu peur de vivre?

Le fils se tortilla dans son fauteuil, la discussion prenait un tour qui ne lui plaisait pas et le chat qu'il hébergeait dans son giron plantait spasmodiquement ses griffes dans son pantalon.

— Non, je n'ai pas peur de vivre, dit-il. Même, j'ai décidé de vivre en grand. Je ne suis pas isolé, moi, je ne suis pas un ermite, moi; je ne suis pas un égocentrique, moi. Au contraire, je vois large et clair. Je suis solidaire des hommes et je les comprends, ou du moins j'essaie, et le malheur de ceux qui souffrent me révolte et m'oblige à prendre position, à agir. L'humanisme derrière les murs d'un monastère n'est que de la masturbation.

— Car tu agis, toi ? Que fais-tu exactement ?

— J'écris ! Je raconte la peine et la misère de mes frères. J'explique la cruauté du système dans lequel nous vivons, je dénonce ses vices, je prévois son devenir.

Abélard avait une idée de plus en plus nette de ce qui préoccupait son fils.

— Crois-tu qu'écrire résolve tous les problèmes ? demanda-t-il.

— Oui, je le crois. Écrire c'est chercher, et chercher c'est réfléchir, et réfléchir c'est comprendre, et comprendre c'est entrevoir des solutions. La boucle est bouclée. Utiliser notre cervelle est notre seule chance de salut.

— Que tout le monde écrive et il n'y aurait plus de guerre ? C'est ça ?

— Disons qu'il y en aurait moins, oui.

Abélard se versa un peu de cognac, fit briller le liquide contre les flammes.

— Ceux qui nous gouvernent écrivent, pourtant. Des traités, des pactes, des contrats, des clauses, des textes de loi, des plans, des propositions, des projets, ils n'arrêtent pas ! Peut-être y trouvent-ils la paix, l'harmonie. Je l'espère. Peut-être aussi cela aide-t-il de temps en temps le reste de l'humanité. Mais je ne peux pas non plus oublier que l'auteur de *Mein Kampf* fut le responsable d'un massacre. Je ne crois pas aux miracles.

— Je ne te parle pas de ça, répliqua le fils. Et si on s'est servi du langage pour mettre le feu au monde, ce n'est pas mon but. Je veux dénoncer les oppresseurs, justement, les salopards qui manipulent les masses, qui nous conduisent à la mort en sirotant un peu de cognac dans leur salon.

Abélard, piqué, claqua de la langue et reposa son verre. Le chat cendré frotta son crâne contre le plastron immaculé.

— Je crains que tu ne trouves que de mauvaises raisons d'écrire dans la macédoine de revendications politiques que tu viens de nous servir. Aimée, ne triche pas avec toi-même. Écris parce que tu aimes écrire, c'est tout. C'est bien suffisant.

— Pour écrire, il faut une raison !

— C'est vrai, admit Abélard. Mais tu n'es pas obligé de la découvrir. Après tout, encore maintenant je m'interroge sur la force qui m'a poussé à jouer de la musique toute ma vie. Parfois, j'ai cru trouver une réponse et, comme toi, j'ai élaboré de beaux discours. Mais la vérité, c'est que je n'en sais rien. J'aime la musique, voilà tout. Cela semble enfantin et ridicule comme philosophie, mais c'est la seule que je revendique.

Aimée regarda Louise qui regardait Abélard en souriant. Elle ne disait rien, elle guettait le moment où elle s'éclipserait pour laisser les deux hommes avec leur querelle et leur amour. Le chat qu'elle caressait somnolait en contemplant le feu.

— Tu es un artiste, maugréa Aimée. Et, comme tous les artistes, tu es un idéaliste.

Le père dévisagea son fils dont le visage triste penchait vers les flammes. Son cœur se serra.

— Toi aussi, tu es un artiste, si c'est ce qui te tracasse, le rassura-t-il. Peut-être le seul de notre famille. Moi, je n'ai fait qu'interpréter des partitions composées par d'autres. Je n'ai rien inventé. Toi, tu es un créateur. C'est une lourde charge, je le reconnais. Mais ne va pas t'égarer dans les méandres de la littérature politique. Je n'ai jamais déniché une once de poésie dans un manifeste. Tu n'as pas besoin de te justifier pour faire ce qui te plaît. Personne ne te le demande.

Puis, Abélard soupira :

— Sois libre, mon fils, aussi libre que tu peux l'être. Ne mets pas de barrières à ton imagination. Ah, mon Dieu, j'emploie de grands mots et je me sens pédant. C'est drôle, moi aussi je suis présomptueux. Mais je ne voulais pas te cacher mes pensées.

Louise choisit ce moment. Elle posa son chat par terre, se leva et dit : « Bonsoir. »

— Qu'est-ce que tu en penses, toi ? lui demanda Aimée.

Elle ne se défila pas :

— Je crois que tu aimes jouer les aveugles... mais je te comprends.

— Alors, tu es d'accord avec mon père ?

— Peut-être. Je préférerais ne pas en dire plus. J'ai le sentiment que ce ne sont pas mes histoires.

D'un coup de poignet, elle ajusta son châle sur ses épaules. Le tissu retomba quand elle se baissa pour embrasser Aimée, puis Abélard. Un jeune chat, excité par les franges, se mit à donner des coups de patte vers le tissu. Elle lui sourit, le calma d'une caresse amicale, fouilla dans son sac de voyage, en extirpa un livre et quitta la pièce en emportant son parfum de jasmin.

— Elle est intelligente, dit Abélard. Intelligente et douce, tu aurais pu tomber plus mal.

— Je ne voulais pas parler de l'armoire devant elle, se renfrogna Aimée. Elle a raison, cela ne la concerne pas. Quoi que tu en dises, écrire est une affaire sérieuse.

— Laisse donc l'écriture tranquille.

— Et la tradition des Dorian ?

— Arrêtons de tourner autour du pot, veux-tu ? Si tu n'as pas envie d'écrire ton autobiographie, qui peut t'y forcer ? En fait, tu es comme beaucoup d'auteurs, tu as du mal à écrire. Cela te terrifie.

— Non, s'entêta Aimée en soulevant les griffues pattes félines de son pantalon, j'écris.

— Oui, des bêtises auxquelles tu te forces à croire, et puis tu rayes tout à la relecture. Tu t'inventes des prétextes, une mission, et tout ceci ne fait que développer ton amertume, ton désespoir.

Abélard contempla les vitres noires derrière lesquelles on percevait le tambour discret de la pluie.

— Si j'avais su que tu deviendrais écrivain, je ne t'aurais jamais montré cette armoire !

— Pourquoi ?

— Parce que je constate que cela t'écrase au lieu de te stimuler.

— Au moins ai-je un but à atteindre, insista Aimée qui venait d'être abandonné par son chat.

— Lequel ? Celui de surpasser tes aïeux ? Ce ne sera pas bien difficile, aucun n'était écrivain. Ils ont rempli des pages et des pages comme on bûcheronne des stères de bois.

— Ce n'est pas vrai. Tu le sais aussi bien que moi.

Abélard ramena son regard vers le visage de son fils.

— Tu t'imagines donc que nous possédons la septième merveille du monde ? Moi, je suis convaincu que tu as peur et que, quand un homme comme toi a peur, il faut se hâter de fuir. Tu arrêterais le monde avec une seule main si tu voulais.

— Je ne suis pas aussi fort que tu le dis.

— Allons donc ! J'ai plus confiance en toi qu'en moi-même. Tu fais partie des invincibles. Nous en avons déjà eu un dans la lignée.

— Qui ça ?

— Norbert! Il avait compris que pour créer il faut briser les règles, bousculer les traditions. Si seulement tu pouvais parvenir aux mêmes conclusions! Mais, je le pressens, cela va prendre du temps. Oublie les soixante-dix volumes qui dorment dans l'armoire, oublie les grands mots et les phrases solennelles, oublie les Américains ou les Soviétiques, essaie de vivre et de faire les choses pour toi, à ton compte et en ton nom. Ce sera déjà beaucoup.

Abélard, sans déranger son chat, empoigna les roues de son fauteuil et roula tout près d'Aimée.

— Louise t'aime et moi aussi. Comprends-tu au moins que nous ne te voulons pas de mal? Fais-moi une bise, je vais me coucher.

Aimée embrassa son père et ce dernier partit vers sa chambre, accompagné par une demi-douzaine de chats.

Une heure plus tard, Aimée alla ouvrir l'armoire, et Abélard se retourna dans son lit en entendant le grincement familier des battants.

□

Celui-ci était médecin, le premier et le seul dont Aimée eût entendu parler. Le livre démarra par la description des parents, des premiers âges de la vie, les flous et confus souvenirs qui sont parfois si vagues qu'on croit les avoir rêvés. C'était un shéma qu'Aimée retrouvait avec plaisir, qui le ramenait à son enfance, à son premier émoi littéraire. Il avait besoin de ces repères stylistiques pour progresser dans le patois latinisant de l'ancêtre.

Muni d'un costaud percheron et d'une besace imperméable, le docteur pratiquait son art dans le Jura. Les populations qu'il soignait se nichaient loin dans la campagne sur des hauteurs protégées par le roc ou la pente. Il parcourait souvent des kilomètres dans une contrée farouche pour s'occuper de gens qui n'avaient pas de quoi le payer, qui s'aquittaient malgré tout de leurs dettes avec des poules, des porcelets ou des miches de pain. Le livre fourmillait d'anecdotes drôles ou touchantes qui montraient la belle âme du docteur. Aimée se régalait.

Louise, qui n'osait le déranger dans sa lecture et qui avait épuisé tous les sujets de conversation avec Abélard, se mit en tête de visiter la vaste demeure du domaine Dorian. La pluie lui interdisant toute sortie, elle commença son excursion par ennui plutôt que par curiosité.

Tout d'abord, elle monta au grenier, dans lequel elle découvrit, sous une énorme charpente comtoise, un amas de caisses, de malles, de meubles, d'outils, un chaos de mille ans d'oubli. Elle choisit de fureter au hasard, ouvrant telle commode, dépliant telle étoffe, examinant tel bibelot. Elle remonta ainsi au jour un antique service à thé dont elle décora la table de la salle à manger le soir même. Le lendemain, elle trouvait un vieux tissu de soie avec lequel elle recouvrait un fauteuil du salon qui crachait sa bourre. Ensuite, parce qu'Aimée et Abélard remarquèrent à peine ses audaces, elle descendit de l'immense grenier une foule d'objets cocasses ou inquiétants, masques chinois, statuettes de jade, colliers de perles déteintes, gravures satiriques, épée de deux mètres, qu'elle plaça çà et là dans les recoins de la vieille bâtisse. De plus en plus téméraire, elle fouilla toutes les pièces (sauf la bibliothèque où Aimée se tenait et la chambre d'Abélard), toutes les armoires, tous les secrétaires, en ramena des antiquités qui envahirent appuis de fenêtres, tables et guéridons.

Elle consacra une bonne semaine à cet inventaire. Jusqu'à ce qu'Abélard la demandât dans sa chambre.

Elle tenait un heaume de chevalier quand elle l'entendit appeler. Elle se débarrassa du casque et rejoignit le vieillard. Couché dans son lit, des chats enroulés autour de son corps, Abélard contemplait des rayons de soleil trempés de pluie qui filtraient par la fenêtre. Le lac fumait sous un ciel étincelant.

— Ma petite Louise, que fait mon nigaud de fils?

— Il lit, je crois.

Abélard se redressa contre son oreiller. Les poils blancs de son torse sortaient d'entre les rayures de sa chemise de nuit. Certains félins levèrent la tête.

— Il n'a rien de mieux à faire!

— Eh bien, il ne fait pas très beau.

— Ce soir, vous devriez lui suggérer de commencer à écrire un livre, grommela Abélard. Si c'est moi qui le lui dis, il va se fâcher. Vous verrez, il est mûr.

— Vous en êtes sûr?

— Non, je n'en suis pas sûr, mais il me fait de la peine.

— Je le lui dirai, promit la jeune fille.

Le vieillard s'abîma dans la contemplation du printemps entre les branches mouillées. Louise s'apprêta à s'en aller.

— Attendez! appela-t-il alors qu'elle franchissait le seuil.

— Oui.

— Je viens de me souvenir pourquoi je vous ai demandé de venir: Ne remuez pas trop la poussière de cette maison. Au mieux, ça me fait tousser; au pis, ça me fait pleurer.

Elle se gratta la tempe comme une petite fille prise en faute.

— Mais, ajouta-t-il, je ne veux pas vous gâter votre plaisir. Je vous autorise à emporter tout ce que vous voulez. Vous avez ma bénédiction.

Elle resta une minute avec la poignée de porte dans la main tandis que lentement, comme un énorme poisson échoué sur le sable, Abélard se tournait vers la fenêtre éclaboussée de lumière.

Au dîner, elle proposa à Aimée d'écrire un livre. Celui-ci, comme l'avait prédit Abélard, ronchonna qu'il n'y pouvait songer, que ses lectures l'accaparaient, et conclut abruptement qu'on partirait dans deux jours. Puis, la table débarrassée, il resta devant son verre vide tandis que les deux autres se réfugiaient dans le salon. Ils l'entendirent remuer du papier, l'imaginèrent pétrifié devant la page blanche. Au bout d'un moment, ils distinguèrent son pas qui tournait en rond, un long pas d'arpenteur, lent et rythmique comme une hypnose. Cette lancinante promenade dura longtemps. Abélard et Louise étaient couchés qu'elle continuait encore.

Mais le lendemain, Aimée avait gribouillé, raturé, taché une dizaine de feuilles et le livre de l'ancêtre Dorian, un marque-page entre les mâchoires, gisait abandonné sur une desserte.

Les deux jours dont il avait parlé durèrent une semaine, trois semaines, un mois, deux mois. Aimée écrivait tout le temps, surtout peut-être quand il n'inscrivait rien, se purgeant avec de longues balades dans les alentours. De temps en temps, Louise l'accompagnait parmi les senteurs de jonquilles et de violettes. Ils se parlèrent peu pendant cette période. Louise aussi était préoccupée.

D'une certaine manière, elle lui était reconnaissante qu'il la laissât tranquille. L'eût-il dérangée qu'elle aurait peut-être tranché à l'emporte-pièce. Elle soupesa le problème longtemps, puis, quand les choses furent à peu près claires, elle alla le trouver.

L'été flamboyait à présent, répandant une chaleur oppressante sur le décor. Près d'un arbre au bord du lac, assis sur une grosse racine, un chat entre les jambes, Aimée jetait des cailloux dans l'eau.

— Aimée! appela-t-elle en arrivant dans son dos.

Il sursauta, se retourna, les sourcils froncés, la main sur la jambe, le coude haut. Il portait une chemise de flanelle blanche à demi ouverte.

— Et quoi donc? s'exclama-t-il comme si c'était la dixième fois de la journée qu'elle l'importunait.

Elle avait préparé un petit couplet bien structuré, mais elle fut forcée à la concision.

— Je veux un enfant de toi, lâcha-t-elle.

Il haussa les sourcils, avança les lèvres, puis régla le problème en une phrase.

— Quand nous en aurons les moyens.

Puis, il ajouta:

— Je veux d'abord publier quelque chose. Maintenant, laisse-moi.

Les petits cailloux reprirent leur plongeon zen tandis qu'elle rejoignait la maison.

☐

Le jour du départ, Abélard, qui avait repris des forces, se tint sur le pas de la porte sur ses deux jambes, à peine appuyé contre le chambranle. Aimée le prit dans ses bras.

— Occupe-toi de ta femme, lui dit Abélard.

— Ce n'est pas ma femme, protesta Aimée.

— Justement! Ah! et puis ne t'écoute pas trop, moi je sais que tu es un bon écrivain.

— Et qui t'a dit ça?

— Mais qu'il est sot!

Aimée laissa sa place à Louise, qui embrassa le vieil homme.

— Je suis content qu'il vous ait trouvée, dit-il. Je voudrais vous dire des paroles dont vous vous souviendrez.

— Je me souviendrai de celles-là, répondit-elle.

Elle mit sa tête contre la poitrine du vieillard :

— Attendez au moins jusqu'à ce que vous voyiez votre petit-fils, murmura-t-elle.

— Pourquoi un fils ? Une petite fille, ce serait très bien ! Une jolie petite fille aussi belle que vous ! Mais je patienterai, je vous promets.

Il la lâcha, fourra ses mains dans ses poches.

— À présent, allez-vous-en ! Vous allez finir par rater votre train.

☐

Aimée reprit ses études en octobre. Bien que encore passionné de latin, il suivit les cours en dilettante. Son livre avançait bien, depuis l'été il sortait en jet épais et régulier comme une eau de montagne. Il fanfaronna sur ses progrès jusqu'en décembre, moment où la source se tarit.

Alors, butant à chaque phrase, à chaque adjectif, il tenta de forcer cette passe difficile en accumulant les heures de travail. Cela ne fit que développer son impuissance. Vers Noël, il fut bien obligé d'admettre qu'il s'était fourvoyé dans une impasse.

Louise, qui avait noté ses changements d'humeur, accueillit la nouvelle sans broncher.

— Ça ne vient plus, se lamentait-il.

Des cernes sous les yeux, le front creusé, il offrait un masque pathétique de vaincu. Comme un somnambule il s'affala sur une chaise et se prit la tête dans les mains. Le petit chat Nestor lui lança un regard interrogateur.

Louise, qui n'avait pas tant de solutions, tira quelques billets de son porte-monnaie :

— Tiens, va faire un tour. Tu n'es pas sorti depuis un an.

— Mais je n'ai pas envie de sortir !

— Oh que si ! La preuve, c'est que tu es déjà dehors, déclara-t-elle en le poussant vers la porte. Tu te rappelles les gens que tu fréquentais ? Les intellectuels ! L'élite ! Eh bien ! ils te réclament chaque fois que je les croise.

Il fut surpris par sa rudesse, mais ne résista pas. Il descendit les escaliers et, dehors, il se mit à marcher dans la lumière froide de l'hiver alors que la neige commençait à tomber. Au coin de la rue Moncey, il buta sur un jeune homme affublé de dangereuses rouflaquettes et coiffé d'une casquette de voyou inclinée sur son crâne de forgeron.

— Œuvrard ! s'exclama Aimée.

Ils ne s'étaient pas vus depuis le lycée. Émile lui ouvrit les bras et ils allèrent célébrer leurs retrouvailles dans un bar où, assis en face d'un pichet de vin, le gars de Landresse raconta ce qui lui était arrivé depuis le baccalauréat. Les deux hommes se parlèrent ouvertement, comme si aucun malaise ne les avait jamais séparés. Ils retrouvèrent l'intimité de leur première rencontre.

Émile raconta comment, après le lycée, il était revenu à Landresse. Au début, il avait de nouveau travaillé à la forge avec son père et, pendant un temps, tout avait bien marché. Puis, désireux d'agrandir l'entreprise familiale, le jeune forgeron avait voulu investir dans un équipement plus moderne. Il avait expliqué à son père que l'ère des chevaux était bien finie, qu'avec un peu d'apprentissage on pourrait recycler la forge en garage, en atelier de mécanique, et que, somme toute, cela ne nécessitait pas de gros déménagements. Là, il s'était heurté à l'obstination de son père qui ne voulait ni reprendre des études ni délier les cordons de sa bourse «pour des guignolades à pétrole». Émile insista, fit miroiter les avantages financiers d'une telle aventure, mais rien à faire. En définitive, ils s'étaient engueulés et Émile, vexé, était revenu à Besançon. Il avait cherché une place, avait trouvé un poste de comptable chez Lip, y avait rencontré une ouvrière, Laurence, avec laquelle il projetait de se marier, et voilà.

— Comptable, hein? dit Aimée. Si je deviens célèbre, tu seras mon agent.

Ils en étaient à leur quatrième pichet et l'ambiance devenait tout à fait plaisante.

— Tu vas devenir célèbre, toi? rigola Œuvrard.

Aimée lui décrivit brièvement comment il s'y prendrait, reconnut qu'il traversait une période difficile, mais conclut avec un optimisme réchauffé par l'alcool:

— Moi mes livres, toi tes chiffres, on ne peut pas perdre.

Et ils entrechoquèrent leurs verres pour sceller leur entente.

— Qu'est-ce que tu faisais dehors, ce soir? demanda Émile.

— J'étais parti pour marcher un peu.

— Comme avant?

— Non, pas comme avant. Je ne me balade presque plus. J'écris.

Émile vida son verre.

— Tu dis ça avec un de ces airs! On dirait un condamné à mort.

Aimée ébaucha un grand geste las.

— Allez, quoi, dit le forgeron, te fais pas prier. Raconte à ton «agent» ce qui te mine.

— J'ai de la difficulté à écrire. En fait, je ne m'en sors pas.

— Je suis un spécialiste, affirma Émile en versant le

fond du pichet dans le verre d'Aimée et en appelant la serveuse pour « remettre ça ».

— Un spécialiste en quoi ? demanda Aimée.

— En problèmes ! Vas-y, tu vas voir.

Aimée se passa la main sur le visage. Il se décida à décharger un peu de son fardeau sur l'épaule robuste de son ami. Ce n'était d'ailleurs qu'une série de questions. Comment fait-on pour bâtir une histoire, une histoire qui tienne debout, qui soit belle, captivante, philosophique ? Et comment crée-t-on un personnage ? Comment le fait-on vivre, parler, bouger ? De quelles manies doit-on l'affubler ? Quels parents doit-on lui donner ? Comment lui fournir un passé, un futur, une identité ? Surtout, comment le rend-on intéressant ?

Mais, tourné vers le zinc, Œuvrard ne l'écoutait pas.

— Ho ! tu m'écoutes ? demanda Aimée.

— Regarde la serveuse.

Aimée se tordit le cou pour examiner une fluette brune à la peau mate, aux traits géométriques, aux cheveux noirs, épais comme une crinière.

— Une Espagnole, conclut-il.

— Mais regarde-la ! renchérit Émile.

Deuxième coup d'œil, cette fois un peu plus appuyé. La serveuse les dévisagea un bref instant puis détourna la tête, écœurée.

— Et alors ? questionna Aimée.

— Comment tu la trouves ?

— Je ne sais pas. Quelconque.

— Nous y voilà ! La vérité, c'est que tu n'y connais rien.

Et Émile entreprit de le lui prouver. Comment construit-on un personnage ? Eh bien ! en regardant le monde. Et pas avec des yeux vides. C'était ça, le fond du problème, pas autre chose. Il fallait regarder, regarder vraiment, avec attention, avec sincérité, avec amour. Les gens n'étaient pas des bouts de bois. Ils avaient leur histoire, leur devenir, leur douleur. Ce n'étaient pas des ustensiles. Si on veut décrire un ustensile, on fait un manuel technique, pas un roman. C'est sur la vie que les écrivains sont chargés de discourir, leur perception de la vie. Si on ne ressent pas la vie, on ne sait rien, et si on ne sait rien, on n'écrit rien.

Là-dessus, Émile recommanda un pichet, juste pour le plaisir d'admirer la serveuse.

— Un autre, susurra-t-il en tendant le récipient. Dites-moi, vous avez un passé, mademoiselle ? Je veux dire une enfance, des souvenirs, des chagrins ?

— Qu'est-ce que ça peut vous foutre ? retourna-t-elle avant de disparaître.

— Ce qui achève ma démonstration, jubila l'indiscret en faisant face à Aimée.

— J'ai surtout remarqué qu'elle t'a rembarré, ricana mon grand-père.

Émile répliqua que là n'était pas la question. Ce qu'il fallait voir, c'est que les gens ne se donnent jamais comme ça, tout crûment. Il faut du temps avant de peler l'oignon de leur confiance. Sauf, bien sûr, si on a de l'expérience. Dans ce cas, on devine l'impalpable, le non-dit, le caché. Mais pour ça, il faut sortir et rencontrer du monde. Un Balzac, un Zola, un Dostoïevski, ne vivaient pas cloîtrés dans leur baraque, les volets fermés, un linge sur l'abat-jour. Au contraire ! Ils dévoraient la vie à pleines dents, perçaient la coque des timidités d'un seul coup d'œil, connaissaient par cœur les âmes et leurs émotions. Ils étaient capables de décrire une petite serveuse comme celle que voilà, de la coucher sur le papier, toute fragile, toute nue, et de la faire parler, rire, pleurer, réfléchir. Ils en avaient déjà connu des milliers comme elle, ils savaient quels ressorts intimes les fait agir, quelles passions les hantent, quels parfums les enivrent.

— Mais c'est du voyeurisme ! protesta Aimée.

— Pur et simple ! Je suis bien d'accord. Les meilleurs écrivains ne sont rien d'autre que d'effrontés voyeurs. Mais ils peuvent tout décrire parce qu'ils ont tout vécu.

Émile s'adossa à la banquette, les bras dépliés sur la moleskine, triomphant.

— Mais cette fille, elle ne m'intéresse pas, essaya Aimée, qui sentait qu'il avait perdu la bataille.

Le forgeron lança un regard nostalgique vers la jeune fille.

— Moi, je la trouve bien jolie, dit-il.

— Je croyais que tu allais te marier ! Hein ?... Avec Laurence ?

— Oui. Ça n'empêche pas d'avoir des regrets.

Aimée remplit les verres. Il eut du mal à ne pas en verser la moitié à côté.

— Tout ça à cause d'une fille de bar ! s'écria-t-il.

— Pas seulement à cause d'elle. À cause de nous aussi. Constate ! on n'a encore rien vécu et on est déjà installés dans la vie comme des locomotives sur leurs rails.

— Parle pour toi !

— Ah oui ? Mais si j'ai bien compris, toi, tu as une copine, presque une femme, qui t'attend à la maison. Tu sais déjà ce que tu veux faire. La voie est toute tracée. Tu vis dans une petite ville où il ne se passe pas grand-chose. Tu ne risques rien. Tu es pantouflard. En plus, tu parles de l'écriture comme un fonctionnaire !

— Et toi ? rétorqua Aimée, la langue engluée par l'alcool. Toi qui joues les Monsieur Je-Sais-Tout ?

— T'as raison, moi, c'est pareil, soupira Émile. Pourtant, quand je vois passer un petit lot comme celui-là, je ne peux pas m'empêcher de trouver ma vie un peu triste.

Il baissa le nez sur sa chemise.

L'écrivain lui tendit la main.

— Tu ne devrais pas être triste. T'es un brave gars, au fond.

Le forgeron, tout aussi soûl, vacilla sous le compliment. Des larmes perlèrent à ses paupières.

— Toi aussi, tu es quelqu'un de bien, larmoya-t-il. Tu es un pote, un vrai.

D'un coup de nuque, il redressa sa casquette.

— Mon seul copain ! brama Œuvrard à la cantonade. Qu'a toujours été là pour moi !

— Oh ! Moins fort, les deux soûlots ! lança le barman.

— Quoi, quoi ? hurla Émile en se dressant sur ses jambes défaillantes.

— Puisque t'es debout, va donc cuver ton vin dehors ! répliqua le type.

Le forgeron s'élança vers le comptoir, fit une embardée parmi les chaises et tomba à côté d'une tablée qui affichait des mines dégoûtées.

— C'est le plus grand écrivain du monde ! beuglat-il. Et j'suis son agent. Alors, changez de ton !

— Attends, tu vas voir ! siffla le barman en jetant sa serviette sur le zinc. Tu vas voir sur quel ton je vais te parler.

C'était un grand type maigre mais vif avec un tatouage sur l'avant-bras qu'Œuvrard n'eut pas le temps d'étudier car il était soudain soulevé de terre et, le charriant par le pantalon, le type le balançait dehors.

Le barman s'occupa ensuite d'Aimée, qui pleurait comme un veau mais, dès qu'il le toucha, l'écrivain vomit une grande gerbe rouge qui atterrit sur le carrelage.

— Je suis malade... gémit-il.

— Ah, merde ! dit le barman.

— Je veux sortir, reprit l'ennivré.

L'autre le laissa tranquille tandis que mon grand-père s'acheminait vers la sortie. À l'extérieur, Aimée trouva Émile assis sur la neige toute fraîche. S'aidant l'un l'autre, ils titubèrent dans les rues de la ville. Aimée se tenait l'estomac.

— Comment elle s'appelait, la serveuse ? interrogea Émile.

— J'en sais rien. On lui a pas demandé.

— Marion ! Elle avait une tête à s'appeler Marion ! déclara le forgeron. Ou Pierrette !

— Alors là, pas du tout, protesta l'écrivain. Noire de poil comme ça, c'était une Maria, ou alors une Renée. Les Marion, elles sont toutes blondes, tu peux me croire... J'en ai connu plus de mille !

Chapitre 6

« J'ÉCRIRAI CE QUE JE SUIS, se dit Aimée. Ce qu'on ne peut apprendre, on le devine, et ce qu'on ne devine pas, on l'invente. »

Il s'arrêta brusquement à cette pensée. Cela lui rappelait les mots de son ancêtre Norbert, les seuls que le mystérieux aïeul ait jamais écrits sans doute : « Comprendre n'est rien, créer est tout. » Mais il ne voulait pas de Norbert dans sa tête, ni d'aucun autre membre de la famille. Si l'on décide d'écrire avec sincérité, qu'on choisit d'être son propre modèle, on le fait jusqu'au bout, sans tricherie, sans compromis. D'ailleurs, c'est bien ce qu'avaient fait ses aïeux ; ils avaient écrit leurs mémoires avec leur expérience, leur petitesse et leur grandeur. Ils s'étaient mis à nu, simplement. Il y avait là quelque chose d'inévitable et de magnifique, une attitude face à l'existence aussi belle et forte que l'action de la pesanteur.

Dans la chambre du petit studio rue d'Alsace, assis en face de ses feuilles, Aimée commença à se déshabiller. Il retira sa chemise, son pantalon, puis il avisa l'impressionnante perspective de toits par la fenêtre. Peut-être n'était-il pas nécessaire que toute la ville fût au courant qu'un écrivain avait opté pour la franchise ? Il ferma le rideau, se débarrassa de ses chaussettes, de son slip et, aussi nu qu'à sa naissance, s'installa derrière sa table. Janvier gelait aux vitres, les cristaux de glace grandissaient sur le verre à mesure que la température descendait. Nestor le chat dormait sous le radiateur. Aimée se mit à frissonner.

Peut-être qu'une couverture, un simple bout de laine jeté sur ses épaules, ne nuirait pas à ses résolutions? Après tout, on peut avoir des convictions sans être obligé de mourir de froid.

Il se leva de nouveau et s'empara de la grosse couette qui recouvrait le lit, s'en drapa de la tête aux pieds, et ensuite il revint à sa table. Ah! il était prêt! On allait voir ce qu'on allait voir, son roman allait en prendre une sacrée secousse. Il ferait le ménage, et en grand. Il ratisserait ses paragraphes.. Et chaque phrase, chaque mot qui ne seraient pas authentiques, qui ne «sonneraient» pas sincères et spontanés, d'un coup de crayon rageur et justicier, il se chargerait de les faire disparaître.

Il sortit d'une enveloppe de papier kraft les quelque soixante pages qu'il avait déjà écrites. C'était le fruit de six mois de travail. Le courage faillit lui manquer. «Mais, se dit-il, on ne fait pas un écrivain avec du bois tendre.» Il posa le tas devant lui et pêcha un crayon. Il allait commencer sa lecture quand il se rendit compte que ce n'était pas le bon crayon. Puisqu'il corrigeait, il devait utiliser l'encre des corrections: l'encre rouge. Toute opération chirurgicale demande le sang.

Il fouilla dans son matériel de bureau: gomme, stylo-plume, taille-crayons, règle, et ne trouva pas ce qu'il cherchait. Enveloppé dans la couette, il passa la tête par la porte de la cuisine. Louise, les deux coudes sur la table de la cuisine, ruminait des formules cabalistiques, penchée sur un livre de psychologie.

— Louise!

Elle le regarda, fronça les sourcils.

— Qu'est-ce que tu fais tout nu ? demanda-t-elle.

Aimée se demanda s'il devait l'avertir de ses toutes nouvelles démarches intellectuelles, jugea que cela prendrait trop de temps, et répondit :

— J'avais trop chaud. As-tu un crayon rouge ?

— Non, je ne crois pas. Attends, laisse-moi chercher.

Elle sortit de son cartable une petite trousse en plastique rose et verte. Elle en extirpa une poignée d'instruments qu'elle examina brièvement.

— Ah si ! dit-elle en choisissant un stylo-plume. Celui-ci est chargé d'une cartouche rouge. Tiens.

Il s'approcha, retenant les pans de son poncho à deux mains, pieds nus sur le carrelage.

— Tu vas attraper la crève, estima-t-elle.

Penaud, il prit le stylo, mais dans le mouvement un bout de couette tomba et découvrit ses jambes ainsi que son bas-ventre. Louise ne lâcha pas le stylo.

— Intéressant, commenta-t-elle.

— Donne, dit-il en tirant plus fort — mais elle avait une bonne poigne. Je n'ai pas la tête à ça.

— Tant pis ! Moi, je suis plongée dans la sexualité adolescente vue par Jung et je ne peux pas penser à autre chose.

Elle libéra le stylo et il regroupa la couette autour de son corps.

— Bon, eh bien ! bonne continuation, lança-t-il en tournant les talons.

Il fit trois pas vers la chambre, mais son poncho tomba par terre. Louise, debout, l'examinait en souriant, un bout de couette prisonnier sous son peton. Il se précipita vers son habit, mais elle fut plus rapide et se colla contre lui. Il sentit ses seins contre ses abdominaux et ses fesses furent soudain emprisonnées dans une solide paire de mains. Il avait vingt et un ans, une santé de cheval, une énergie phénoménale et sa verge se dressa soudain, plong! contre son ventre. Il tenta de repousser Louise (mais sa volonté était comme amollie) tandis qu'elle frottait sa tête contre son cou.

— Ah! je t'en prie, articula-t-il d'une voix défaillante.

Mais elle était soit sourde, soit en transe, et elle ne répondit à sa supplique que par une caresse plus précise.

— Louise! Bon Dieu...

Son roman l'attendait, son roman prêt au sacrifice. Il avait les idées, il avait l'attitude, il avait la réflexion, il avait même l'outil, le stylo rouge. Et ça allait barder, et ça allait faire des étincelles! Oui, mais elle le tenait bien, elle n'avait même pas besoin de parler. Et lui, il se sentait fondre, là, dans cette menotte de femme. Son tempérament de conquérant donnait de la bande. Pour la forme, il embrassa Louise, espérant que cet acompte suffirait, mais cela attisa les ardeurs de la jeune fille et réveilla les siennes.

Le stylo glissa de sa main, il prit Louise dans ses bras, la porta dans la chambre. Il la jeta sur le lit, soupira en la voyant se débarrasser de ses vêtements. Il jeta un coup d'œil mélancolique et désabusé vers ses feuilles puis, avec un cœur arraché, il se coucha près d'elle.

«Je ne suis pas un écrivain, pensa-t-il. Je n'en ai ni la force ni la volonté. Il suffit d'un baiser pour que j'abandonne mon travail. Et je ne sais rien de la vie, et je ne sais rien de la mort, et je ne sais rien de rien, je ne suis encore qu'un jouisseur, je n'ai pas appris à réfléchir. Tout ce que j'ai en moi n'est que vélléités, prétentions. Œuvrard avait raison, je ne suis pas...» Louise interrompit ses réflexions en s'empalant au plus profond d'un seul coup de reins.

□

Un peu plus tard, étendu sur le lit, Louise somnolente à ses côtés, il fut moins certain de ses réflexions. Certes, on pouvait écrire avec autant de franchise que possible. On se présentait au lecteur sans simagrées ni détours, on se mettait sur scène et on faisait son numéro. En apparence, cela semblait évident. Seulement, en creusant plus loin, on butait sur un autre problème, et autrement important, autrement crucial. Se montrer tel quel, défauts et qualités inclus, impliquait qu'on ait déjà défini quels étaient ces qualités ou ces défauts. En un mot, avant de s'avancer dans la lumière, il faut savoir qui l'on est. Or, il n'était pas sûr du tout de savoir qui il était. Émile Œuvrard en avait parlé, mais sans entrer dans le détail. Pour lui, cela allait de soi. Le forgeron, avec sa logique rectiligne, n'avait peut-être pas envisagé toutes les répercussions, prémisses et ramifications du problème. La question, la seule vraiment vitale, résidait dans ces trois mots : « Qui suis-je ? » Et la façon dont Aimée y répondrait influencerait son style, sa vision, sa profondeur, son talent, influencerait tout en fait.

« Bon sang ! se dit-il en quittant le lit pour aller à sa table de travail, je n'ai pas encore écrit une ligne et je continue de buter sur les obstacles. Combien d'épreuves faudra-t-il que je traverse avant de pouvoir conter une histoire ? »

Il écarta son manuscrit d'un geste dépité. Sur une feuille vierge, il traça une ligne droite. À gauche de cette séparation, il inscrivit : qualités. À droite : défauts. Ensuite, douloureusement, en soupesant chaque mot, il jeta sur le papier les ingrédients de sa personnalité. Au bout d'une heure d'efforts, la colonne « qualités » était pleine. Elle s'allongeait jusqu'au bas de la page en un curieux éloge transcrit en langage télégraphique. Par contre, la colonne « défauts » ne comprenait que trois articles, trois mots posés les uns au-dessus des autres : ignorance, égoïsme, arrogance.

« Évidemment ! pensa-t-il. On se croit toujours parfait. »

Il prit une autre feuille et tâcha de disserter sur son premier travers : l'ignorance. Le paragraphe qu'il produisit, au lieu de l'instruire sur le sujet et d'éventuellement en amener d'autres, ne fut en fait qu'une justification : il était ignorant parce qu'il était jeune, ou parce qu'il n'avait jamais connu autre chose que la vie provinciale, ou parce qu'il vivait en ermite depuis sa prime adolescence. En un mot, il était ignorant et ce n'était pas sa faute.

Prenant une bifurcation, il entreprit de chercher une ou des solutions à ce problème. Sur une troisième feuille vierge, il élabora quelques réflexions : voyager, sortir, communiquer, aimer, souffrir, découvrir. Il omit la lecture sciemment. D'abord parce qu'il était grand lecteur, ensuite parce qu'il sentait que ce n'était pas là qu'il puiserait de l'aide.

« Bien, se dit-il, on revient donc aux conclusions d'Émile. »

À ce moment, Louise émergea de sa sieste et remua dans le lit.

— Qu'est-ce que tu fais ? dit-elle en bâillant.

— Je réfléchis.

— À quoi ?

— Louise, je voudrais que tu répondes franchement à une question importante : Que détestes-tu le plus chez moi ?

Elle se gratta la tête en ouvrant des yeux ronds.

— Pourquoi tu me demandes ça ? Je t'aime, tu sais.

— Je sais, mais il ne s'agit pas de ça. Réponds-moi.

Elle s'étira, ses beaux bras blancs suspendus en l'air, le corps arqué en arrière. Réveillé, le chat Nestor en fit autant.

— Je, houmpf ! Je ne sais pas. Tu es égoïste parfois. Mais c'est normal, tous les hommes sont comme ça.

— Autre chose?

Elle se pencha hors du matelas pour ramasser sa culotte. Nestor sauta sur le lit.

— Tu es brutal aussi. Pas dans tes manières, mais dans tes gestes. Tiens, regarde, tu m'as fait un bleu sur la cuisse tout à l'heure.

Il balaya l'observation d'un revers de main, ce n'était pas ce qu'il cherchait.

— Et puis?

— Et puis, tu m'en demandes trop, fit-elle en enfilant une chemise de nuit. Tu n'as pas faim?

— Non, je n'ai pas faim. Enfin, si, mais je m'en fiche. Donne-moi d'autres indices.

— Je t'ai tout dit. Je t'aime comme tu es, c'est tout. Ma mère me dit tout le temps qu'on n'a que les qualités de ses défauts et vice versa.

La réflexion, pour absurde qu'elle fût, le frappa. Cela fit basculer la balance de ses réflexions. Il se rendit compte que la même action pouvait être condamnée ou approuvée, selon le point de vue qu'on avait sur les choses. Encore une fois, il butait sur cette histoire de point de vue. Sans point de vue pas de personnalité, et sans personnalité pas de point de vue. On ne sortait pas de là.

Louise disparut dans la cuisine avec Nestor sur les talons et Aimée la rejoignit au moment où elle ouvrait le frigo.

— Comment fais-tu pour avoir un point de vue? interrogea-t-il.

Elle se redressa, lui fit face avec une mine étonnée.

— Mais, à la fin, qu'est-ce que ça veut dire?

— Je t'en prie, réponds!

— Mais je ne sais pas! Quand je vois quelque chose, ça me plaît ou ça me déplaît. Voilà.

— Comment sais-tu que ça te plaît ou que ça te déplaît?

Elle remit sa tête dans le frigo. Entre ses jambes, Nestor fixait une tranche de pâté.

— Je ne pourrais pas l'expliquer. Ce sont des appréciations, tu comprends.

Il sentit qu'ils tournaient en rond.

— Qu'est-ce que tu entends par appréciations?

— Eh bien, j'aime ou je n'aime pas, cela me correspond ou non. Ça n'est pas sorcier, tout le monde fait pareil. Où vas-tu?

Brusquement, il était parti dans la chambre. Il repoussa les trois feuilles qu'il avait gribouillées jusque-là, s'empara d'une quatrième, qu'il sépara en deux colonnes : « J'aime » et « Je n'aime pas ».

— Tu veux des œufs? demanda Louise depuis la cuisine.

Mais il ne répondit pas. Il s'était mis à écrire avec furie, à la recherche de lui-même.

Il lui fallut six mois avant qu'il osât reprendre son manuscrit. Entre-temps, il navigua au bord du désespoir, soûla Louise de questions scabreuses : — « Louise, pourquoi sais-tu que tu es une femme? » —, retrouva souvent Émile Œuvrard pour des virées mémorables et remplit des pages et des pages de points d'interrogation. Afin de se sentir moins seul, et pour ne pas sombrer tout à fait, il acheva la lecture des œuvres de son aïeul médecin. Ensuite, il commença le récit du père de ce docteur, un forgeron officiant vers les années 1200 qui parlait de chevaux et de métallurgie avec beaucoup d'amour et de poésie.

Aimée finit sa licence de latin en mai. Quand il sut les résultats, il célébra l'événement trois jours et trois nuits durant avec ses collègues, ceux de « l'élite ». Après quoi, savourant la douceur de l'air, il décida d'effectuer un court voyage à Lélut. Louise, qui travaillait comme garde d'enfant pour une famille de Bregille, regretta de ne pouvoir le suivre. Elle le chargea de faire des bises au vieil Abélard.

☐

Au domaine Dorian, Aimée retrouva son père plus faible que jamais. Celui-ci, sans doute usé par l'hiver et la maladie, se laissait aller. Bien qu'il eût encore la force de se lever, il préférait rester dans son lit, le regard dans le vague, écoutant le bruit vide de son ennui goutter sur le paysage. Une garde-malade venait le voir chaque jour, faisait le ménage, retapait ses oreillers, lui apportait des provisions, nourrissait les chats. Elle s'appelait Claude. De taille moyenne, blonde, la trentaine énergique et avenante, elle fut ravie de rencontrer Aimée, dont «elle avait tant entendu parler». Elle était très belle.

Aimée essaya d'ignorer la jeune femme, mais elle venait le relancer avec des commentaires apitoyés sur la situation d'Abélard. Le jeune homme serrait les dents.

Un après-midi, alors que la maison semblait respirer au ralenti, elle descendit de la chambre paternelle en assurant qu'il dormait et qu'il en avait pour un bon moment. Elle portait une courte jupe bleue, un chemisier blanc qui soulignait la courbe de sa généreuse poitrine. Ses jambes paraissaient sculptées dans du caoutchouc élastique. Une mèche dorée frôlait sa tempe.

Aimée pensa à Louise, aux cuisses de Louise, aux spasmes de Louise, aux cris de Louise. Puis, il se força à s'absorber dans le livre qu'il lisait. Assise sur le canapé, les jambes croisées, Claude feuilletait un journal. Elle semblait une gentille infirmière qui attend que son malade la sonne. De temps à autre, elle prenait une cigarette, une blonde, américaine, au parfum de miel, et attirait le cendrier vers elle, qu'elle tenait dans sa main tandis qu'elle fumait.

Aimée combattait en silence. Il se lançait de furieuses injures, bouillonnait de sentiments contradictoires. Tout ça en se tortillant sur son fauteuil, en proie à une érection maléfique. Était-ce malice? Elle lui demanda, lui qui faisait du latin, ce que voulait dire l'expression: *Ab imo pectore.*

— Du plus profond du cœur, répondit-il d'une voix blanche.

Elle le remercia et reprit sa lecture. Lui, en revanche, était à présent incapable de lire une seule ligne. Il aurait voulu, «du plus profond du cœur», s'occuper de ce corps appétissant, remplir de plaisir ces yeux bleus, pénétrer cette pouliche aux formes savoureuses. «Du plus profond du cœur» lui faire l'amour jusqu'à ce qu'elle demande grâce, jusqu'à ce qu'elle vagisse, jusqu'à ce qu'il soit rassasié d'elle.

Comment s'y prenait-on pour amener une dame vers ces rivages érotiques? Il ne le savait pas — encore une chose qu'il ne savait pas! Sa rencontre avec Louise, avec la distance, lui paraissait naturelle, spontanée. Il n'avait réfléchi à aucune tactique, aucune décisive réplique. Louise était là et, lorsqu'il l'eut embrassée, il lui sembla qu'il en était ainsi depuis toujours, que jamais aucun calcul n'était entré dans leur union.

Ce qu'il avait en tête à propos de la garde-malade ne relevait pas des mêmes intentions. Il lui manquait les préliminaires, le protocole, la méthode. Il lui manquait beaucoup de choses. Beaucoup trop.

«Le grand écrivain Aimée Dorian est à court de mots encore une fois», pensa-t-il amèrement.

Mais elle laissa tomber le journal sur la table et demanda s'il désirait boire quelque chose.

— Un verre d'eau, répondit-il.

Elle se dirigea vers la cuisine et il admira la démarche souple, le balancement des reins, l'imperceptible mouvement des bras.

Il était idiot. IDIOT! Qui sait, elle n'attendait peut-être qu'un geste de sa part. Il posa son livre et marcha derrière elle.

— Claude, dit-il.

Elle ouvrait un placard contenant des verres, en extrayait deux qu'elle présentait tour à tour sous le jet du robinet.

— Oh! vous n'étiez pas obligé de venir le chercher, répondit-elle. Je vous l'aurais apporté.

En une seconde, il fut dans son dos et enlaça la taille de la femme dans ses bras.

En une seconde, elle se retourna et lui flanqua une violente paire de gifles.

— Qu'est-ce qui vous prend? siffla-t-elle.

Tout refroidi, il s'écarta, babutia des excuses incompréhensibles.

— Ça ne va pas bien, non? renchérit-elle.

Au comble de l'embarras, il s'enfuit dans le couloir, passa la porte et courut jusqu'au milieu du bois de Fauvel. Le feu aux joues, il essaya de trouver des excuses à son geste, s'embourba dans une mélasse romantico-sentimentalo-sexuelle déplorable. Après tout, elle l'avait aguiché. On ne vient pas en minijupe dans une maison habitée par deux hommes, dont un dans la vigueur de l'âge, sans avoir une idée derrière la tête. Il n'était pas coupable. N'importe qui de normalement constitué aurait perdu la tête face à cette allumeuse. D'ailleurs pourquoi les femmes emploient des armes si redoutables si c'est pour se refuser à ceux qui tombent dans leurs filets?

Aimée ne rejoignit la maison qu'au soir, quand il fut certain qu'elle était partie.

Dans le hall d'entrée, on percevait encore un parfum de vanille et de foin, un parfum de blonde. Il se réfugia dans le salon mais il la trouva dans un fauteuil en train de grignoter une madeleine, une cigarette fumant dans le cendrier.

— Vous en avez mis du temps ! s'exclama-t-elle.

Aucune ironie, aucune gêne dans sa voix, plutôt la froideur raisonneuse de la maturité face à l'enfance.

Il s'assit du bout des fesses sur un accoudoir du canapé.

— Ne me regardez pas comme ça, lui dit-elle. On dirait que je vous ai battu.

« Oui, c'est une salope, se dit-il. Mais une salope avec des chevilles faites au tour, avec des hanches galbées, avec des yeux soulignés au mascarat. »

— Pourquoi vous ne dites rien ? s'enquit-elle encore.

« Parce que tu ne veux pas savoir ce que je pense », songea-t-il.

— Mais dites quelque chose !

— Vous êtes désirable, articula-t-il enfin.

— Vous recommencez ! Écoutez, je voulais mettre les choses au clair. En tant que garde-malade, je ne puis... Mais arrêtez !

Halluciné, il s'était levé, avait franchi les deux pas qui les séparaient et avait posé sa main sur une cuisse de la jeune femme.

Elle se leva d'un bond. Elle essaya de le toiser sévèrement, mais le cœur n'y était pas. Même, dans le fond de la prunelle, Aimée crut reconnaître comme une lueur de satisfaction.

— Madame, coassa-t-il, je suis désolé, mais je peux pas m'en empêcher. Vous êtes très... trop... Je veux dire que...

Mais ne put rien ajouter de plus, lui montra son dos et partit vers les escaliers.

— Attendez ! le rappela-t-elle. Dieu que vous êtes vif ! Asseyons-nous et causons gentiment.

— Je ne peux pas.

— Mais si, vous pouvez.

Il frotta le bout de son pied sur le plancher. Il allait sortir une énormité, il la sentait monter, irrépressible, du fond de son ventre.

— Je veux faire l'amour avec vous.

Elle soupira.

— Ça, j'avais compris.

— ...

— Vous êtes fou!

Il s'apprêta à gravir les premières marches.

— J'ai un mari et un enfant, monsieur Dorian. Qu'est-ce que vous croyez?

— Moi aussi, j'ai une petite amie, répliqua-t-il. Mais ça n'a rien à voir avec elle. Allons, bonsoir. À l'avenir, je vous éviterai.

Cette dernière réplique, il le sentit, l'ébranla. Le regard de Claude se fit plus doux, plus amène. Pourtant, elle se tenait toute droite au milieu du salon, sans bouger. Il patienta une autre seconde, puis monta dans sa chambre. Au milieu des marches, il l'entendit gravir les escaliers derrière lui. Il ne se retourna pas. Elle le suivit jusqu'à sa porte, se faufila dans la chambre alors qu'il n'osait toujours pas s'apercevoir de sa présence. Il ôta ses vêtements, s'allongea sur son lit et ferma les yeux. Le sommier chavira un peu quand il reçut le poids de Claude. En silence, ils se cherchèrent du bout des doigts.

« J'apprends, se disait Aimée. C'est une femme, une vraie femme, et j'apprends. »

Il sentait qu'on lui caressait la taille, un endroit sur lequel Louise ne s'était jamais attardée. Puis, les omoplates. Il attendait la grande révélation, l'épanouissement de ses sens dans les mains de cette prêtresse. La caresse descendit vers le bas de sa colonne, puis vers ses fesses, contourna la hanche et s'attarda sur son sexe dardé. L'attouchement n'était pas désagréable, loin de là, mais il ne connut pas les fulgurances qu'il escomptait. Elle le masturbait d'une main ferme, résolue, mais non experte. C'était de la branlette robuste et efficace, pas de la sensualité ensorcelante.

Quand elle le prit dans sa bouche, il n'avait pas encore amorcé l'ombre d'un geste. Il se contentait de guetter les tressaillements de son corps, espérant quelque improbable prodige. Elle travaillait avec ses lèvres et, là encore, sans être fastidieuse, l'action ne lui procura aucune sensation qu'il ne connaisse déjà. Il se décida à passer sa main sur le dos vallonné qu'on lui offrait. Dès qu'il la toucha, Claude laissa échapper un grognement animal qui le surprit. Cela, c'était nouveau. Louise n'aurait trouvé aucune volupté dans un geste aussi bénin.

Il fit aller et venir sa main en soulevant chaque fois des gémissements de plus en plus intenses. Avec insistance et douceur, il massa les muscles flexibles, pétrit la chair mouvante et le plaisir de Claude sembla s'amplifier, s'élever, remplir la chambre d'ondes extatiques. Elle le tenait toujours dans sa bouche.

Avec des précautions infinies, il la fit rouler sur le dos, et elle le lâcha à regret. Il se coucha à côté d'elle. Sans la toucher, il la contempla tandis qu'elle se frottait les seins du plat des paumes — des beaux seins lourds et fermes scellés d'aréoles pourpres. Il commençait à mieux comprendre les envies de sa partenaire.

« Ce qu'on ne sait pas, on le devine. Et ce qu'on devine devient une certitude », se dit-il.

Aussi resta-t-il couché sur le flanc un bon moment, sans rien tenter. Enfin, elle n'y tint plus. Elle lui prit la main et la fourra entre ses cuisses. Un terreau tiède, humide, soyeux, l'accueillit. Il tourna son poignet contre la fente et elle écarta les jambes. D'une pression de la paume, il massa le mont de Vénus, qui tangua en cadence.

— Je t'en supplie, gémit-elle, pénètre-moi.

C'était le signal qu'il attendait. Il souleva les cuisses de la femme, les sépara, posa ses bras contre la jointure des genoux, lui ouvrit la vulve aussi grand qu'il put. Puis, d'une seule poussée, il s'enfonça jusqu'à la garde.

Elle possédait un sexe petit mais fondant. Et, dès qu'il la pénétra, il fut étreint par un étau de soie mouillé. C'était une sensation exquise, sublime, augmentée par les couinements de Claude, qui savourait chaque imperceptible variation, exprimant par l'intensité de son timbre la profondeur des coups de boutoir.

« J'apprends, se rappelait-il, émerveillé. J'apprends la vie ! Je la baise et la fais jouir, et il n'y a rien de plus beau, et il n'y a rien de plus vrai ! »

Il ralentit ses pulsations. De plus en plus courtes, de plus en plus lentes. Claude suivit d'un bercement du bassin tranquille et fort. Il se retira quand il se sentit au bord de l'explosion.

Après une brève pause, Claude se mit à quatre pattes, effondra son buste et lui offrit son cul. Il n'était pas familier avec le désir des femmes. Il n'en avait connu qu'une et, le plus souvent, elle le laissait guider la danse, encourageant ses initiatives avec des gestes timides.

Aimée se plaça derrière le char qu'on lui présentait. Il faufila deux doigts dans le sexe entrouvert, embrassa le dos en conque creuse, puis écarta les fesses entre deux pouces. Il tâtonna du gland en se demandant ce qu'il allait faire, introduisit un demi-centimètre sans se décider, se retira, revint pour une pénétration plus profonde, s'arrêta encore à mi-chemin, indécis. Claude avait empoigné les draps, qu'elle serrait en grognant.

Quand enfin il plongea la longueur de son membre dans le fourreau, elle poussa un bruyant soupir de plaisir. Alors, d'un mouvement rapide, parce qu'il savait que c'était ce qu'elle voulait, il la fit monter en vagues puissantes, énormes, gigantesques, qui leur tirèrent des hurlements et, enfin, ils atteignirent l'apothéose en même temps, peut-être un peu plus tôt pour elle, et il juta en généreuses rasades dans ce gouffre d'extase.

Poisseux et repus, ils se détachèrent et roulèrent dans les bras l'un de l'autre.

« Et maintenant ? » se demanda Aimée.

Claude se détendait, sa respiration s'allongeait.

« Et Louise ? » se demanda-t-il encore.

Il aimait Louise. Il l'aimait plus que toute autre.

« Est-ce que cela change beaucoup de choses ? » s'interrogea-t-il.

Mais, comme si elle avait deviné sa question, la garde-malade murmura :

— Ce sera la première et la dernière fois. D'accord ?

Il acquiesça en silence, soulagé au fond qu'elle le tire du bourbier dans lequel il s'enlisait.

Elle se dressa sur ses coudes, l'embrassa longuement.

— Ta copine a de la chance, dit-elle.

Il n'en était pas si certain, à présent.

— Tu crois que ton père nous a entendus ? reprit-elle.

— Non. Il est à l'autre bout de la baraque. Et puis, il dort sûrement.

— Moi, je crois qu'il dort peu, quelques heures tout au plus. Il est inquiet.

— À quel sujet ?

— Il se fait du souci pour toi. Il ne m'en parle pas, mais je le sais. Tu devrais venir le voir plus souvent.

— Il ne veut pas, il dit que je dois vivre ma vie.

— En tout cas, il ne devrait pas rester ici, il serait mieux dans un hôpital.

Aimée croisa ses mains derrière la tête.

— De ça aussi, nous avons discuté. Mais c'est comme vouloir déplacer une montagne. Tu crois que l'hôpital le sauverait?

— Je n'ai pas dit ça. Mais il aurait des soins bien meilleurs.

— Moi, je pense que tu lui apportes tout ce qu'il lui faut. Combien de temps lui reste-t-il?

— On ne peut jamais prévoir avec la leucémie, dit-elle en sautant du lit. Trois mois, un an, peut-être un peu plus. Il faut que j'y aille.

Elle s'habilla et sortit de la chambre alors qu'il se noyait petit à petit dans l'océan de sa perplexité. Abélard se mourait, il avait trahi Louise et, dans les deux cas, il ne pouvait rien y faire. En désespoir de cause, et parce qu'il n'arrivait pas à dormir malgré l'heure avancée, il alla chercher dans l'armoire un autre volume.

Dans la bibliothèque, il attrapa un livre qui se tenait sur le tout premier rayon de l'armoire. Sur la couverture brillait cette inscription: *Romain Dorian 1130-1184*. D'un doigt, il compta combien de volumes il lui restait à lire: sept! Avec ses connaissances en latin, il aurait pu sauter directement à Romuald, le premier patriarche. Mais il était si près du but qu'il pouvait bien patienter un peu. Il retourna dans sa chambre et commença sa lecture.

Romain Dorian fut le premier à évoquer la règle des Dorian, et ce dès les premières lignes. «Sans cette règle, commençait-il, je n'aurais jamais songé à écrire.» Mais il se gardait d'en dire plus et Aimée resta sur sa faim. Romain enchaîna sur ses souvenirs d'enfance et les différentes expériences qui le conduisirent à sa vocation de passeur. À l'âge adulte, muni d'une grande barque plane reliée à un filin, il acheminait sur la Titienne, une rivière voisine, les voyageurs de ces temps médiévaux. Cette occupation paisible développa en lui un caractère contemplatif qui transparaissait à chaque page. Assis au bord de la rivière, il écoutait le chant de la nature environnante, les appels des loups, les pépiements d'oiseaux, les grondements des ours. Ce Siddharta franc-comtois vivait les saisons à l'heure de son ruisseau. Le printemps lui apportait la crue, l'été la sécheresse, l'automne la boue, l'hiver la glace. Son récit ne comportait aucun mystère, aucune philosophie., mais on sentait une force peu commune derrière chaque mot, une connaissance inébranlable de la vie et des hommes. Aimée fut impressionné par la science empirique de ce grand sage planté près de son cours d'eau. Il crut lire une de ces histoires chinoises pleines de silence qui décrivent l'ermite tout-puissant retiré de la société des hommes et satisfait de son exil.

Le livre était court, écrit avec des mots simples, directs, sans artifices, dans un latin de débutant. Aimée le dévora en deux jours. Après ça, il ne lit plus rien pendant un moment. D'ailleurs, mai tirait à sa fin. Son « court séjour » s'était étiré et il avait hâte de revenir à Besançon. Louise lui manquait.

Ses relations avec Claude furent un peu tendues après leur aventure. Ils n'osèrent ni l'un ni l'autre se regarder en face pendant un bon moment. Ensuite, ils reprirent chacun leur occupation dans la vieille demeure, elle de prendre soin d'Abélard, lui de méditer, et ils finirent même par avoir des conversations normales. Quand il alla lui dire aurevoir, ils évitèrent de s'embrasser.

Avant de partir, Aimée empila dans sa valise les sept manuscrits de l'armoire qu'il n'avait pas encore lus.

Ensuite, il se dirigea vers la chambre de son père. Celui-ci était couché dans son lit, qu'il ne quittait plus. Des chats disséminés dans la pièce le veillaient en silence. Malgré les fenêtres grandes ouvertes sur l'été naissant, l'endroit baignait dans une odeur d'abandon déprimante. Aimée s'assit sur le fauteuil que Claude occupait d'habitude.

— Je vais bientôt mourir, dit Abélard.

— ...

— Écoute-moi. Avant de m'en aller, il faut que tu saches. Regarde dans cette commode, dans le tiroir du bas.

Aimée fit ce qu'on lui demandait. Il découvrit des piles de dentelles d'un autre siècle.

— Tâte au fond du tiroir. Tu sens quelque chose ?

Aimée remonta au jour un antique coffre de bois aussi plat et long qu'une petite mallette.

— Ouvre-le.

Aimée fit jouer le fermoir et le coffre s'ouvrit sur un feu d'artifice d'éclats lumineux. Des pierres précieuses, de l'or, de l'argent nappait le fond de la boîte.

— C'est le trésor des Dorian, dit Abélard. Une absurdité ! Certains de nos ancêtres se sont privés de tout pour l'approvisionner. J'y ai mis ma petite contribution, un diamant gros comme une crotte de lapin, mais qui m'a coûté trois ans de cachets. Je n'ai pas pu faire plus. Maintenant, cela me paraît tellement puéril. C'est pour toi. Pour le jour où tu en auras besoin. Quant au reste, c'est dans mon testament chez le notaire Monfort. Il te contactera.

— En attendant, tu es toujours vivant, dit Aimée en remettant le coffret à sa place.

— Je n'en ai plus pour longtemps. Je le sais. Ma tête s'en va, parfois même je crois que je délire... C'est drôle, je pensais qu'après soixante ans on ne pouvait plus connaître de gros bouleversements, et voilà que j'affronte le plus grand de tous : le dégoût de la vie ! Mais, tu as raison, je ne devrais pas te faire partager cela. Tu es jeune, fort, invincible, la mort n'a pas de prise sur toi. Va, continue sans moi !...

Aimée s'approcha du lit, puis se pencha vers le grand vieillard, le prit dans ses bras. Il embrassa le front pâle et brûlant, parsemé de cheveux blancs.

— Dis à Louise que je ne suis pas sûr de tenir ma promesse, murmura Abélard. Et puis, sois gentil, ne lui parle pas de Claude. Tous les couples ont leurs secrets.

— Claude ? s'exclama Aimée en reposant son père contre les oreillers.

— Mais oui. Tu m'as compris. Allez, va.

Aimée marcha vers sa valise.

— Je t'aime, dit Abélard.

— Je t'aime, moi aussi, répondit Aimée.

Chapitre 7

AIMÉE OBÉIT À SON PÈRE et ne parla pas de Claude à Louise. Au lieu de quoi il raconta à Louise l'état de plus en plus délabré d'Abélard, son laisser-aller, son abandon. Il raconta aussi le coffret de bois, les pierres précieuses, l'argent. Mais dans son récit il oublia la garde-malade. D'ailleurs, Louise eut la réaction qu'il attendait. Préoccupée par l'état de santé du patriarche, elle demanda force détails. Quant au croffret, au trésor, elle n'y songea pas deux secondes. Louise n'était pas dépensière, elle possédait une garde-robe minimale, des meubles utilitaires, des bijoux de pacotille. Ses études en psychologie lui interdisaient les sorties, les soirées coûteuses, la vie mondaine. Quant à Aimée, sorti de ses livres, de ses feuilles blanches... L'un et l'autre n'avaient pas besoin de la fortune. Sujet sur lequel ils conversèrent dès qu'il sauta du train. Et Aimée fut heureux de gagner du temps.

Aimée n'avait pas envie de parler de lui. En cela, il était prêt à suivre le conseil d'Abélard. Mais il ne voulait pas être malhonnête non plus. Et la confiance énorme, fidèle, aveugle, que lui accordait Louise le mettait à présent mal à l'aise. Louise l'avait accueilli avec des mines de pucelle qui s'en va à son premier rendez-vous. Pendant le trajet de la gare à leur appartement, elle avait marché à son bras, osant à peine le regarder, intimidée, amoureuse. Cette candeur offerte infectait la culpabilité d'Aimée.

Quand ils se retrouvèrent dans leur chambre, rideaux fermés, bouches nouées, il craignit de laisser échapper une plainte, un geste, une attitude qui le démasquerait. Il s'efforça d'être celui qu'elle avait toujours connu. Mais cela ne lui fut pas facile car Louise, plus fougueuse qu'à l'ordinaire, le poussait vers un érotisme sans retenue. Ce fut la première fois qu'elle le griffa, qu'elle se débattit, s'agita, cria. Il mit cela sur le compte des retrouvailles, puis il se demanda si elle, elle n'avait pas eu un amant pendant son absence. Il commençait à perdre la tête. Enfin, ils conclurent leurs ébats par un long câlin, comme ils en avaient l'habitude, et leur union se recolla tout doucement.

C'est peut-être durant cet instant complice, cajoleur, qu'il aurait dû lui avouer son aventure. Il y repensa souvent plus tard : ce qu'il aurait dû faire, comment effacer le mensonge. Mais il ne dit rien et ils reprirent leur vie où ils l'avaient laissée.

Louise dormait sur le dos quand il se leva. La même scène se répétait à six mois d'intervalle. Il s'installa derrière son bureau, pêcha dans un tiroir son manuscrit oublié et posa son front dessus, dans la pose d'un croyant aux prises avec l'impiété.

Aimée avait changé en six mois. Il était passé par différents stades de réflexion. Il avait l'impression d'avoir mûri. Oh! pas beaucoup, mais suffisamment pour regarder son œuvre d'un autre œil. Il fit le point sur ses méditations antérieures, son cheminement d'homme, sa quête. Il se bombarda de questions, se fit des crocs-en-jambe, fouilla du doigt dans les zones sensibles et se tira de presque tous les traquenards sans effort. Il se dit qu'il était prêt.

Il coucha son manuscrit devant lui, prit une large bouffée d'air et l'ouvrit à la première page.

Tout de suite, il s'aima. Il retrouva ses idées, ses intentions, son émotion et il vécut cela comme un coup de foudre. Il dégusta chaque métaphore, goûta chaque épithète, regarda avec tendresse la construction téméraire de certaines phrases, la rythmique de ses paragraphes. Il se prit de passion pour l'histoire, les décors, les personnages. Bref, il aima tout.

Et cela l'inquiéta.

Il lui semblait hautement improbable que son texte soit parfait. Bien au contraire, il fallait qu'il y ait des erreurs, des faiblesses visibles, immanquables, auxquelles il aurait pu se raccrocher, qu'il aurait rayées d'un geste soulagé. Mais là, non, rien. Du début à la fin, selon lui, le récit, rigoureux en même temps que spontané, était parfait. Oui, parfait!

Il lut le dernier paragraphe, referma le manuscrit. C'était bon. C'était très bon. Il s'était élevé au sommet de l'art alors qu'il n'avait pas encore publié quoi que ce soit. Cela coulait, vous entraînait, vous portait, chaque mot comme une barque sur le flot de son imagination. Sublime verbe dont il avait réussi à être un alchimiste accompli... Abélard avait tort! L'instinct, l'audace, le naturel: des foutaises! Rien ne valait un travail pointilleux, méticuleux, arrangé, pensé, soupesé. Rien ne valait la prudence et la mesure.

Il se renversa sur le dossier de sa chaise, les mains derrière la nuque. Il était un grand écrivain. L'un des meilleurs! Il allait bouleverser la prose de cette fin de siècle, il serait un autre Céline, un autre Balzac. Quelle énergie, quelle vitalité, quelle élégance surtout, dans ces phrases taillées au millimètre, dans ses comparaisons affûtées au rasoir!

Il se pencha de nouveau sur ses feuilles. Au moins pouvait-il corriger ses fautes d'orthographe. Cela ne nuirait pas au style. Il rouvrit donc le manuscrit, se replongea dedans. Et il fronça les sourcils dès l'entrée. Quel était cet adverbe déplacé, ce «résolument» inopportun qui brisait la cadence de l'introduction, qui déparait l'harmonie? Allons, si son œil sagace ne l'avait pas noté au cours de la première lecture, c'est qu'il ne sautait pas aux yeux. Il continua, buta encore contre un verbe faible, bancal, qui ne traduisait pas sa pensée, qui l'appauvrissait plutôt. Il se rongea l'ongle du pouce en cherchant un meilleur mot, ne le trouva pas, continua sa lecture avec angoisse, ne tarda pas à trouver une autre erreur: «Je l'aimais, que je veuille l'admettre ou non.» Il s'interrogea sur cette virgule. Ne fallait-il pas un point? ou un point-virgule? ou même supprimer la deuxième partie de la proposition? Ou alors, sans parler de la ponctuation, ne devait-il pas songer à remplacer ce «ou non» un peu édulcoré par un «ou pas» plus épais, mais plus franc? L'ongle de son pouce sauta dans un bruit de plastique brisé.

Deux phrases plus loin, il douta d'un point de suspension, le jugeant trop intempestif en même temps que trop flou, le remplaça par un point, puis raya la fin de la phrase, espérant que le lecteur comprendrait à demi-mot.

— C'est cela, se dit-il, mieux vaut suggérer qu'assener.

Mais il avançait du bout de son stylo sur les pages, et les ratures se multipliaient, décoraient le texte d'un scepticisme vengeur. En bas de la feuille, il s'arrêta, épouvanté. D'un écrit à l'origine parfait, il avait, à coup de corrections, produit un monstre.

Louise dormait toujours, avec Nestor, le museau caché sous sa queue brune, allongé contre son flanc.

Aimée recopia la page qu'il avait mutilée. Il la recopia telle qu'elle était auparavant, dans son texte intégral, sans coups de crayon, sans pâtés.

Quand il eut terminé, il se relut, grinça des dents à la vue de fautes par trop flagrantes, se retint de toutes ses forces de ne pas jouer encore une fois du crayon rouge, puis il alla réveiller Louise.

Elle se dégagea des limbes à petits battements de paupières éblouis, bâillant, se roulant sur Nestor, qui, mol paquet de chair ensommeillé, ne se défendait pas contre l'avalanche de couvertures. Elle se blottit dans les bras d'Aimée, l'appela de noms gentils, lui fit respirer la touffeur de ses cheveux auburn. Il lui chuchota des paroles raisonnables, qu'on ne pouvait pas « dormir tout l'après-midi », qu'elle n'aurait « plus de fatigue pour la nuit », etc. Enfin, elle enfila une chemise de nuit et, après un bref séjour dans la salle de bains, il l'attira vers ses feuilles.

— Tiens, lis !

Elle se frotta le crâne, redressa une mèche rebelle derrière son oreille, puis elle s'absorba dans la lecture.

C'était la première fois qu'il faisait lire à quelqu'un ce qu'il avait écrit. Ni Abélard, ni Émile Œuvrard, ni aucun de ses amis de « l'élite » n'avait posé les yeux sur son travail.

Les yeux de Louise suivaient les lignes en silence. Ils ne sourcillaient pas, ne se fronçaient pas, ne se teintaient d'aucune joie ni d'aucune tristesse. Ils lisaient, c'était tout. Mais de quel bois était-elle donc faite pour absorber cette poésie, ce travail, sans frémir ? Est-ce qu'elle ne ressentait pas des picotements au cœur ? Est-ce qu'elle ne salivait pas d'avance à l'idée de connaître un peu du dénouement ? Est-ce qu'elle n'éprouvait aucune excitation, aucune joie à rencontrer les personnages qu'il avait créés ?

Il se réfugia dans la cuisine et, sur la tablette du frigo, s'empara d'une banane qu'il décapsula d'un geste sec.

Et combien de temps cela prenait-il de lire soixante pages ? À peine avait-on commencé le voyage que déjà il était fini. D'une main indifférente, il caressa le dos de Nestor qui maintenant ronronnait à ses pieds.

Il jetait l'épluchure de la banane quand elle sortit de la chambre, les pages à la main.

Il essaya de déchifrer ses sentiments à sa mine, ne réussit pas à se convaincre.

— Alors? demanda-t-il.

— C'est pas mal, répondit-elle.

Il s'appuya un peu plus fort sur le frigo.

— Ça ne t'a pas plu?

Elle s'assit à la table de la cuisine, réprima un autre bâillement, posa le paquet de feuilles en face d'elle.

— Si, ça m'a plu.

Un enthousiasme bien mou!

— C'est bien écrit, reconnut-elle. Il y a de la technique et de la puissance.

— Mais?...

— Mais je ne suis pas certaine d'aimer le sujet.

« De la technique et de la puissance », se rassura-t-il. Abélard et son « instinct », son « audace »! Foutaises!

— Qu'est-ce qui te dérange dans le sujet? s'enquit-il.

— C'est morbide. On dirait que tu as voulu faire un roman policier sans respecter les règles.

— Parfaitement! se rengorgea-t-il.

— Je ne sais pas si ça marche. Le roman policier obéit à certaines lois parce qu'elles sont nécessaires. Sans elles, on est perdu.

— Que veux-tu dire?

— On ne sait pas où tu veux en venir. Ce n'est pas maladroit, loin de là, mais c'est fade. Il me semble qu'un polar doit démarrer en trombe et vous emporter dans une sorte de tourbillon. Enfin, je ne sais pas, je ne suis pas bon juge.

Aimée tenta de ne pas se laisser engloutir par les sables mouvants.

— Mais les personnages? Hein? Tu ne les as pas trouvés intéressants? Ils ne t'ont pas semblé bien décrits? Et le décor? Et l'action?

— Si, si. Tout est très bien, je te dis. Mais c'est le sujet. Ça n'est pas ma tasse de thé. Donne-moi une banane.

Il n'insista pas. Il n'était pas meurtri par ses critiques, elles étaient trop vagues et trop imprécises. Il décida simplement de ne plus partager son travail avec quiconque avant qu'il ne soit fini.

Ils mangèrent le soir dans une pizzeria en plein cœur du quartier Battant. Louise lui raconta ses aventures de *baby-sitter*, il s'efforça de l'écouter et de garder le sourire. Ensuite, ils rentrèrent lentement dans la nuit d'été. Une touffeur poisseuse recouvrait la ville, les fenêtres étaient presque toutes allumées.

Dans leur petit studio qui sentait le linge neuf et le citron, ils firent l'amour longtemps, doucement. Louise s'endormit presque tout de suite tandis qu'il aspirait de larges bouffées d'air chaud.

Un peu plus tard, il reprit son histoire, sans relire ce qu'il avait déjà écrit. Il ne voulait pas devenir son propre ennemi. Dans la cuisine, jusqu'au petit jour, il griffonna des pages, souriant ou grimaçant selon l'inspiration. Nestor s'était endormi dans sa panière.

□

Cela avança bien, d'un flot régulier, pendant plusieurs mois. Les feuilles s'ajoutaient aux feuilles, le petit tas se haussait du col. L'histoire progressait. Aimée remarqua à peine le soleil qui se mourait aux fenêtres, le changement de saison. Il était obnubilé par sa prose, il aurait aimé terminer son roman avant la session d'octobre, le début de son CAPES. De jour en jour, un vent plus froid balaya la Franche-Comté, la ville redevint frileuse, la moiteur s'en alla. Aimée amoncela les pulls aux premières semaines d'automne, toujours penché sur son manuscrit, tandis que Louise, absente pendant la journée, n'osait le déranger.

Son travail de *baby-sitter* accaparait la jeune fille et les enfants dont elle s'occupait la troublaient. Surtout le plus petit, un nourrisson de huit mois qui lui tendait les bras dès qu'elle entrait dans son champ de vision. Mais elle aimait aussi la fille, Charlotte, deux ans et demi, blonde, bouclée, qui voulait apprendre à faire du vélo. Jean-Pierre, enfin, du haut de ses quatre ans, l'appelait «Tantine», l'embrassait sous n'importe quel prétexte, lui offrait des cadeaux d'enfant : une agate, un ours en peluche, une chaussure de sport. Elle les adorait tous ces enfançons pour qui elle était la reine, la nounou tendre et douce et à qui ils pouvaient tout demander.

De plus en plus souvent, elle lançait des regards de détresse à Aimée. Mais il ne s'apercevait de rien, ses yeux étaient tournés vers l'intérieur. Il contemplait des forêts de mots qu'il collait à la page comme un pointilliste ses touches de couleur sur la toile.

Septembre tirait à sa fin quand Louise se décida. Elle en avait assez d'attendre.

À sa grande surprise, il consentit sur-le-champ. Le soir même, un soir qui brillait de lumières humides aux vitres des fenêtres, ils firent l'amour. Ils échangèrent des propos affectueux en espérant que cela prendrait, puis Aimée retourna à ses feuilles. Louise, remplie de graines, évitait de remuer pour ne pas déranger sa fertilité.

En octobre, Aimée reprit les cours à l'université. «L'élite», pour des raisons obscures, s'était éparpillée. La plupart étaient partis pour Strasbourg, ceux qui restaient projetaient de s'en aller à Paris. Ils se voyaient tous de magnifiques avenirs dans la capitale. Aimée en conçut un peu de chagrin puis dut bien s'avouer qu'au fond il s'en fichait. De hautes destinées l'appelaient lui aussi, et il n'avait pas de temps à perdre en nostalgies inutiles.

Louise cultivait une levure spéciale qui l'arrondissait de semaine en semaine.

À Noël, parce qu'elle se plaignait de ses vêtements qu'elle ne pouvait plus porter, Aimée lui offrit une garde-robe complète de femme enceinte. Elle essaya les amples chemises de nuit, les généreux soutiens-gorge, les pantalons à élastique et ne sut si elle devait le féliciter ou le gronder pour son initiative. Dans une grande boîte nouée d'un ruban rouge, elle découvrit une layette de bébé verte, jaune, orange, «tout sauf bleue ou rose», dit-il malicieusement.

Émile Œuvrard vint déposer quelques cadeaux et manger la bûche avec sa petite amie Laurence. Cette dernière était une petite femme boulotte avec les cheveux noirs et bouclés, un visage de poupée agrandi par deux yeux candides et un sourire de fée. Elle était issue d'une famille d'ouvriers et elle prêta une oreille attentive aux considérations politiques d'Aimée. Peut-être que sans le champagne dont fut arrosée la soirée cette fille se serait enrôlée dans le Parti communiste, mais elle se coucha bientôt, assommée par l'alcool et incapable, deux heures plus tard, de se souvenir de quoi que ce soit.

Émile, comme à l'accoutumée, raconta des histoires qu'il avait entendues au cours des veillées de Landresse. Il narra «La Vouivre perdue», «Le macaron empoisonné» ou l'inquiétante légende des «Écureuils amoureux». Louise l'écouta avec bonheur, les mains soutenant sa panse, tandis qu'Aimée, vaguement jaloux, émaillait le récit de commentaires sarcastiques.

Avant de partir, Émile demanda à voir le manuscrit d'Aimée, mais l'auteur refusa. Tant qu'il n'aurait pas fini, personne ne jetterait les yeux dessus. Ce serait comme pour le bébé, on ne verrait que le résultat final. Le comptable n'insista pas, se retira en portant sa dame dans ses bras, assura à tout le monde que tout irait bien.

Au Nouvel An, Aimée prit deux grandes résolutions. D'abord, il achèverait son roman dans l'année. Ensuite, il se promit de terminer la lecture de l'œuvre des Dorian. Depuis qu'il était rentré l'été dernier de Lélut, il n'avait pas ouvert un seul livre. À minuit, Louise lui fit la bise sous le gui, embrassa aussi Nestor, et l'année 1956 démarra ainsi.

Aimée lut le manuscrit de son ancêtre François Dorian (1085-1122) presque d'une traite. Ce bûcheron qui parcourait les forêts comtoises avec sa hache sur l'épaule écrivait avec autant de puissance qu'il abattait sa cognée sur les troncs centenaires. Il décrivait tout avec un style franc, direct, loyal. Lui aussi, sans la règle des Dorian, n'aurait jamais commencé ses Mémoires. Il s'exprimait rudement, préférait l'action à la philosophie, racontait tout comme un paysan se confesse à son curé, sans fard, sans ruses. Il avait employé sa haute et puissante stature à plier des chênes, à déboiser des bosquets, à défricher des clairières. Il aimait le matin, les étincelles de la rosée, le ciel pâle sous les ramures de feuillus. Aimée sentait frémir un grand amour de la vie dans les pages de cet être fruste.

L'histoire de François Dorian se concluait abruptement. Un jour, peu de temps après son mariage, un ours avait surgi d'une grotte, d'un coup de griffes lui avait ouvert la poitrine et l'avait laissé là à demi mort, au milieu des arbres. D'autres bûcherons avaient trouvé le gaillard de trente et un ans gisant dans son sang, l'avaient transporté jusqu'au domaine Dorian, qui n'était en ce temps-là rien de plus qu'une masure, et l'avaient confié aux soins de sa femme, Bernadette Dorian, et de son fils, le futur passeur.

François Dorian ne se remit pas de sa blessure. Alité, il décida de dicter ses Mémoires à l'abbé du pays, qui les rapporta en latin.

Février gelait le paysage quand Aimée referma le livre. Là encore, il avait lu quelque chose de simple et de grand. Sans plus attendre, il entama les Mémoires du père de ce rustique aïeul. Il continuait son voyage dans le temps.

Thierry Dorian (1060-1098), d'après ce qu'en comprit Aimée, était un vagabond. Se baladant de la Bourgogne à la Suisse, il vendait, lorsqu'il n'avait vraiment plus rien à manger, un peu de ses forces à quelque paysan ou vigneron, avec lesquels, généralement, il devenait ami. De nature joviale et sympathique, grand conteur d'histoires drôles ou macabres, indépendant et instruit — il avait étudié chez les pères à Besançon —, Thierry comptait sur son charme et la force de ses deux bras pour le tirer des situations difficiles. Celles-ci ne manquaient d'ailleurs pas dans ce manuscrit de plus de cinq cents pages écrites dans un latin sophistiqué, presque rococo à force de virtuosité, dont on avait parfois du mal à suivre les méandres et les circonvolutions. Thierry trimballait partout une large besace de laquelle il tirait, la nuit venue, une épaisse couverture de laine. De temps à autre, il remplissait cette outre d'un jambon ou d'une livre de pain, d'une demi-douzaine de bouteilles, d'un paté en croûte. Il mangeait cela au bord du chemin, parfois en compagnie d'une jolie fermière qu'il lutinait le temps d'un chapitre et qu'il délaissait un peu plus loin «pour reprendre l'aventure!»

Il en rencontrait du monde, cet ancêtre! Des fermiers, bien sûr — presque tous sur les plateaux du Jura

le connaissaient —, mais aussi des commerçants de
Dijon, des vignerons de Bourgogne, des notables de
Beaune, des filles de Lausanne, des seigneurs des châ-
teaux de Haute-Saône. Il était partout accueilli, célébré,
fêté ! Et il levait le coude bien haut avec les populations,
et il lançait des plaisanteries grivoises, et il aidait à
rentrer le foin sous les charpentes comtoises.

La mort même ne lui fit pas peur. Quand elle s'annonça sous la forme d'une douleur aiguë au foie,
Thierry Dorian revint au domaine, braconna dans le
bois de Fauvel, y rencontra une paysanne effarouchée au
cours d'une promenade, l'engrossa sans plus de cérémonie, et conclut son manuscrit sur cette phrase opti-
miste : « Mon fils marquera la date de mon décès sur la
couverture du livre, ainsi le veut la tradition. Mais j'espère que celui qui lira ces lignes aimera la vie comme je
l'ai aimée. » Il était mort à trente-huit ans.

Louise enflait maintenant à vue d'œil. Elle entrait
dans son septième mois de grossesse. Aimée, qui avait
changé les termes de sa résolution, voulait à présent finir
l'histoire des Dorian avant la naissance du bébé et avant
de terminer son roman à lui.

Le père de Thierry Dorian, le joyeux vagabond, était
enlumineur. Celui de l'enlumineur était tailleur de
pierre, celui du tailleur de pierre était érudit, le père de
l'érudit était fermier et le père du fermier, le dernier
père de la lignée, le premier patriarche aussi, c'était
Romuald Donatien Dorian, celui qui avait écrit les
règles des Dorian et avait été à l'origine de cette œuvre
gigantesque.

Chapitre 8

Louise arrivait à terme quand il commença la lecture du récit de Romuald. Le mois de mai riait aux fenêtres. Le médecin leur avait promis le bébé avant la mi-juin. Aimée n'avait pas une minute à perdre.

« On m'a trouvé à la porte d'un hospice parisien il y a cinquante-quatre ans, écrivait Romuald. Je n'ai jamais su qui étaient mes parents, probablement des miséreux, à en juger par la pauvreté des loques dont j'étais affublé. C'est le père Alphonse Dorian, un ecclésiastique venant de Franche-Comté, qui m'a découvert le premier par une chaude matinée de juillet, le 17 exactement. Il me raconta que j'étais très calme, presque inerte malgré les mouches qui vrombissaient en essaim autour de ma couche. Étonné par cette immobilité (d'autant plus que j'avais les yeux fermés et que rien ne semblait pouvoir me tirer de mon sommeil), il me débarrassa de mes langes et me tint tout nu sous le feu de son regard. D'un doigt, il pressa sur mon petit ventre et j'ouvris les yeux en échappant un gloussement surpris. Rassuré, Alphonse m'emmena dans les couloirs jusqu'au bureau du père supérieur.

Alphonse Dorian, celui qui allait devenir mon père, jeune clerc blond, mince et droit comme une baguette de noisetier, avait joint l'hospice pour des raisons philanthropiques. Bon, charitable, il pensait que l'ordre duquel il faisait partie n'avait pas d'autre but que d'aider les nécessiteux. Aussi, chaque fois qu'il découvrait un petit être abandonné, et cela arrivait tous les matins, il l'emmenait le faire enregistrer par son supérieur.

D'habitude, il entrait avec le bébé dans les bras et le posait sur le bureau. Le père Rabarachal, un ventripotent vieillard de presque quarante ans, examinait l'enfançon, essayait différents tests pour juger de sa santé, puis il inscrivait sur un grand registre la date d'entrée du bébé et l'affublait d'un nom.

Avant la venue d'Alphonse Dorian, le père Rabarachal ne pratiquait cette opération que deux ou trois fois par semaine. Un pacte tacite existait entre lui et ses subordonnés de rester dans les limites d'un certain quota. L'hospice était déjà bondé de vieillards, d'infirmes, de déments, le budget tenait en équilibre, il ne s'agissait pas de courir à la banqueroute par un zèle excessif. Aussi, quand Alphonse Dorian lui avait présenté son dixième bébé dans la même semaine, Rabarachal lui avait expliqué la situation dans tous ses détails. Cependant, Alphonse se refusait à abandonner les enfants en surnombre dans un champ des alentours, procédé courant dont ses collègues usaient sans vergogne. Un bébé, un tout petit bébé, un ange, méritait mieux que le bec des corbeaux. Alors, passant outre l'interdit, il apportait depuis deux mois tous les enfants trouvés, absolument tous, à un père Rabarachal de plus en plus contrarié. Ce dernier bougonnait qu'on s'en allait à la ruine avec un train de vie pareil, déversait railleries et sarcasmes sur la tête du stoïque Alphonse, mais en définitive acceptait la prise en charge et donnait une identité au nouveau venu qui braillait sur sa table.

Ce matin-là, pourtant, les choses se passèrent différemment. D'abord, dès qu'Alphonse me posa sur le bureau, Rabarachal fronça le nez, au bord de la nausée. Sale, baignant dans mes excréments depuis Dieu sait combien d'heures, je dégageais une effroyable puanteur. Rabarachal se précipita vers les croisées, qu'il ouvrit en grand, puis il prononça ce seul mot : « Non ! »

Alphonse, avec son accent du Jura, expliqua qu'on ne pouvait me dénier protection, gîte et couvert. Le père Rabarachal répliqua qu'il avait des obligations, qu'un autre orphelin mènerait son établissement à la faillite et que, vraiment, ce gosse puait trop pour obtenir sa pitié. Alphonse Dorian se fit plus éloquent, il insista sur la mission de cette institution, déclara qu'il avait juré au Seigneur de s'occuper des nécessiteux et qu'il avait cru jusque-là que c'était aussi le principal objectif de cet hospice.

— Eh bien ! vous avez mal cru, s'enflamma Rabarachal. Nous sommes en mesure de recueillir un certain nombre d'indigents. Entendez-vous ? Un certain nombre ! Pas tous ! Les ressources du clergé ne sont pas inépuisables !

— Mais vous pouvez essayer de les placer ? protesta Alphonse.

— Que vous dites ! Savez-vous combien d'orphelins sont partis dans des familles au cours du dernier trimestre ? Huit, dont quatre me sont déjà revenus ! Or, vous m'en amenez au moins un par jour ! Notre trésorerie suffoquait avant votre arrivée, maintenant elle agonise.

Alphonse chatouilla le nombril de la petite forme gigotante qui tentait d'attraper une poussière de soleil.

— Est-ce là votre dernier mot ? demanda-t-il.

— Croyez-moi, ce n'est pas de gaieté de cœur, répliqua le père supérieur. Cette fragilité enfantine m'émeut autant que vous. Mais il faut parfois se montrer impitoyable si nous voulons survivre.

Le jeune clerc, outré, céda à son tempérament sanguin.

— Dans ce cas, je quitte les ordres. Je n'ai rien à faire dans une institution qui ne tient pas ses promesses.

Le père Rabarachal ne répondit rien, soulagé au fond. Il se concentra sur la perspective des arbres de la cour.

— Écoutez, dit encore Alphonse, puisque je m'en vais, prenez ma part de nourriture et donnez-la à cet enfant.

— Non! Ce mioche ne restera pas ici.

Le jeune prêtre me regarda, se demandant comment je pouvais susciter une telle aversion, puis, guidé encore une fois par sa nature excessive, il prit une décision.

— Alors, je vais l'adopter, déclara-t-il.

— Ça, si vous voulez. Je peux même vous faire signer une tutelle, s'empressa le père Rabarachal.

Sur quoi il sortit un papier officiel qu'il se mit à remplir.

— Quel nom dois-je lui donner? questionna-t-il.

— Il s'appellera Romuald Donatien Dorian.

Rabarachal ne posa pas de question, il écrivit mon nom, signa la feuille et lui apposa les cachets administratifs. Ensuite, il tendit le papier à mon père adoptif, qui le signa à son tour, l'enfouit dans les basques de sa robe, me prit dans ses bras et sortit sans ajouter un mot. Avant midi, Alphonse avait fait son bagage et, après avoir loué un âne sur lequel il percha mon couffin, il s'achemina vers les portes de la ville.

Trois semaines plus tard, après un voyage harassant, l'équipage franchit un col rocheux qui débouchait sur un paysage paradisiaque. Sous l'aile d'une crête rocheuse, s'étalait un grand lac d'eau bleue dans lequel se reflétait une végétation abondante de conifères, de feuillus, la splendeur de la forêt gauloise. Au bord du lac, dans une clairière disputée à la végétation, un hameau de quinze maisons vivait à l'écart du temps et des événements. Cette agglomération oubliée s'appelait Gardot, car elle semblait garder le lac. C'était là qu'Alphonse était né et avait grandi.

Quand nous pénétrâmes dans le village, une population d'enfants arrêta ses jeux pour suivre notre étrange équipage jusqu'à une masure de calcaire à l'orient du hameau où mon père entra en laissant son âne et son chargement à la garde des gamins. Tout de suite, la maison retentit d'exclamations, de cris de surprise, d'embrassades et de plaisanteries émues. Alphonse, qu'on n'avait pas vu depuis presque cinq ans, fut accueilli en enfant prodigue. Quand il jugea qu'il avait regagné l'affection des siens, il vint me chercher pour me présenter à sa famille. Il débarrassa mon couffin de ses entraves et m'emporta dans la maison où la tribu complète des Dorian attendait dans la cuisine.

On me reçut tout d'abord avec enthousiasme, surtout la mère, qui s'extasia sur mes qualités. J'étais si petit, si rieur, si mignon, si vigoureux. Ensuite, passé le premier émoi, on se mit à poser des questions. Alphonse avait anticipé ce moment et avait préparé pour cette occasion un petit discours destiné à justifier sa conduite et mon existence. Il dépeignit la cruauté du père Rabarachal, les pratiques odieuses qu'il encourageait, et expliqua les raisons de mon adoption. Mais en face on ne fut pas convaincu. On avait connu un fils intelligent, respectable, dont les capacités l'avaient conduit jusqu'au monastère puis jusqu'au poste envié de clerc, et il revenait défroqué, sans le sou et doté d'un petit bâtard ramassé on ne savait où. Au mieux, cela sentait le mensonge ; au pis, le sacrilège.

Malgré son caractère vif, Alphonse tâcha de ne pas se fâcher. Il annonça que cet enfant était sien et qu'il en détenait la preuve. Sur quoi il alla chercher dans ses bagages la lettre de tutelle écrite par le père Rabarachal.

Comme les Dorian étaient analphabètes, ils demandèrent qu'on aille quérir le prêtre du village pour vérifier les cachets du document. Un gamin s'empressa et quelques instants plus tard le prêtre Cernay, un jeune séminariste qui possédait une peau de fille, pénétra dans la sombre cuisine. Le père Cernay examina le papier qu'Alphonse lui tendait, toucha la cire des cachets, puis affirma que, sans aucun doute, le document était authentique. Alors, Alphonse traduisit pour sa famille la prose latine en langage vulgaire.

On écouta attentivement les mots de Rabarachal, qui attestaient que j'étais à présent le fils légitime du sieur Alponse Dorian. Petit à petit, les visages s'éclairèrent, les fronts se déplissèrent. Quand le clerc défroqué montra à la ronde sa signature apposée à côté de celle de son supérieur, on se dérida tout à fait.

Le père Dorian, un gaillard qui n'avait peur ni des hommes ni du Diable, donna le ton en débouchant une bouteille de piquette, et on trinqua à la santé de ce fils pardonné et de son orphelin.»

Aimée lut avec plaisir les péripéties du jeune Romuald au sein de la tribu Dorian. Il retrouvait plus ou moins l'atmosphère qu'il avait connue dans les autres textes de ses aïeux.

Romuald vécut seize ans à Gardot (Lélut). Il y fit ses premiers pas, y développa son esprit autant que son corps. Avec Alphonse, il apprit à lire et à écrire. Il étudia aussi la botanique, les mathématiques, la poterie, l'enluminure, la vannerie, la cuisine, la musique, bref devint un érudit aussi complet que possible. Comme l'ancien clerc était ignorant des techniques de la guerre, le père Dorian, qui avait été soldat pour le seigneur de Joux, se chargea de son éducation en ces matières.

Romuald développait un physique de géant. Ses épaules bourrelaient ses chemises, ses mains se couvraient de cals, son cou se nouait de veines aussi dures que des cordes. Il passa maître dans le maniement de l'épée et dans l'art du braconnage.

Autant les Dorian étaient clairs de poil et de teint, petits et trapus, autant Romuald était noir, tanné et grand. Quant à l'esprit, sa famille adoptive ne brillait pas par ses qualités intellectuelles. Hormis Alphonse qui possédait une solide éducation, tous croupissaient dans une ignorance bornée qui contrastait avec les facultés du petit Romuald. Celui-ci en effet semblait pourvu d'une mémoire sans limites. Dès qu'il avait lu un livre, il pouvait le réciter par cœur du début à la fin. De même pour son habileté manuelle. Ce que ses mains apprenaient une fois, elles le retenaient pour toujours. Et Aimée s'identifiait à l'ancêtre, lui qui possédait les mêmes attributs, lui qui aurait pu réciter toutes les conversations entendues depuis son enfance, lui qui se souvenait de son voyage dans le ventre de sa mère.

Mais ce n'étaient pas là les seules ressemblances. Tous ses pères avaient vécu près de Moirand, tous avaient grandi dans le décor du lac et des montagnes, tous les Dorian semblaient avoir été guidés par un instinct irrésistible. Cela troublait Aimée, il voyait un schéma, un leitmotiv dans le choix de vie de ses ancêtres. Il n'était pas en mesure de l'analyser avec assez de lucidité pour en tirer des règles, mais il sentait que tous avaient obéi à un même impérieux besoin. Il était frappé de cette similitude à tant d'années et de générations de distance. Plus ou moins, depuis les temps les plus reculés, un modèle d'homme avait été copié et recopié. De haute et puissante stature, brun, pourvu d'une mémoire infaillible, il avait traversé les siècles pour se retrouver un jour dans le miroir de sa salle de bains.

Aimée avait parcouru la moitié du livre à la fin mai. À ce moment, les professeurs de la faculté le submergèrent de travail. Ce contretemps le chagrina. Il aurait pu décider d'échapper aux révisions, mais il délaissa le manuscrit de Romuald alors que ce dernier abordait sa dix-septième année et l'universitaire se plongea dans le travail.

Les études n'avaient jamais été un problème pour Aimée. En plus de sa mémoire, il bénéficiait d'un esprit habile, prompt à l'analyse et à la synthèse qui le plaçait toujours dans les premiers de sa classe. Cet esprit était d'ailleurs un peu trop leste car il devait souvent délayer une idée — qu'il aurait définie d'une phrase, sans démonstration —, pour satisfaire la manie pointilleuse de ses professeurs. En conséquence, malgré ses facilités, étudier lui prenait du temps.

Louise, quant à elle, essaya de suivre les cours, jusqu'à ce qu'elle s'évanouisse en plein amphithéâtre. Dès lors, elle resta dans le petit studio rue Morand et potassa les polycopiés que lui apportait une amie. Assise toute la journée, seule position vraiment confortable, un livre posé sur son ventre proéminent, elle se gavait de croissants au pâté de campagne — qu'il fallait laisser mûrir au moins une journée dans le réfrigérateur! Aimée lui confectionnait cet entremets mais refusait d'y goûter.

Au tout début de juin, ayant expédié quelque urgent devoir, Aimée put enfin reprendre le livre de Romuald.

Le chapitre démarrait le 17 juillet, jour anniversaire de son ancêtre. La cérémonie consistait en un repas pris en famille autour d'un coq au vin :

« Ce fut notre dernier dîner, se rappelait Romuald. Le père Dorian siégeait en bout de table, ses moustaches blondes rigolardes dévorant la volaille. Mité, le fils cadet, se tenait à sa droite, son chapeau de paille sur la tête, sa chemise ouverte sur sa poitrine dorée, tandis que la mère Dorian, encore belle dans ses atours de paysanne, siégeait à la gauche. Alphonse, plus mince et plus digne que jamais, me faisait face. Tous savaient que nous allions partir, mon père et moi, mais personne ne se sentait triste. Les plaisanteries fusaient comme à l'ordinaire. Un Dorian, je l'avais appris au fil des années, doit cacher sa peine sous le masque du rire.

Dès que la table fut débarrassée, j'allai rendre visite à ma mie, Delphine. À l'orée du bois, comme promis, elle m'attendait. Je la pris par le bras et l'entraînai vers une grange abandonnée, un peu à l'écart du chemin. Couchés dans un foin qui n'avait pas été remué depuis trente ans, nous échangeâmes des serments d'amoureux. Je lui assurai que je reviendrais après mes études.

— Mais qui t'oblige à étudier? Tu ne veux pas devenir moine? dit-elle avec les larmes aux yeux.

Nous avions déjà eu cette discussion des centaines de fois.

— Non, mais si je veux un poste d'échevin, de trésorier ou de conseiller, il me faut de l'instruction.

— Tu ne vas jamais revenir.

— Mais si, je te le jure.

Elle sécha ses larmes.

— Tu dis ça pour que je ne pleure plus.

— Pas du tout! Mais nous ne pouvons pas passer ces derniers moments dans le chagrin.

Je la quittai à l'aube et elle regagna la maison de ses parents sur la pointe des pieds. Quand je parvins à la maison Dorian, Alphonse m'attendait sur le pas de la porte, les bagages arrimés sur une charrette. Follavoine, notre percheron, s'impatientait dans les brancards.

— Ah, te voilà! dit-il. Allons, partons!

— Je vais dire au revoir!

— Ne va pas réveiller la maisonnée avec tes bêtises! dit Alphonse. Attrape le mors et commence à tirer!

— Où sont mes affaires?

— Dans la charrette. Allez, il faut partir.

J'empoignai le mors tandis qu'Alphonse s'installait dans le charroi. Le soleil commençait à peine à chauffer quand nous atteignîmes le bout du lac Moirand. Vers dix heures, nous avions gravi le rempart des montagnes.

Notre voyage dura un mois. Nous fûmes attaqués par des brigands, par des loups, par des ours, par tout et tous enfin. Comme Alphonse ne connaissait que les imprécations de la Bible pour se défendre, c'est à moi qu'échoua la responsabilité de nous garder en vie. Je dois dire que malgré les nombreuses tentatives de rapines nous ne perdîmes qu'une écuelle pleine de levain pendant toute l'aventure. Les leçons du père Dorian m'avaient profité. Mon épée, que j'avais nommée Delphine, nous protégea jusqu'à Pérouse, capitale du savoir qu'Alphonse préférait à Paris.

Pérouse est bâtie au sommet d'un promontoire sur les flancs duquel se répand la ville en coulée de toits rouges. Tout en haut, nichent les administrations, l'église et la noblesse. À mesure qu'on s'avance vers les fortifications et qu'on s'éloigne du centre-ville, les maisons se clairsèment, la misère des cerfs s'installe sur le paysage. Passé les remparts, c'est une campagne aride et dangereuse qui accueille le voyageur. La seule route sûre est celle qui mène à Rome, surveillée par des vigiles à cheval qui escortent de temps à autre les convois de marchandises.

Alphonse et moi ne possédions aucun sauf-conduit pour nous introduire dans la cité, aussi nous fallut-il parlementer un bon moment avec les gardes avant qu'ils nous laissent entrer. Je ne sais pas d'ailleurs ce qu'ils comprirent à nos explications, attendu que ni Alphonse ni moi ne connaissions le patois de la région.

À l'auberge, la scène recommença. Nous nous battîmes dans notre latin de cuisine contre l'aubergiste, qui, pour une raison quelconque, refusait de nous héberger. De guerre lasse, Alphonse fit rebondir quelques monnaies d'or sur le comptoir et nous pûmes enfin nous reposer dans une chambre exiguë.

Le lendemain, mon père adoptif m'avait obtenu une audience auprès des maîtres de l'abbaye. »

Puis commença le récit des années d'études de Romuald. Cela ressemblait aux parcours d'Abélard, d'André, de Louis, de tous ces gens qui avaient fait des kilomètres pour aller chercher la science. C'était encore un trait caractéristique de la lignée. De père en fils, on s'exilait, on abandonnait la terre natale, sans remords, sans regrets, on partait apprendre.

Romuald s'adaptait à Pérouse aussi vite qu'Aimée s'était adapté à Besançon. Il apprenait le dialecte pérugin et bâfrait la cuisine locale en plaisantant le pauvre Alphonse qui, moins souple, restait à la cuisine au beurre, prétendant que toute cette huile d'olive lui « dérangeait la tripe ».

Ce qu'étudiait Romuald semblait terriblement éclectique. Il devait bien sûr ingurgiter l'ensemble des arts libéraux, à savoir, pour le *trivium*: la grammaire, la rhétorique et la dialectique, et pour le *quadrivium*: l'arithmétique, la musique, la géométrie et l'astronomie, mais aussi piocher la théologie, le tir à l'arc ou l'art de l'enluminure. Romuald passait le plus clair de son temps à la bibliothèque, l'une des mieux achalandées d'Europe, au coude à coude avec Alphonse, qui essayait tant bien que mal de ne pas se laisser distancer.

Pendant ces quatre années passées à Pérouse, ils connurent quelques moments difficiles. Par exemple, peu de temps après leur arrivée, leurs fonds s'épuisèrent. Comme ils étaient menacés tous deux d'être jetés à la rue, l'ancien clerc sacrifia un peu de son temps à la tâche d'écrivain public. Cette occupation lui procura le plaisir de rencontrer les paysans italiens et d'échanger avec eux des opinions sur l'agriculture, sujet qu'il affectionnait.

Puis le typhus passa sur la ville. Le père et le fils restèrent barricadés dans leur chambre pendant près d'un mois, affolés dès qu'on frappait à leur porte, traquant les poux et les puces sur leur literie. Ils survécurent cependant, et s'en tirèrent en perdant quelques kilos à cause de la disette.

Ensuite, il y eut la guerre. La ville fut assiégée, on se rationna, l'abbaye ferma ses portes. Romuald dormit avec l'épée Delphine près de son lit.

Lorsque l'ennemi, un petit seigneur escorté de redoutables mercenaires, attaqua, Romuald laissa sa soutane pour endosser la cuirasse et se précipiter au combat. Du haut des remparts, il repoussa les échelles, pourfendit des soldats, sauva des blessés. Après la bataille, on le remercia de sa bravoure en lui octroyant une bourse pour poursuivre ses études.

Bien qu'Aimée appréciât le récit de ces péripéties, il aurait bien voulu en arriver au fait. Depuis qu'il avait commencé le livre, aucune direction ne se dessinait. Romuald ne parlait ni d'une éthique de vie, ni de règles, ni de quoi que ce soit de spirituel. Il narrait les événements survenus au cours de sa vie selon un ordre chronologique, c'était tout.

Pour un lecteur qui a tout son temps, ce n'était pas gênant mais, pour quelqu'un de pressé, il y avait de quoi s'impatienter. Le ventre de Louise semblait prêt à exploser. Aimée lut avec de plus en plus de passion.

Enfin, à la fin de leurs études, Romuald et Alphonse songèrent à rentrer en Franche-Comté. Normalement, Romuald aurait dû s'acheminer vers un monastère, récompense de tous ses efforts, mais, après en avoir discuté âprement avec Alphonse le Défroqué, il avait décidé de revoir la petite communauté de Gardot. Un matin, alors qu'il avait vingt-deux ans, Romuald attela Follavoine à la carriole et ils refirent en sens inverse le chemin parcouru quatre ans plus tôt.

Ils se fourvoyèrent dans les mêmes traquenards, tombèrent dans les mêmes pièges, tuèrent encore des loups puis, fourbus, arrivèrent en vue des collines de Gardot. Ils retrouvèrent le lac Moirand, les tranchants des pitons environnants, les forêts épaisses, tels qu'ils les avaient laissés. Une paix surnaturelle régnait sur le paysage. Émus, ils dévalèrent la pente presque au galop, les cheveux gris d'Alphonse battant sur ses épaules.

Personne ne les accueillit à l'entrée du village. Les maisons muettes alignaient leur façade dans un silence inquiétant.

La porte de la première demeure béait, la maison des Jacquart. Ils y entrèrent et découvrirent un chaos de meubles renversés, de garde-manger pillé, de vaisselle fracassée. Ils ressortirent et appelèrent la population à tous les échos. Le silence seul leur répondit. Alors, alarmés, ils coururent jusque chez les Dorian, la petite ferme à l'orient, près du presbytère, et, dès qu'ils eurent franchi le seuil, ils s'immobilisèrent, livides.

Là aussi on avait tout retourné ; là aussi le mobilier, les provisions, gisaient pêle-mêle sur le sol ; là aussi la maison était vide. Romuald monta dans les chambres, inspecta les commodes, les armoires à linge. Ensuite, il examina la grange, le poulailler, le jardin. Une hypothèse germait dans son esprit, une hypothèse qu'il revint partager avec Alphonse.

Aussi étrange que cela puisse paraître, il n'y avait pas eu lutte. Il semblait que les occupants de la maison fussent partis avant le saccage. On n'avait rien volé, ni la nourriture, ni les draps, ni les outils, ni le fer.

À ces mots, Alphonse, qui jusque-là paraissait frappé de stupeur, s'ébroua et partit vers le coin ouest de la cuisine. Il se baissa, déchaussa une pierre disjointe et retira d'une petite cavité une bourse de cuir. Il fit couler dans sa main des écus d'or, la raison de cette folie selon lui.

Cependant, cela n'expliquait pas l'absence des villageois. Ils fouillèrent chaque maison, chaque cellier, chaque cave, et ce fut Romuald qui reconstitua la tragédie en apercevant un peu partout des mouchoirs tachés de sang.

Gardot avait vécu une épidémie. Comme à Pérouse, une terrible maladie avait dévasté la région. Personne n'en avait réchappé. Les gens avaient dû mourir les uns après les autres ; certains peut-être, mais c'était un mince espoir, s'étaient enfuis.

Après que la population eût été anéantie, des bandits, des pillards, étaient venus, avaient emmené les corps, les avaient brûlés, puis avaient exploré toutes les cachettes possibles à la recherche d'un peu d'or. De quand datait l'événement, Romuald ne pouvait le dire avec précision. La moisissure accumulée sur les miches de pain indiquait une période de deux à trois mois.

Ils battirent les alentours pour trouver la sépulture des Gardotois, mais leurs recherches furent vaines. Les corps avaient disparu. Bouleversés, ils décidèrent de fuir le village et reprirent la route. Cette circonstance amena Romuald à se laisser aller pour la première fois à décrire ses sentiments :

« Je pris soudain conscience de ma fragilité, de mon inutilité. Au risque de passer pour un hérétique, je me rendais compte que le monde n'avait pas été créé pour moi, ou pour Alphonse, ou pour qui que ce soit. Nous étions là, semblait-il, par hasard. Notre vie ou notre mort n'avait aucune importance.

Qui, à part nous, pleurerait la disparition de Gardot? Delphine, ma mie, n'était plus qu'un souvenir dans ma mémoire et, dès que je mourrais, elle n'aurait plus existé nulle part. Ainsi, nous passions sur cette Terre comme une feuille morte sur un filet de vent. Nous entretenions l'illusion de notre importance grâce à des mots comme «bravoure», «foi», «noblesse», «amour», alors que rien ne pouvait nous éviter la mort, la stupide mort, celle qui n'épargne personne, pas même les grandes âmes.

De savoir que les gens de Gardot n'avaient même pas eu droit à une tombe, une adresse où le bon Dieu pût les trouver, me remplit d'amertume. Alors que nous montions la colline, laissant derrière nous un village éteint, je connus ma première réflexion de mortel. Et je fus frappé par son évidence et sa bêtise.»

Aimée ne savait pas qu'il venait de rencontrer le premier signe. Pour lui, ce n'était qu'un paragraphe un peu triste qui n'éveillait presque aucun écho dans son expérience. Mais on était le 5 juin 1956, un ciel bleu pâle se cachait derrière les rideaux, et déjà on frappait à la porte, et déjà il posait le livre de Romuald, et déjà il se levait pour aller ouvrir. Un postier se tenait sur le seuil, le deuxième signe à la main, sous la forme d'un télégramme. Aimée le décacheta, même s'il n'avait pas envie de le décacheter. Le libellé était simple, direct. Il le lut en essayant de réfréner la terreur qui montait en lui. Il sentit que les murs se rapprochaient, que la candide lumière du jour se voilait, que même le porte-parapluies devenait menaçant. Le postier s'en alla et Aimée resta seul, dans l'entrée, avec le monde qui se refermait lentement.

Alerté par son silence — cela faisait trois fois qu'elle demandait qui s'était présenté à leur porte —, Louise le rejoignit. Elle le vit appuyé contre le mur, le corps durci, incapable d'avaler. Elle lui prit le télégramme, le lut. Elle possédait un peu plus d'expérience dans ce domaine. Les femmes n'ont pas la même conception du temps et de l'immortalité. Elle posa sa main sur son épaule.

— Je viens avec toi, dit-elle. Nous prendrons le premier train.

— Non, tu restes là, se défendit-il. Tu ne peux pas voyager dans ton état.

Mais elle filait déjà préparer les bagages sans qu'il esquisse un geste pour la retenir. De toute façon, il n'aurait pas pu affronter seul l'agonie d'Abélard.

Chapitre 9

« SI ABÉLARD MOURAIT, pensait Aimée dans le train qui l'emmenait à Lélut, je n'aurais plus rien, je serais seul au monde. Il n'y aurait plus qu'un grand vide autour de moi et à l'intérieur de moi. Je serais moins que seul, je serais sans. Sans lui. Sans sa chaleur, sans ses conseils, sans ses mains sur mon visage, sans la protection de son amour, sans la part la plus importante de ma vie. Sans lui. Je ne connais rien de ma famille, d'ailleurs nous n'avons jamais été très « famille » au sens où on l'entend. Je n'ai pas d'oncle, pas de cousins, pas de frères, pas de sœurs. Je ne connais pas les dîners bruyants au sein d'un clan, la solidarité du nom, la complicité du sang. Je ne connais que la voix de mon père, celle qui m'a guidé jusque-là, et que je ne veux pas perdre. Comment se prépare-t-on à être privé de ce que l'on a de plus cher ? »

Le paysage défilait, les étages des plateaux, les marches qui montaient vers la montagne, mais Aimée ne les voyait pas. Au fond de lui, quelque chose se tordait, se nouait, une armure formidable et dérisoire s'élevait pour endurer le choc à venir, pour rester debout, pour ne pas s'effondrer. Cette cuirasse, il la construisait avec les seuls matériaux qu'il possédait, la peur, l'énorme peur, et la douleur, l'insupportable douleur. Il n'avait jamais expérimenté la perte de quelqu'un. Il ne savait pas comment se défendre.

Le train traversa la dernière forêt, d'un coup de reins s'éleva vers le col de Moirand, puis redescendit vers Lélut, s'arrêta, essoufflé, dans la plus petite gare du monde. Aimée s'empara des bagages tandis que Louise manœuvrait son ventre dans l'étroit couloir du wagon. Sur le quai, Claude leur fit un signe de la main. Elle jeta un coup d'œil rapide vers Aimée, puis examina Louise. L'espace d'un instant, Aimée craint qu'elle ne laisse échapper une réflexion, mais l'échange entre les deux femmes ne dura pas. La garde-malade les pilota vers sa voiture.

— Que dit le docteur? s'enquit Aimée quand ils roulèrent vers le domaine.

— Votre père n'en a plus pour longtemps.

— Combien de temps?

— Il est très fatigué. Je ne l'ai pas quitté depuis que je vous ai envoyé le télégramme. Son état décline rapidement.

— Est-ce qu'il souffre?

— Je lui fais des piqûres, mais je ne sais pas si elles lui font du bien.

— Pourquoi?

Claude se passa trois doigts sur les lèvres. Elle profita d'un virage pour différer sa réponse.

— Il ne dit pas grand-chose sur son état, il parle surtout du passé, des histoires, des chansons, des poèmes.

— Il délire?

Elle acquiesça en silence, puis elle se reprit:

— Pas toujours.

La voiture longea la berge du lac et stoppa en face de la maison.

Quand ils en franchirent le seuil, le printemps les quitta. De la joyeuse exubérance du dehors, il ne resta qu'un rayon de soleil tiède filtrant derrière une tenture. Aimée posa les valises dans l'entrée et fila à l'étage.

La chambre d'Abélard baignait dans une clarté de chapelle ardente. Le lit, recouvert d'un dais blanc, semblait un autel dédié à un saint malheureux. Aimée salua la commode qui renfermait le coffre des Dorian, la table de chevet sur laquelle étaient posées une lampe et une trousse contenant un nécessaire de médecine. À côté du lit, Claude avait placé une chaise avec un livre.

Abélard gisait sur le dos, les mains au-dessus de la couverture, les yeux clos. De son corps, il ne restait plus qu'une charpente qui saillait sous le drap de lit, un squelette pathétique duquel des bouts de peau pendaient comme un tissu mou. Son visage avait perdu sa chair et sa couleur. Ses cheveux étaient blancs, fins, aussi rugueux que de la ficelle. Il respirait lentement, avec de gros soupirs difficiles, des hésitations.

Aimée s'assit sur la chaise.

« Et maintenant quoi ? se demanda-t-il. Que puis-je faire ? Lui s'en va et je ne peux que le regarder partir. Je ne peux rien tenter, non plus que les docteurs ou la science. La médecine est une vanité, comme toutes les tentatives d'échapper à la mort. De toute façon, lui est déjà installé pour son voyage. Il n'y a que moi. »

Il commença à pleurer. Son armure connut sa première brèche.

Claude entra dans la chambre alors qu'Aimée essayait de trouver un mouchoir. Elle lui en tendit un, puis s'approcha du lit, prit le poignet d'Abélard.

— Louise va venir vous rejoindre, dit-elle à Aimée. Je vais lui installer une chaise. Pour quand est prévu son accouchement ?

— Elle en a encore pour une bonne dizaine de jours.

La garde-malade se tourna vers lui.

— Ce voyage, dans son état... murmura-t-elle.

Aimée ne répondit rien. Claude alla chercher une chaise, puis le laissa seul.

Louise arriva peu de temps après, juste au moment où Abélard ouvrait les yeux.

— Bonjour, lui lança-t-elle en s'asseyant.

— Sabine, répondit Abélard, je suis content que tu sois venue.

— Mais non, dit Louise en souriant, c'est moi, Louise, « votre bru », comme vous dites.

Abélard ne parut pas l'entendre.

— Tu aurais pu me prévenir de ton arrivée, je serais allé te chercher, répliqua-t-il.

Louise haussa les épaules, puis elle joua le jeu.

— Ce n'était pas la peine. Je me suis débrouillée.

— Tu n'as pas changé, mon amour, continua Abélard. Tu as la même bouche moqueuse, les mêmes attitudes de princesse intrépide. Tu n'avais peur de rien. J'en étais effrayé... Effrayé! Tu m'as manqué, tu sais. Mais je me sens faible... Je crois que je n'aurai pas ton courage.

Sa tête dodelina sur l'oreiller et il aperçut Aimée.

— Aimée, tu es là!... souffla-t-il. Tu n'es pas fourré dans l'armoire, c'est déjà ça. Récite-moi *Rosa la rose*, c'est un joli poème.

Aimée, embarrassé, récita *Rosa la Rose*, puis se tut.

— Norbert aurait été fier de toi, approuva le mourant. Dis-moi, est-ce que, toi aussi, tu as un faible pour Norbert?

Aimée, horriblement gêné de parler de cela en face de Louise, ne répondit pas. D'ailleurs, Abélard déviait déjà vers autre chose.

— C'est un rêve idiot, annonça-t-il. La mère et le fils réunis dans la même pièce. Aimée, je te présente ta mère. Sabine, voici ton fils. Vous avez les mêmes yeux, et la même tendance à chercher l'impossible. L'impossible, répéta-t-il.

Sa main bougea sur le dais.

— Je suis si fatigué. Je ne pourrai pas jouer ce soir. La reine sera fâchée.

Claude entra à ce moment. La tête d'Abélard avait roulé sur l'oreiller et il s'était endormi. Elle examina le vieil homme encore une fois puis elle se tourna vers Louise et Aimée.

— Je vous ai préparé un en-cas dans la cuisine.

Puis, très gentiment à Louise :

— Y a-t-il des aliments qui vous dégoûtent ?

— Non, non, je mange de tout. Il n'y a que la fumée de cigare qui me donne des nausées.

Ils descendirent les escaliers et bifurquèrent vers la cuisine. Un choix de fromages et de charcuteries les attendait. Claude coupa du pain et ils confectionnèrent leurs tartines en silence.

Aimée songeait que c'était la première fois qu'il entendait parler de sa mère. Abélard, pour une raison qu'il ignorait, ne l'avait jamais évoquée. Enfant, Aimée avait posé des questions, parfois même il avait été en proie à la déprime en comparant sa situation à celle de ses camarades d'école, mais c'étaient des préoccupations fugitives. Comme tous les enfants, il ne concevait pas qu'il y eût une vie avant sa naissance. Ensuite, un peu plus tard, il avait eu d'autres soucis, ses questions existentielles avaient été absorbées par le contenu de l'armoire. Dans le livre de son père, il avait trouvé quelques indices sur sa mère, sa description physique, quelques habitudes notées en vitesse, sa dernière nuit dans les douleurs de l'accouchement, l'affolement du médecin, la tristesse d'Abélard, pas assez pour avoir une idée précise du personnage.

Aimée savait qu'elle était écrivaine, mais il n'avait jamais rien lu d'elle : elle n'avait jamais été publiée, il n'avait jamais vu aucun de ses manuscrits. Abélard devait savoir quelque chose sur le sujet, mais c'était trop tard pour en discuter avec lui.

«Trop peu», songea Aimée.

Il voulait dire trop peu pour s'attacher, trop peu pour regretter.

☐

Le médecin arriva vers la fin de l'après-midi alors que le ciel roulait des nuages de plus en plus épais. C'était un homme de taille moyenne, avec un ventre qu'il essayait de cacher sous les pans de sa veste, une tête sans cou vissée sur un torse aux épaules étroites. Son visage carré était agréable, un peu empâté, mais aux traits réguliers. Il possédait une grande mèche blanche, une raie, qu'il brossait de temps à autre dans un geste plein d'élégance. Il s'appelait Bulliard, Joël Bulliard.

Il entra en coup de vent dans la maison, sans frapper, sa trousse noire derrière lui, au bout de son bras. Il gravit les premières marches de l'escalier, puis s'arrêta net. Aimée se tenait sur le seuil de la cuisine.

— Vous êtes le fils? Aimée? demanda Bulliard.

Aimée se sentait glacé. Les manières de conquérant du bonhomme ne lui plaisaient pas.

— Vous auriez pu frapper! répondit-il.

— Je ne frappe qu'à la porte de la chambre, retourna le docteur, c'est la seule pièce habitée de cette maison.

Aimée comprit l'allusion et sentit monter la colère.

— Je vous prierais à l'avenir de ne pas vous annoncer comme un sou...

— Docteur! s'interposa Claude qui venait de surgir du salon, accompagnée de Louise. Il dort, je viens d'aller le voir.

L'œil professionnel du médecin se fixa sur Louise.

— Vous êtes presque à terme, jugea-t-il. Vous n'auriez pas dû venir. Comment vous appelez-vous?

— Louise, répondit l'intéressée. Je me sens tout à fait bien. J'en ai encore pour une dizaine de jours.

Bulliard passa à la garde-malade. Cet homme sans cou dirigeait son attention comme un char son canon.

— Est-ce qu'il a repris conscience depuis ma dernière visite ? demanda-t-il.

— Si l'on peut dire, il a un peu parlé quand son fils était dans la chambre.

— Toujours incohérent ?

— Toujours.

Le médecin pivota vers la volée de marches.

— Claude, venez avec moi.

Ils montèrent ensemble. Aimée, les nerfs encore à vif, se mit à défaire sa valise tandis que Louise s'asseyait sur un canapé et posait les mains sous son ventre, en posture de Bouddha méditatif. Aimée choisit deux articles parmi ses affaires : son manuscrit et celui du patriarche Romuald, la seule lecture qu'il ait emportée. Il les posa sur la table à café du salon, s'assit dans un fauteuil et écouta les bruits de pas qui provenaient de l'étage supérieur. Il entendit des bribes de conversation mais ne reconnut pas la voix d'Abélard. Il se demanda comment son père pouvait supporter un tel butor. L'entretien au-dessus de sa tête dura un moment, entrecoupé de longs silences. Il distingua clairement le pas de Claude, qui faisait un bref séjour dans la salle de bains, puis la porte de la chambre qu'on refermait, le bourdonnement des voix qui reprenait. Aimée aurait voulu assister à l'examen, il avait le sentiment que le docteur ne lui dirait pas la vérité, surtout après leur accrochage.

Enfin, Bulliard redescendit. Seul.

— Monsieur Dorian, dit-il, puis-je vous parler en privé ?

Aimée se leva et Bulliard l'entraîna dehors. À ce moment, les premières gouttes d'eau tombèrent d'un ciel étamé au marteau. Ils marchèrent vers une Caravelle bleue parquée près du ponton.

— Je peux vous parler franchement? interrogea le docteur.

« Il va me mentir », songea Aimée.

— Votre père est épuisé.

— Je le sais.

Bulliard brossa sa mèche d'un coup de patte. La pluie se fit plus forte.

— Mais ce n'est pas lui qui m'inquiète, avoua-t-il. Écoutez, soyez raisonnable, votre femme va bientôt accoucher, il faudrait qu'elle s'en aille. Si vous voulez, je peux lui trouver quelqu'un pour l'accompagner jusqu'à Besançon.

Une lueur espiègle passa sur le visage d'Aimée.

— Allez donc le lui dire! Vous verrez comment vous serez reçu.

Un autre revers de manche, plus sec cette fois, sur la mèche de sucre blanc qui commençait à s'humidifier.

— Je n'ai pas le temps de me battre, ni avec vous ni avec elle. Mais elle ne bénéficiera pas des soins qu'elle mérite en restant à Lélut. Il y a déjà une personne prête à mourir dans cette maison. Je préférerais n'avoir qu'un seul patient à soigner à la fois.

La remarque secoua Aimée qui, au lieu de baisser la tête, se raidit.

— Puisqu'on vous dit qu'elle n'est pas près d'accoucher! gronda-t-il. Mais si vous voulez être franc avec moi, je désire l'être aussi avec vous. La décision ne dépend pas de moi. Et si on vous a appris en faculté de médecine à convaincre des femmes de son acabit, ne vous gênez pas!

Bulliard le considéra une seconde du haut de sa petite taille. Aimée ne craignait ni ses mâchoires saillantes ni ses sourcils froncés. En définitive, le médecin ouvrit la portière de sa voiture et balança sa trousse à l'intérieur avec violence.

— Imbécile ! grommela-t-il avant de démarrer.

La Caravelle s'engagea sur le sentier dans une gerbe de graviers.

Aimée marcha vers le lac, ramassa une poignée de petits cailloux et, protégé de la pluie par la ramure d'un grand arbre, se mit à faire des ronds dans l'eau.

Au bout de cinq minutes, les nerfs un peu relâchés, il revint à la maison. Le décor devenait opaque.

Claude tâchait de persuader Louise, qui, en retour, secouait la tête sans discontinuer.

— Pourquoi n'abandonnez-vous pas ? dit Aimée. Vous voyez bien qu'elle ne bougera pas.

— Parlez-lui, vous ! supplia Claude.

— À quoi bon !...

Il s'installa à côté de Louise, lui prit la main.

— Racontez-nous plutôt, reprit-il, ce qu'a découvert le bon docteur Bulliard au cours de son examen.

Claude haussa les épaules. Elle portait encore une jupe étroite qui moulait ses hanches voluptueuses. La bretelle de son soutien-gorge apparaissait parfois par l'échancrure de son chemisier. Mais Aimée ne pensait plus à elle de la même façon. L'odeur de la mort qui régnait dans la baraque refroidissait ses instincts.

Comme elle ne répondait pas, il insista :

— Alors ?

Elle pencha la tête de côté, les yeux au plafond, puis elle se passa la main sur le cou.

— Préparez-vous pour une longue nuit, laissa-t-elle tomber.

□

La soirée s'annonça simultanément sous trois auspices. D'abord, un grand coup de tonnerre déchira la montagne. Ensuite, un cri rauque parvint de la chambre d'Abélard. Enfin, Louise sentit un fort pinçon au ventre. Le tonnerre n'avait pas terminé son rugissement qu'Aimée entrait dans la chambre de son père.

Ce dernier, tordu en un spasme horrible, agrippait son oreiller. Mais, quand il entendit son fils, ses mains firent une embardée et renversèrent la trousse de médecine, la lampe et le livre de Claude.

— Papa! cria Aimée.

Abélard, les yeux grands ouverts, un rictus sur la face, se contenta de geindre. Il était à moitié sorti du lit, ses jambes se convulsaient et repoussaient les draps. Aimée lui fit lâcher la table de chevet à laquelle il se cramponnait, tenta de le recoucher. Mais Abélard hurla et le fils s'écarta en vitesse.

— Claude! appela Aimée. Vite!

Il contempla son père s'enrouler en nœuds de douleur, se plier, se recroqueviller, de plus en plus tendu, de plus en plus serré. Il n'osait pas s'approcher.

— CLAUDE! s'égosilla Aimée.

Mais qu'est-ce qu'elle fabriquait? Allait-elle laisser son malade agoniser pendant une heure?

Il s'élança vers les escaliers mais, en franchissant la porte, il rentra dans la garde-malade qui arrivait en courant.

— IL SOUFFRE! s'écria Aimée. Bordel, qu'est-ce que vous foutiez?

Claude se précipita vers la table de chevet.

— Mais!... Mais où est la trousse? s'exclama-t-elle.

— Là, par terre! Il l'a renversée. Magnez-vous!

Rapidement, elle ramassa la trousse, en tira une seringue, un flacon de liquide transparent et une aiguille. Elle assembla la seringue, planta l'aiguille dans la fiole, scruta le produit qui montait dans le tube puis, après en avoir fait gicler quatre gouttes devant ses yeux, elle fit face à Abélard. Celui-ci, exsangue, serrait les mâchoires à s'en broyer les dents.

— Il faut le tourner ! commanda-t-elle.

— Mais quand je le touche, il...

— TOURNEZ-LE !

Aimée empoigna les épaules de son père, tenta de le basculer, mais Abélard beugla au premier essai. D'une main, Claude aida à la manœuvre et à eux deux ils réussirent à le mettre sur le ventre. Sans attendre, la garde-malade planta l'aiguille dans le muscle fessier.

— Monsieur Dorian, tonna-t-elle à l'égard d'Aimée en poussant sur le piston, je ne suis pas votre chien ! Je vous préviens, vous avez intérêt à vous calmer ou je vous laisse vous débrouiller.

Elle avait vidé le réservoir, retirait l'aiguille, la balançait d'un geste sec à la poubelle. Abélard paraissait un peu plus détendu.

— Excusez-moi, grommela Aimée. Mais aussi...

— Il n'y a pas de mais ! Ça suffit ! Je m'en vais ! J'en ai assez ! siffla-t-elle en ramassant la trousse.

Il savait qu'elle bluffait, bien sûr, mais il prit sur lui, il prit énormément car il l'aurait écrasée sur place, il l'aurait réduite en purée. Il lui barra le passage alors qu'elle fonçait vers la sortie.

— Écoutez, je reconnais que je me suis laissé emporter, concéda-t-il. Mais vous auriez dû le voir !

— Je l'ai déjà vu dans cet état. Ça s'appelle des spasmes !

— Restez, je ne saurais pas quoi faire sans vous. Excusez-moi, je vous dis.

Elle le fit patienter encore cinq secondes en le dévisageant sans ciller. Puis, elle alla reposer la trousse sur la table. Elle tira les pans de sa jupe sur ses cuisses.

— Votre femme a eu sa première contraction, articula-t-elle. Il va falloir aller chercher le docteur Bulliard. Il n'habite pas tout près.

— Je ne peux pas l'emmener à l'hôpital?

— C'est trop loin. Avec ce temps, j'ai peur que vous ayez un accident.

Elle avait pris les choses en main et il la laissait faire. Il n'en était qu'au début et il était déjà complètement perdu.

Abélard gisait sur l'oreiller. Il respirait d'une façon presque régulière, les yeux fermés, le visage neutre.

— J'y vais, dit-il. Je le ramène à la minute.

— Attendez, vous ne savez même pas où il habite.

Ils dévalèrent les escaliers et retrouvèrent Louise, une main sur le ventre, l'autre refermée sur le boîtier d'un chronomètre.

— Combien de temps? demanda Claude en écrivant l'adresse de Bulliard sur un papier.

— Cela fait dix minutes que vous êtes partie et je n'ai pas eu de nouvelles crampes, répondit Louise.

Mais à peine achevait-elle sa phrase qu'elle fit une petite grimace.

— On a encore le temps, décida la garde-malade.

Aimée empoigna un pardessus sur une patère.

— Attendez! cria Claude.

Puis, à Louise:

— Est-ce que vous êtes allergique à un produit pharmaceutique?

— La pénicilline.

— Qui est le médecin qui vous a suivi jusqu'à présent?

— Le docteur Riat.

— Vous vous rappellerez? dit Claude à l'adresse d'Aimée. Expliquez tout ça au docteur Bulliard. Voici les clés de ma voiture.

Aimée sortit.

Dehors, la pluie le fouetta brutalement. C'était une pluie lourde, intense, violente, une pluie à grande crue, une pluie à dévorer un monde. Le sol détrempé n'absorbait plus l'eau, le lac ressemblait à une lessiveuse en pleine ébullition. Aimée n'y voyait pas à trois mètres.

Il se dirigea à tâtons vers la Dauphine de Claude. À l'intérieur de l'habitacle, il alluma le plafonnier. Il aurait bien voulu être un peu moins écrivain et un peu plus intellectuel. Il aurait bien voulu être un peu moins théorique et un peu plus pratique. À cet instant, il aurait donné n'importe quoi pour être un bon con, un de ceux qui savaient conduire une voiture et pouvaient sauver leur famille.

En pestant, il titouilla des boutons, tâchant de se repérer dans la gamme qu'on lui présentait. Il finit par trouver un endroit où la clé qu'il tenait en main semblait à sa place. Il mit le contact, mais la voiture ne partit pas. Énervé, il tourna la clé un peu plus fort : rien. Depuis la maison, Claude cria :

— Poussez le démarreur, sous le tableau de bord !

Il tâta sous le volant, à droite, à gauche. Enfin, il trouva un gros bouton qu'il enfonça d'un seul coup. Le moteur vibra et se mit à ronronner.

Et maintenant ?

Il essaya de se souvenir des gestes qu'accomplissait un conducteur (un être normal !) pour faire avancer un véhicule. Sa mémoire lui vint en aide. Il vit le pied sur la pédale de gauche, la main droite sur le levier de vitesse, la pression sur l'accélérateur. Il vécut tout ça en un éclair et en même temps il fit les mouvements.

Doucement relâcher les pédales, coordonner les pieds, les mains. La voiture trembla mais n'avança pas d'un centimètre. Il fit une nouvelle tentative, et obtint les même trépidations stériles. Bon Dieu ! que fait-on dans ces cas-là ? Il essaya, encore et encore. Il sentait les roues tourner, mais le décor ne bougeait pas. Affolé, il coupa le contact et décida de recommencer toute la procédure depuis le début.

Quelqu'un tapa au carreau. C'était Claude, dont les cheveux dégoulinaient sur le visage.

— Vous vous êtes embourbé! s'exclama-t-elle. Réessayez, je vais vous pousser. Ah! et puis mettez les essuie-glaces, c'est la manette de droite. Les phares à gauche. Et enlevez le frein à main! Mais, bon sang, vous savez conduire au moins?

Elle n'attendit pas la réponse et se plaça derrière la Dauphine.

Il fit rugir de nouveau le moteur, débraya avec fermeté et sentit la voiture s'arracher à sa gangue de terre.

— Ne vous arrêtez pas, lui cria Claude.

Il s'en garda bien. Il fonça vers la forêt, le sentier coulant sous les roues comme une rivière de boue. Les arbres apparaissaient en colonnes sombres et dangereuses dans la lumière. Les virages arrivaient vite, trop vite vers la voiture. Le chemin, déjà difficile en temps normal, devenait presque impraticable sous les trombes formidables qui tombaient du ciel.

Il comptait vingt minutes pour atteindre la route, encore vingt pour contourner le lac et toucher Lélut. Il serait de retour dans deux heures au plus.

La voiture grimpa la pente au flanc de la colline de Fauvel, pleine de lacets et de pièges. Aimée décida de ralentir. Des ornières secouaient le véhicule, des ornières de plus en plus profondes.

Il longeait un petit précipice, le mur de la montagne à sa gauche, quand un arbre s'affala à cinquante mètres devant lui. C'était un gros pin, un de ceux qui tiennent par miracle sur la falaise et que le ravinement venait de vaincre. Plus tard, Aimée lui donna un nom, il l'appela Prosper — parce qu'il faut donner des noms ridicules à ce qui nous effraie. Pour l'heure, il s'arrêta en catastrophe, fit une embardée et freina juste avant de basculer dans l'abîme.

Chancelant, il sortit de la voiture.

L'arbre était couché de tout son long, sa flèche au-dessus du vide, pointant vers le lac. Ses racines encore accrochées à la terre semblaient un nid d'araignée brandi vers le ciel. Dans sa chute, le conifère avait entraîné d'autres arbres, plus petits, tout un bosquet qui interdisait le passage.

Aimée se rua vers le sapin, il l'étreignit à bras-le-corps, essaya de le soulever, de le déplacer. Rien ne bougea. Il pensa à le pousser avec la voiture, mais il se dit qu'ils pourraient être emportés, lui et le véhicule, dans le précipice. Il fallait pourtant qu'il passe.

Il pensait à Louise, dont les contractions se rapprochaient, à son père à l'agonie, à tous ces êtres qui lui étaient chers et dont il tenait la vie dans ses mains.

Il examina encore la disposition du sapin, se convainquit que rien ne pourrait le déranger et revint vers l'auto pour s'abriter.

Au sec, il essaya de penser. Combien de temps cela lui prendrait-il de rejoindre Lélut à pied ? Il en était bien à dix, peut-être quinze kilomètres. Pas une seule maison, un seul téléphone dans l'intervalle. Cela lui donnait trois heures de course, ou même quatre, attendu qu'il n'était pas sportif. Et pendant ce temps, Louise avait mille fois le temps d'accoucher, et Abélard de mourir, et Claude aurait sûrement besoin d'aide.

— Merde ! dit-il.

Rageusement, il se mit à taper sur le volant, ses coups ponctués par la corne du klaxon. Enfin, il prit une décision.

Il sortit de la Dauphine et marcha vers le sapin. En s'agrippant à la falaise, il réussit à contourner le paquet de racines. Ensuite, il courut vers Lélut, jurant qu'il ne fumerait plus une cigarette de toute sa vie, qu'il était utile d'être Superman pour des occasions comme celle-là, bref, se servant de sa colère pour se stimuler.

Il parcourut ainsi les coudes au corps deux bons kilomètres, trempé jusqu'à l'os, glissant dans la boue, se tordant les chevilles dans les nids-de-poule, s'étalant parfois dans une flaque d'eau. Puis, parce que ses poumons n'acceptaient plus l'air qu'ils respiraient, il fut forcé de ralentir. Au pas, il couvrit encore trois cents mètres alors que le décor devenait plus aride, que la végétation disparaissait, que la pente de l'accotement se dressait peu à peu à la verticale. Enfin, le sentier se rétrécit, étroite bande de terre entre falaise et précipice, puis disparut, disparut complètement. Aimée s'arrêta, abasourdi.

Le sentier s'était effondré, la pluie l'avait dévoré. À la place, il ne restait plus qu'une cataracte qui crachait ses alluvions directement dans le lac, quarante mètres plus bas. Aimée contempla le désastre. Il évalua le morceau de chemin enlevé par l'orage (une bonne dizaine de mètres). Il scruta la paroi de la montagne pour y dénicher une prise propice à l'escalade, jugea que la cascade de toute façon le ferait tomber puis, désespéré, il cessa de se battre. Il ne pourrait pas avertir le docteur Bulliard.

Par acquit de conscience, il tenta malgré tout de forcer le passage. Il réussit à s'accrocher à la paroi. Avec peine, il s'éleva de trois ou quatre mètres, puis son pied glissa et il chuta. Il crut que c'était la fin, mais il atterrit sur la tranche du sentier qui n'était pas encore éboulée. L'expérience lui suffit, il rebroussa chemin.

En courant, il rejoignit l'arbre Prosper, il remonta dans la Dauphine et revint au domaine.

Il se garait quand Claude jaillit de la maison.

— Et le docteur ? interrogea-t-elle.

— Un arbre est tombé à deux kilomètres en amont, et un peu plus loin il y a eu un glissement de terrain, le sentier est coupé.

Une lueur de panique passa dans les yeux de la jeune femme.

— Comment ça, coupé?

— Une cascade l'a forcé dans le lac. Il n'y a plus que l'à-pic. Mais ne restons pas là, je vous dis que j'ai tout essayé.

Il la prit par le bras et ils coururent se mettre à l'abri.

À la maison, Aimée remarqua tout de suite que l'ambiance avait changé.

Sur la grande table du salon, Claude avait installé une serviette de bain et Louise était couchée dessus, de la sueur aux tempes. À côté, sur une desserte, on avait disposé une cuvette émaillée, une paire de ciseaux, du fil de lin, de la teinture d'iode, de l'alcool à quatre-vingt-dix degrés, des compresses et du coton hydrophile. Aimée se sentit rassuré par ces préparatifs, mais la garde-malade le poussa dans la bibliothèque, dont elle referma la porte.

Dès qu'ils furent seuls, elle fondit en larmes. Le visage dans les mains, les mots mangés par les sanglots, Claude lui expliqua qu'elle n'avait jamais pratiqué d'accouchement, pas même en tant qu'assistante. Elle ne savait que préparer une patiente, ses connaissances n'allaient pas plus loin.

— Mais vous avez déjà eu un enfant? la contra Aimée.

— Non!.. Je n'ai même pas de mari! pleurnicha-t-elle.

Pour Aimée, c'était comme de recevoir une enclume sur la tête. Il s'affaissa dans un fauteuil, les mains dans son giron comme un petit enfant désemparé, ne sachant que dire.

Claude continua de vider son sac. Elle évoqua la condition d'Abélard. Les piqûres qui ne lui faisaient presque plus d'effet. Ils n'auraient pas assez d'anesthésique pour tenir la nuit. Il faudrait quelqu'un pour s'occuper de lui. Elle ne pouvait plus supporter la souffrance.

Aimée regarda la jeune femme sangloter, impuissant, désolé.

Tous deux sursautèrent quand ils entendirent Louise crier. Aimée se leva d'un coup.

— Ce sont les contractions, lui dit Claude.

Il se passa la main sur le visage. Il était fatigué, à bout, mais ce n'était plus le moment d'hésiter.

Tout d'abord, il prit Claude contre lui et la berça doucement en murmurant des paroles rassurantes. Il avait besoin d'elle, Abélard avait besoin d'elle, Louise avait besoin d'elle. Il lui exposa comment ils allaient s'y prendre pour traverser cette dangereuse nuit. Lui s'occuperait de son père, attendu que c'était ce qui requérait le moins de connaissances médicales. Claude, elle, resterait avec Louise. Si elle avait besoin de lui, elle n'aurait qu'à l'appeler, il trouverait un moyen de calmer Abélard. Il lui raconta que Louise avait un bassin large. Il se souvenait des paroles du docteur Riat à Besançon, que le petit passerait sûrement « comme une lettre à la poste », que demain matin il y aurait un être humain de plus sur Terre.

Aimée lui parla ainsi un bon quart d'heure. Il racontait n'importe quoi, et la garde-malade savait que c'était n'importe quoi, mais petit à petit elle arrêta de pleurer, elle se détendit, elle osa croire que c'était possible. Finalement elle essuya son visage et cela les fit rire : la pluie les avait trempés, ils n'avaient plus rien de sec et le mouchoir qu'elle employait était à tordre.

— Allons nous changer, dit-il. Ce n'est pas le moment de tomber malades.

Il la laissa dans la chambre bleue, la chambre d'ami, passa dans la sienne, se sécha, enfila des habits secs. Puis, il alla voir Louise.

Elle était encore sur la table, un oreiller sous la tête, le chronomètre à la main. Il posa ses doigts sur le ventre, qui chauffait comme celui d'une locomotive. Elle lui sourit, un petit sourire tendu, glissé entre deux lèvres comprimées.

— Quand est-ce que le docteur arrive? demanda-t-elle.

— Plus tard. Il y a eu un accident de voiture sur la départementale 128.

— Mais je ne sais pas si je peux patienter, moi.

— Eh bien, ne te retiens pas! s'écria-t-il avec une fausse gaieté. Claude connaît les gestes. Ne t'en fais pas, tu n'as pas forcément besoin d'un docteur. Il y a des tas de femmes qui accouchent sans l'aide de personne. Il paraît même que les Indiennes d'Amérique mettent au monde accroupies. Leurs petits tombent dans l'herbe, plaf! Si vite que parfois elles ne s'en aperçoivent même pas. Tiens, c'est comme la fois où j'ai trouvé deux œufs, deux tout petits œufs tachetés, sur les rives de Battant. Ils n'étaient pas cassés. Ils étaient posés sur le sol, sur une jointure de pavé, à la merci de la moindre semelle. Je me suis dit qu'une oiselle un peu pressée avait dû larguer sa progéniture en vol. J'ai déposé les œufs un peu plus loin, dans un endroit protégé. Quand je suis revenu le lendemain, une brave moineaude s'était assise dessus. Eh bien! je suis certain que les oisillons qui ont percé ces coquilles avaient quelque chose de spécial.

Il l'embrassa sur le front.

Claude entra dans le salon à ce moment.

— Je vais rester avec Abélard, dit Aimée. Appelez-moi.

— Combien de temps? demanda Claude à Louise.

— Une minute, répondit Louise.

Claude acquiesça comme si elle connaissait la signification du chronométrage. Mais avant de partir, Aimée surprit un regard dérouté de la garde-malade.

À l'étage, Abélard était éveillé. Les draps avaient été remis en place, on avait redressé la lampe sur la table de chevet. De gros grumeaux de souffle sortaient de la poitrine du vieillard. Aimée s'assit près de lui.

— Tu me reconnais? demanda Aimée.

— Oui. Depuis quand es-tu arrivé?

— À l'instant, répondit Aimée, qui préférait mentir. Comment te sens-tu?

— Comme un sursitaire.

Il semblait avoir retrouvé sa tête.

— Louise est là?

— Elle est en bas.

— C'est elle que j'ai entendue crier tout à l'heure?

— Elle va accoucher.

Abélard oublia la douleur pendant une seconde et eut un sourire plein de gaieté.

— Comment allez-vous l'appeler? demanda-t-il.

— Je ne sais pas encore. Si c'est un garçon, Alphonse, ou André. Si c'est une fille, Marie, ou Françoise. Enfin, ce n'est pas décidé.

— Alphonse, hein? Tu es plongé dans l'autobiographie de Romuald?

— C'est vrai. Mais c'est un beau nom, tu ne trouves pas?

— J'aurais souhaité que cette tradition s'arrête avec toi, dit Abélard en s'arrachant des grimaces, la main posée sur la poitrine.

— Quelle tradition?

— Celle des prénoms en A, par exemple. Tu sais, il n'y en a pas tant que ça qui commencent par cette lettre. Et puis, cette espèce de vanité de vouloir arrêter le temps, de lutter contre la mort, cela me paraît d'un puéril!

— C'est le but de ces manuscrits?

— C'en est un. Mais cela ne marche pas, cela ne marche jamais. Regarde-moi, si tu crois que, aux portes de la mort, j'ai encore de l'espoir... C'est effarant ce que les hommes font pour essayer d'être autre chose que ce qu'ils sont.

Il se redressa dans ses oreillers. Une plainte lui échappa quand il bougea les épaules.

— À propos de manuscrit, reprit-il, est-ce que tu as terminé le tien?

— Tu veux dire mon roman?

— Ah, parce que c'est un roman?

— Oui, c'est un roman. Mais je ne l'ai pas fini, non. Il s'en faut de beaucoup.

— Tu en es où?

— J'en ai écrit une centaine de pages. Ça fait environ un quart du total.

— Tu as le plan en tête?

Aimée prit un chat qui ronronnait sur le lit et le posa sur ses genoux.

— À peu près, répondit-il.

Abélard renversa la tête en arrière. Il souriait.

— Tu ne veux pas me dire de quoi il s'agit, n'est-ce pas?

Et comme Aimée allait se récrier:

— Ce n'est pas grave, mon fils. Je m'y suis habitué. Vois-tu, je pense que le plus dur, pour les parents, c'est de comprendre que leurs enfants ont des secrets. Cela m'a pris des années et des années. Et encore! Même quand je ne te demandais plus rien, je passais des heures à essayer de deviner ce que tu avais dans le crâne.

— Je veux bien te raconter l'histoire, mais je ne sais pas si c'est...

Aimée voulait dire « approprié ».

— Je ne sais pas si c'est très intéressant, acheva-t-il.

— Ça ne l'est sûrement pas, plaisanta Abélard.

Un cri troua le plancher. Aimée se retint de bondir dans les escaliers. Le chat sortit ses griffes.

— Louise est robuste, le rassura le vieil homme. J'ai vu tout de suite que c'était une coriace.

— Moi, je ne m'en suis aperçu que bien longtemps après. Et même maintenant, je n'en suis pas sûr.

— Mais si. Tu lui fais plus confiance qu'à toi-même. D'ailleurs, tu fais plus confiance à tout autre que toi-même. Tu es un Dorian étrange, Aimée, le plus étrange de la lignée peut-être. Tu portes le doute en toi comme un chat le mystère. Je ne connais personne dans la famille qui se soit torturé comme tu le fais. Tu dois tenir ça de ta mère. Une manie d'écrivain.

Abélard finissait ces mots quand ses deux mains se portèrent à sa poitrine. Un hurlement jaillit de sa gorge et il roula dans les draps. Aimée se rua vers la trousse. Son père se tortilla comme si un rat lui mangeait la cage thoracique, puis il fut repris de spasmes violents qui le raidirent et envoyèrent les couvertures contre le mur.

Frénétiquement, Aimée chargea la seringue d'une nouvelle aiguille, aspira le liquide de la fiole puis essaya de tourner Abélard d'une seule main. Comme il n'y parvenait pas, il posa son instrument sur la commode et empoigna son père à pleins bras. D'une bourrade vigou-reuse, il le bascula sur le ventre. La seringue dans les doigts, il découvrit la fesse du vieil homme, mais quand il la toucha, celle-ci était dure comme du bois. Claude lui avait dit de ne pas planter une aiguille dans un muscle contracté à l'extrême. Cette situation le prit au dépourvu.

À toute vapeur, il traversa le couloir, descendit l'esca-lier et déboucha dans le salon. Louise, les jambes écartées sur la table, répondait aux injonctions de Claude par d'énergiques poussées en entrecoupant la manœuvre de cris et d'injures. La garde-malade, invisible, avait disparu dans le giron de la parturiente. Aimée interrompit tout ce monde en s'écriant qu'Abélard était de nouveau en crise.

— Et puis? dit Claude.

— Et puiiiis? gémit Louise.

— Je ne peux pas planter la seringue dans un muscle dur comme la table.

Claude répondit par des paroles incompréhensibles depuis le fond de sa caverne.

— Quoi? demanda Aimée.

— Elle diiiiit que tu dois lui tapéééer sur la fesse, traduisit Louise.

— Un bon coup sec, ajouta Claude.

Avant de s'en aller, Aimée ne put s'empêcher de demander:

— Est-ce qu'il sort? Est-ce qu'on le voit?

— On ne demaaaaande pas à un pêcheur si çaaaaa mord, rétorqua Louise en poussant de plus belle.

Aimée remonta et trouva le lit d'Abélard vide. Le vieil homme était tombé au pied de la table de chevet, toujours aussi rigide. Aimée dut le porter à bout de bras sur le matelas. Abélard exhala un râle atroce, se recroquevilla en chien de fusil puis se détendit d'un seul coup et envoya un solide coup de pied dans la cuisse de son fils. Aimée le maîtrisa, lui administra une forte claque sur la fesse, puis y ficha l'aiguille. À mesure que le liquide passait dans les veines, Abélard se détendit, se transformant petit à petit en un paquet de chiffons, un enfant dormeur de quatre-vingts ans.

Aimée allait profiter de cette trêve pour souffler un peu — et écouter le vacarme de la pluie qui n'avait pas cessé — quand la voix de Claude l'appela.

— Nom de Dieu, pensa-t-il, qu'on ne m'en tue pas deux dans la même nuit!

Il s'éjecta de sa chaise, se jeta dans les escaliers. Il arriva juste à temps pour voir Claude avec un bout de viande sanguinolent dans la main, auquel elle infligea une solide tape du plat de la main. Alors, l'enfant cria.

Aimée s'approcha tout doucement, sur la pointe des pieds, comme un timide s'approche de sa belle. Le nourrisson hurlait à présent de toute la force de ses petits poumons.

— Allons, venez! dit Claude en l'apercevant. C'est une petite fille, elle est magnifique.

Elle lui fourra l'enfant dans les bras.

— Il faut la laver. Mais attendez, je coupe le cordon.

Aimée était ému. Il vit qu'il n'était pas le seul, Louise le regardait tendrement et Claude avait les larmes aux yeux. C'était leur premier à tous.

Enfin, le cordon fut coupé et Aimée posa la petite sur le ventre de sa mère.

— Pas là! s'exclama Claude, il faut que l'on dégage le placenta. Emmenez-la avec vous. Allez, dépêchez-vous!

Dare-dare, il fila à la cuisine, emplit une grande cuvette d'eau tiède, y plongea le bébé, le frotta avec une serviette de bain. Il l'examina sous toutes les coutures, essuya toutes les mucosités et revint dans la salle à manger.

Louise avait encore des contractions et Claude guettait entre ses jambes la venue du placenta. Aimée n'avait aucune idée de l'importance de l'opération, pour lui le bébé était là, tout danger était écarté. Louise, bravement, continuait à pousser, le cordon ombilical pendant entre ses jambes.

Le placenta sortit enfin, mais pas en entier. Ni Claude, ni Louise, ni Aimée ne savait ce que cela signifiait.

Il osa enfin donner le bébé à Louise, qui le tint dans ses bras en souriant.

C'était une «magnifique petite fille» comme avait dit Claude. Une brune au nez court, aux lèvres pleines, au front pensif et têtu. Ils pensaient à Marie, à Françoise, aux prénoms qu'ils avaient décidés et qui ne seyaient pas du tout à ce petit être. Ils en avaient un autre qui germait dans leur esprit, comme une évidence. Un qui évoquait mieux le charme et la force. Presque en même temps, ils suggérèrent Séverine.

Louise était bien fatiguée. Il était deux heures cinquante, on était le 6 juin 1956, Séverine était née à deux heures trente-six.

Claude demanda à Aimée s'il se sentait la force de porter Louise dans un lit, en haut, et il répliqua qu'il se sentait capable de porter la table avec. La garde-malade essuya les gâchis tandis qu'Aimée soulevait Louise.

Il monta les dix-huit marches de l'escalier sans peine. Il traversa le couloir, jeta au passage un œil dans la chambre d'Abélard, qui dormait, et posa Louise sur le lit de la chambre bleue. Elle était somnolente maintenant, même si elle avait encore un peu mal, disait-elle. Elle était inquiète au sujet du saignement, mais il la rassura, il lui dit que c'était normal. Il la cajola un moment, puis il repartit continuer à veiller son père.

— Aimée! appela-t-elle comme il allait refermer la porte.

— Oui.

— Montre Séverine à Abélard avant que... qu'il...

— Je lui montrerai, promit Aimée.

Il descendit chercher l'enfant. Claude finissait de nettoyer la pièce.

— Comment va-t-elle? demanda la garde-malade.

— Bien, elle dort. Mais elle saigne.

— Je crois que c'est normal.

— Je voulais vous dire merci, dit-il gêné. Je me suis conduit comme un animal, nous avons joué de malchance et...

Elle dut penser : « Il est tellement gauche! »

— Bref, je ne sais pas comment j'aurais fait... comment nous aurions fait sans vous.

— La nuit n'est pas finie, monsieur Dorian, dit-elle en jetant un coup d'œil au plafond.

— Oui, la deuxième partie aura sûrement une fin moins heureuse que la première. Est-ce que vous avez besoin de moi ici ? Bon, alors je vais monter le surveiller.

— Je peux le faire, se proposa-t-elle.

Mais Aimée refusa. Il savait à présent comment s'occuper d'un corps en catatonie. Il demandait simplement la permission d'amener le bébé cinq minutes auprès de son père.

La petite Séverine dormait dans un berceau improvisé avec un plat à viande et des couvertures. On aurait dit qu'elle allait passer au four. Aimée prit le tout et, pour la énième fois, gravit les marches. Abélard ne dormait plus. L'effet des piqûres étaient de plus en plus réduit. Sa tête dodelinait sur l'oreiller tandis qu'il marmonnait des mots sans queue ni tête. Aimée sortit l'enfant de son lit et la mit dans les bras de son grand-père. Abélard continua à ânonner sans s'apercevoir de rien. Autour de lui, les chats le considéraient comme un prêtre de la race féline. La petite Séverine ouvrit les yeux, se frotta le visage de ses poings maladroits. Ensuite, elle poussa un bâillement et se rendormit.

Aimée songeait que ces deux-là ne se rencontreraient pas, qu'Abélard était trop proche de la fin et Séverine trop proche du début. Il était le seul à mesurer l'importance du moment. Il mesurait l'ironie de la vie dans ce raccourci du mourant au nouveau-né. Il commençait à comprendre un peu mieux les mots de Romuald, son impression d'absurde. Mais il sentait aussi que tout cela pouvait avoir une signification plus profonde, qu'un mystère se tenait caché dans les replis de la vie.

Abélard tanguait encore au rythme de sa litanie. Aimée prit le bébé et le ramena auprès de Louise. Il se fit aussi discret que possible, déposa Séverine sur le lit, à côté de sa mère. Il nota que Louise était très calme, très pâle, qu'elle dormait d'un sommeil immobile. Il ne la dérangea pas. Il revint auprès de son père.

Les balancements d'Abélard devenaient plus lents, plus faibles. Ses yeux s'ouvraient un peu plus. Aimée le contempla en silence. Mentalement, il disait au revoir au vieil homme.

« Je t'aime, pensait-il. Je t'aime comme je n'aime personne d'autre. »

Des souvenirs lui revenaient, du temps où Abélard était encore capable de jouer la *Sonate en si bémol mineur* de Liszt. Il revoyait les mains bondissant sur le clavier, les doigts qui piochaient les notes, la force qui se dégageait du spectacle. Il entendait les cascades d'accords, les glissades de sons, les couleurs de la musique, l'émotion brute qui lui mettait les larmes aux yeux. Il avait retrouvé la même puissance, la même détermination dans les pages du manuscrit de son père. Le mot *artiste* prenait une ampleur grandiose, appliqué à l'ancien concertiste. De tout, des notes ou des mots, Abélard était capable de créer un monde complexe et lumineux, presque tangible, une vision claire et compréhensive de l'Univers. Sa traduction de l'instant était toujours juste. Aimée se sentit humble et démuni.

— Je ne mange plus rien, balbutia Abélard.

Aimée entendit distinctement ses paroles.

— Il y a trop de vent, reprit Abélard. Trop de vent, trop de vent... Trop de vent !

— Ça va aller, répondit Aimée en lui prenant la main.

— Trop de vent, s'entêta le vieil homme. Saint-Pétersbourg n'a pas de vent comme ça... D'ailleurs, ils l'appellent d'un autre nom... Norbert ! s'écria-t-il.

Aimée lui serra la main un peu plus fort.

— Ne me laisse pas, gémit Abélard. Ton livre! Bon Dieu, ton livre! Avec les ours, dans la grotte. Aux chandelles. Comme toi, tu voulais, je voulais, on voulait... on voulait.

Abélard se toucha la poitrine, exhala un soupir douloureux.

— Mais ce n'est pas moi... Ce n'est pas moi. On ne meurt pas de ça, pas les hommes. Un peu fort... Souvent trop fort.

Il s'arrêta, épuisé, puis son souffle se changea en filet de plus en plus ténu, de plus en plus rapide. Aimée s'assit sur le lit, il étreignit son père qui s'en allait. La respiration du vieil homme s'amenuisa doucement, il touchait aux portes de la mort, à petits coups il frappait sur le battant. Il se raidit à peine, une imperceptible contraction qui passa dans les mains du fils, puis il s'abandonna au néant.

Aimée se leva, triste, triste. Il disposa les mains d'Abélard sur son ventre puis, machinalement, il descendit arrêter la pendule dans le salon. Triste, il marcha un peu en fumant quelques cigarettes jusqu'à ce que le jour pointât. Il remarqua à peine le bourdon de la pluie qui décroissait, se transformait en xylophone monotone. Triste, il tourna en rond. Il portait sur l'estomac un poids énorme que les larmes ne parvenaient pas à épuiser. Triste, il monta se coucher.

Une lueur grisâtre sourdait derrière les rideaux. Louise gisait dans le lit, dans l'exacte position où il l'avait laissée quelques heures plus tôt. Elle était blanche, diaphane. Il prit la petite Séverine endormie, la plaça dans un fauteuil qu'il tira près du lit.

Il se déshabilla, se coucha, mais il se releva aussitôt: le lit était mouillé. Il souleva les couvertures et aperçut le drap trempé de sang.

— Louise! appela-t-il.

Mais elle ne répondit pas, elle resta couchée sur le dos, pâle.

Alors, il lui toucha le visage et retira sa main comme s'il s'était brûlé.

— Non... gémit-il.

Bouleversé, il courut jusqu'à la chambre d'ami, secoua Claude qui protesta dans son sommeil.

— Réveille-toi! Claude! Réveille-toi. Elle est toute froide. Louise!

La garde-malade émergea d'un seul coup.

— Louise est toute froide! hurla Aimée.

— Calmez-vous! Calmez-vous!

Elle enfila en vitesse une robe de chambre et ils se précipitèrent.

Claude vit la tache de sang. Elle toucha le poignet de Louise, posa sa tête sur la poitrine, puis elle baissa la tête et commença de pleurer.

Chapitre 10

ILS NE DORMIRENT PAS. Ils attendirent. Quoi ? Ils ne le savaient pas. Peut-être que la pluie cessât, que le niveau du lac diminue, que l'on répare le chemin et qu'on leur porte secours. Claude et Aimée s'étaient réfugiés dans le salon, avec la petite Séverine qui bientôt brailla sa faim et qu'il fallut nourrir. Les deux cadavres gisaient dans les chambres. Ils n'avaient pas le courage de monter. Claude soutenait Aimée et Aimée réfléchissait en détruisant machinalement un magazine dont il jetait les pages au feu.

Dans la tête de l'écrivain, se précipitait un flot d'interrogations, d'énigmes auxquelles il ne pouvait apporter que des embryons de réponse, toujours les mêmes. C'était une lutte monotone et épuisante. Comme d'assaillir un suspect dont les seules répliques sont « Je ne sais pas », « Je n'ai rien fait ». Aimée en avait marre. Il aurait voulu se reposer un peu, prendre une ou deux heures de sommeil avant de bouger de nouveau, de s'agiter, de se débattre dans l'espèce de glue qui le clouait au sol. Il aurait donné cher pour prendre des vacances avec sa tête, s'évanouir, ou même mourir.

Claude, en plus de satisfaire aux besoins du bébé, s'efforçait de remonter Aimée qui sombrait. Il était le genre d'homme que le doute peut tuer et elle le savait. Elle lui mit Séverine dans les bras. Elle l'obligea à parler, qu'il le veuille ou non. Il commença à crier, à se révolter contre cet intempestif maternage, et elle sut qu'elle avait gagné. Elle le contra habilement pour qu'il déverse son amertume. Elle le piqua jusqu'à ce qu'il éclate en jurons, qu'il tape du poing contre les murs, qu'il fonde en larmes, qu'il s'apaise. Enfin, elle lui dit de s'allonger, de penser à tout sauf à lui.

C'est à ce moment qu'elle lui proposa son aide. Je ne connais pas les détails de leur pacte ni ses motifs exacts, mais je sais qu'ils nouèrent des liens qui allaient bien au-delà de la simple amitié. Elle promit de l'assister en toute circonstance, de s'occuper de Séverine, d'être là, enfin.

Sur le canapé, il ferma ses yeux brûlés par les larmes. Il croisa ses mains sur la poitrine — « dans la posture d'un mort dans son cercueil », pensa Claude — et se laissa glisser dans le sommeil. Il allait s'endormir quand la porte s'ouvrit à toute volée.

Un homme rondouillard avec une barbe de deux jours, des mâchoires saillantes et une mèche blanche sur le front se propulsa dans l'entrée. Ils mirent une seconde à reconnaître le docteur Bulliard sous le pardessus maculé de boue, dont un pan arraché traînait à terre, sans cravate, le pantalon tirebouchonné sur ses jambes, la chemise croûteuse de boue séchée. Ce fut la vue de sa trousse noire, le cuir en lambeaux, la poignée désarticulée, coincée sous son bras, qui leur donna un indice.

Sans les voir, le médecin se rua vers les escaliers. Claude le rappela. Le docteur s'arrêta pile, découvrit la garde-malade dans un fauteuil, un bébé sur les genoux, Aimée allongé sur le canapé, tous les deux pâles, épuisés, tendus. Il posa sa trousse sur le sol.

— Claude, dit Bulliard, venez me parler dans la cuisine.

La jeune femme fit non de la tête. Bulliard fronça les sourcils mais ne se fâcha pas. Il vint s'asseoir dans leur cercle de tristesse.

— Comment êtes-vous arrivé jusqu'ici ? demanda la jeune femme.

— En barque ! Depuis onze heures hier soir, j'essaie de vous rejoindre. J'ai tout eu, ma voiture s'est embourbée, je me suis perdu dans les bois, j'ai fait de l'auto-stop, j'ai même essayé d'escalader une falaise. Regardez !

Il montrait ses mains en sang, les ongles du pouce et de l'annulaire retournés. Sa présence bonhomme et vivace apportait une santé, une chaleur presque indécente dans cette ambiance de deuil.

— Je suis trempé ! marmonna-t-il encore.

Puis il se tut, ne sachant plus quoi faire de sa bedaine et de sa mèche.

— Bon, je monte, décida-t-il en se levant.

— Ils sont morts, dit Aimée.

Le médecin s'était arrêté.

— Abélard et Louise, ils sont morts tous les deux, répéta Aimée.

Bulliard y alla malgré tout. Ils entendirent ses pas au plafond, ses arrêts près des cadavres. Ils n'avaient pas besoin de le voir pour deviner ses gestes. Au bout d'un moment, il redescendit. Il avait retrouvé un peu de sa prestance, cette démarche professionnelle l'avait en quelque sorte revigoré. D'un ton sans appel, il commanda à la garde-malade de lui faire un rapport, et tout de suite, dans la bibliothèque, de donner l'enfant au père. Claude croisa le regard d'Aimée, puis elle lui tendit Séverine. Elle suivit le médecin.

— Cet imbécile va lui donner le coup de grâce, songea Aimée.

Mais il n'intervint pas. Sa fille dans les bras, il se dirigea vers la fenêtre. Au passage, il fit volontairement tomber une statuette de porcelaine qui explosa sur le sol.

Le lac avait gonflé, des vaguelettes léchaient les planches du ponton, le chemin était inondé. Près de la Dauphine, dont le ventre trempait dans l'eau, Bulliard avait drossé sa barque sur une bande de terre. C'était une barque de pêcheur en bois noir avec une paire de rames enfoncée dans les dames de nage. Il imagina le ventripotent quadragénaire souquant dans l'orage, sans phare ni direction, cherchant le petit domaine Dorian sur les berges du lac. Il sourit de pitié.

Il avait cessé de pleuvoir, une brume montait de la surface du grand miroir. Dans un coin du ciel, juste derrière le piton des Seyrettes, un rayon de soleil balayait devant lui de grosses bourres de brouillard. Dans quelques heures, il ferait beau ; après-demain, ce serait comme si rien ne s'était passé.

« Ridicule », pensa Aimée.

Mais tout était ridicule. La réalité se mouvait sur des bases liquides depuis que son père était mort.

Il entendit la porte de la bibliothèque s'ouvrir et Bulliard s'amena en soutenant Claude.

— Merci d'être ven... commença Aimée.

— Allez lui confectionner une tisane avec du rhum ou du whisky, coupa le docteur. Donnez-moi la petite, je vais l'examiner.

Aimée fit ce qu'on lui ordonnait. Il remplit une pleine casserole d'eau, y fit tomber trois sachets de thé, remua le tout avec deux doigts de rhum et trois cuillères de sucre. Pendant qu'il y était, il tordit les dents d'une fourchette qu'il jeta ensuite à la poubelle. Il posa trois tasses sur un plateau, machinalement y plaça aussi quelques biscuits secs.

Dans le salon, Bulliard avait déshabillé Séverine et l'auscultait. Claude évitait de regarder Aimée.

— Elle est en bonne santé, conclut le docteur en repliant ses instruments. Mais il faudra me l'amener à mon cabinet avant deux jours.

Il versa une tasse pour Claude, la lui fourra dans les doigts.

— Buvez ! Et vous aussi, dit-il à l'adresse d'Aimée. Et puis, mangez un peu. Si j'ai bien compris, vous n'avez rien pris depuis hier soir. Allez, forcez-vous !

Lui-même piochait dans le plat, dévorait les biscuits à la chaîne.

— Est-ce que vous auriez des habits de rechange ? questionna-t-il encore. Les miens sont à tordre.

Aimée lui indiqua où trouver son bonheur et le docteur gimpa à l'étage.

Enfin seul avec Claude, le jeune homme la contempla une seconde. Puis il dit :

— Ce n'est pas votre faute.

La jeune femme s'apprêtait à tremper son biscuit dans son thé quand elle se raidit.

— Vous avez fait ce que vous avez pu, insista-t-il. Je vous remercie.

Deux grosses larmes silencieuses coulèrent sur les joues de la garde-malade.

☐

Ils partirent tous un peu plus tard dans la barque du docteur. Le soleil étincelait dans un ciel sans nuage. Ils se séparèrent dès qu'ils eurent accosté à Lélut. Le médecin rejoignit son cabinet. Claude partit chez elle avec Séverine et Aimée se dirigea vers le centre de la bourgade.

À la mairie, Aimée fit enregistrer sa fille : Séverine Louise Claude Alphonsine Dorian. Puis, il déclara les deux décès de la nuit. Ensuite, il passa chez le notaire Monfort. Il sortit de là au bout de deux heures riche et triste. Le legs de la famille se montait à une énorme fortune, sans compter les biens et le domaine. Aimée pourtant s'en fichait. Il avait accompli ces démarches comme un robot.

Il erra un moment dans les rues de l'agglomération, torturant une fleur au point de la réduire en charpie, puis, quand le cafard fut insupportable, il passa chez Claude.

La garde-malade habitait l'une des dernières maisons du bourg. C'était une petite bâtisse crépie d'ocre avec des volets verts et un petit jardin sur le côté. Il poussa la porte de l'enclos, frappa à celle de l'entrée et Claude ouvrit, habillée d'une robe noire aux formes vagues.

— Il fait plein soleil, vous allez cuire dans cette défroque de croque-mort, dit Aimée, agacé.

— Je n'ai rien d'autre à me mettre, mentit-elle.

Il haussa les épaules, l'air de dire : «Après tout, c'est votre affaire», et pénétra dans la maison.

L'intérieur de la demeure était aussi coquet que l'extérieur. Une cuisine-salle à manger était rythmée par des colonnes grecques qui supportaient un plafond voûté comme celui d'une cave. Au centre de la pièce trônait une énorme table comtoise flanquée de quatre chaises de paille. Dans un coin, on avait regroupé un évier rudimentaire et un gros poêle-cuisinière en faïence blanche. Séverine, couchée dans un couffin déniché Dieu sait où, dormait sous l'œil attentif d'un chat trois-couleurs.

— Je lui ai donné à manger et je l'ai changée, dit Claude en parlant du bébé.

Aimée se sentait à cran.

— Vous n'êtes pas ma servante ! protesta-t-il. Mais vous avez bien fait, ajouta-t-il en voyant le visage peiné de la jeune femme.

— Qu'allez-vous faire ? demanda-t-elle.

— Je ne sais pas.

— Vous allez retourner au domaine ?

— Pas avant qu'ils enlèvent les corps.

— Ça peut prendre du temps.

— Non, ils s'en occuperont dans la journée. Ils ont aussi promis de réparer le chemin.

Mais ce qu'ils avaient à se dire ne venait pas. Cela leur serait difficile pendant longtemps. Ils tâtonnaient à coup de prudentes répliques, ne sachant où poser leurs mots.

— Je peux vous accompagner là-bas si vous voulez, proposa-t-elle.

Il lui fut reconnaissant qu'elle devine ses pensées. Il acquiesça en silence.

☐

Leur vie s'organisa ainsi. Claude resta au domaine à s'occuper de Séverine, et Aimée essaya de calmer sa douleur en se plongeant dans l'étude. En fin de compte il avait pris le conseil de la garde-malade au pied de la lettre : il s'efforça de ne pas penser à lui.

Il tenta de reprendre son manuscrit. Il se posa devant ses feuilles. De son stylo rouge, il commença à corriger des formes vagues, des imprécisions, des redites. Une sourde colère s'empara de lui, un désir animal de vengeance et de destruction. À grands coups de stylo de plus en plus violents, il lacéra la page, raya des paragraphes entiers, griffonna méticuleusement des blocs, cachant la prose, l'éradiquant pour toujours, qu'il ne puisse même pas se relire, que cela n'ait jamais existé. Pour plus de sûreté, il déchira les feuilles en deux, en quatre, en huit, en seize. Il aurait voulu les réduire en poudre, les faire disparaître à tout jamais de la surface de la Terre. Au début, il tenait les feuilles devant son œil, jugeant le texte en une seconde. Mais par la suite, il ne se donna même plus cette peine. Il prenait une feuille, la morcelait avec application, passait à une autre. Entre chaque opération, il se frottait les mains, se les raclait l'une contre l'autre, faisant naître une démangeaison insoutenable qui appelait plus de frottements. Et ses mains gonflèrent, ses doigts devinrent énormes. En l'espace de quelques minutes, les paumes se boursou-flèrent. Ensuite, quand ses doigts furent si enflés qu'il ne pouvait rejoindre son pouce et son index, il arrêta de se gratter. Il ne restait qu'une vingtaine de pages à son manuscrit. Mais cette fois il était tombé malade.

Pendant deux jours, il resta au lit, en proie à une forte fièvre. Le docteur Bulliard diagnostiqua une aller-gie. Il donna de la cortisone, mais Aimée fit un œdème à l'œsophage et l'on dut se replier sur le Phénergan. Le visage d'Aimée enfla, se marbra de plaques rouges. De ses mains en baudruche, Aimée essayait de se gratter mais Claude, avec un geste patient, lui prenait le poi-gnet et lui enjoignait de rester tranquille.

Enfin, un matin, Aimée se réveilla et constata que ses mains désenflaient. Sa fièvre commençait à tomber et il s'aperçut qu'il avait faim. Les signes se précisèrent pen-dant la journée. Le lendemain, sa figure reprit son teint et ses proportions normaux. Le surlendemain, il se levait. Il serait assez solide pour assister à l'enter-rement.

L'une des premières choses qu'il fit, afin de tester sa convalescence, fut d'abattre un grand orme dont il passa une après-midi à faire des bûchettes aussi fines que pos-sible. Cette activité ne le calma pas. Il avait encore besoin de détruire. Mais il ne voyait rien sur quoi s'acharner.

C'est à peu près dans cet état d'esprit qu'il s'immer-gea dans le livre de Romuald. Il avait compté sur le dépaysement du Moyen Âge pour le distraire mais, au contraire, il se retrouva en plein dans ses préoccupations intimes.

« J'ai vu tant de morts, écrivait Romuald. De la Neustrie à l'Italie, entre les massacres de barbares, les cadavres de la guerre, les malades exsangues, les gens écharpés par des brigands, les miséreux morts de faim, les victimes d'accidents, les hérétiques brûlés, les voleurs pendus, tant de vies arrachées à la Terre. Mais aucun ne m'a touché comme ceux, anonymes, absurdes, de Lélut. Après cela, je n'ai plus regardé le monde de la même façon, j'y ai vu une lutte sauvage et sans merci de la vie contre la mort. Et que l'un ou l'autre gagnât n'avait pas grande importance.

Alphonse, mon guide, mon seul soutien spirituel, était lui-même pris au dépourvu. Il ne proposait aucune explication, aucun conseil. L'immense perte que nous endurions le laissait muet, ce qui me donnait à penser que les mots n'existent pas au royaume des morts. Alors que nous errions sur des chemins inconnus — nous n'avions pris aucune direction précise, nous suivions les pas de Follavoine —, je dus non pas rationaliser ma peine mais m'y habituer, comme un prisonnier s'habitue à ses chaînes.

Nous n'avions pas de but. Tout se ramenait à trois petits mots : *À quoi bon* ? À quoi bon trouver une autre communauté d'hommes, s'y installer ? À quoi bon trouver un métier, entreprendre quelque chose ? À quoi bon construire une famille, bâtir un foyer ? À quoi bon se rendre utile ?

Nous parcourûmes de grandes distances. La charrette nous guidait, le grincement monotone de ses roues constituait notre seul guide. Je chassais notre pitance dans les bois ou les champs. Parfois, nous volions un peu de blé à un serf absent. Nous subissions les attaques de voleurs que je mettais en déroute. Mais mon épée devenait de plus en plus lourde, je déployais de moins en moins de fougue dans les combats.

De temps en temps, nous tombions sur une armée. Quelle que fût son origine, les soldats rangeaient leurs armes dès que nous parlions latin et invoquions la Bible. Ces naïfs croyants n'osaient pas s'attaquer à des émissaires de Dieu. Nous passions un jour ou deux en leur compagnie, leur racontant que nous étions en pèlerinage pour quelque lointaine destination — et de préférence dans une direction opposée à la leur. Un monastère nous abrita pendant une semaine dans la région de Provence. Les pères louèrent nos connaissances et se désolèrent de nous voir partir.

Alphonse et moi n'étions désormais de nulle part. Où que nos pas nous menassent, nous étions en exil. Et à chaque étape, dans la dépouille d'un vieillard qu'on enterre, dans la charogne d'une vache frappée par la foudre, dans les trophées de têtes coupées d'une armée barbare, nous retrouvions la présence de la mort. Alors, nous reprenions la fuite. »

Romuald et Alphonse voyagèrent ainsi pendant plus de quinze ans. L'Europe subissait à cette époque des invasions massives de Sarrasins, de Slaves, de Vikings, de Hongrois. Ils rencontrèrent les musulmans en Espagne, que leur latin n'impressionna pas et qui faillirent les jeter en prison. Ils croisèrent des drakkars qui remontaient la Seine, semant la terreur et le désastre sur leur passage. Ils tombèrent sur des Moraves, heureusement convertis, qui leur offrirent des poignards à lame ciselée, des bijoux en argent.

Pour éviter les mauvaises surprises, ils appliquèrent la tactique de Jules César. Avant de se rendre quelque part, ils essayaient de glaner le maximum d'informations sur les mœurs et les coutumes des populations qu'ils allaient visiter. Mais cette sorte de journalisme avant l'âge s'avéra extrêmement difficile. L'Europe était la proie d'influences diverses et parfois antagonistes, que ce soit au point de vue religieux, moral, idéologique, ou philosophique. Les régions, d'une année à l'autre, pouvaient connaître des changements radicaux. Les frontières d'influences économiques ou politiques se modifiaient au gré des conquérants. Les renseignements qu'ils recueillaient étaient sujets à caution, sans compter que chacun parlait un patois bien à soi, que les villages ne se comprenaient pas d'une vallée à l'autre et que tel mot qui signifiait « prendre » ici pouvait signifier « donner » là-bas.

Ils avaient choisi le mauvais moment pour voyager. Les combats, les dangers, les problèmes se mutipliaient. Romuald jouait de son épée à chaque chapitre. Il y gagnait de la vigueur et de l'expérience mais aucun soulagement. Il tuait par force. On les attaquait, il se défendait, voilà tout. Et si, au début, ils prirent le soin d'enterrer les cadavres, ils renoncèrent bien vite à cette habitude. À quoi bon?...

Aimée se délectait de l'atmosphère défaitiste qui sourdait du récit. Il y trouvait un écho à son chagrin. Les mots de Romuald le frappaient par leur justesse et leur profondeur. C'est avec un plaisir cynique qu'il suivait le parcours chaotique de son ancêtre.

Il lut comme un forcené, tout le jour et toute la nuit. Il voulait finir le livre avant l'enterrement. Il essayait de ne rien détruire, malgré la furieuse envie qui le tenaillait. Un orage secoua la montagne. Aimée revécut de mauvais souvenirs tandis que la pluie cinglait les carreaux.

Enfermé dans la bibliothèque, il se concentra sur le manuscrit de Romuald, espérant trouver une échappatoire à sa détresse. L'ancêtre, d'ailleurs, après quinze années d'aventures, commençait à se lasser. Alphonse vieillissait, il portait ses cinquante-sept ans avec de plus en plus de mal. Follavoine était mort, remplacé par une paire de robustes chevaux arabes qui eux-mêmes se faisaient vieux. Leur parcours allait finir. Ils revinrent lentement vers la Franche-Comté.

Ils arrivèrent dans la région de Lélut juste avant l'an mille. Alphonse dormait dans la charrette, il se plaignait de douleurs au ventre et vomissait du sang. Romuald avait forci. Il portait une énorme barbe qui cachait son cou de taureau. Ses poignets étaient enserrés dans des bracelets d'argent, son buste était protégé par une cotte de mailles, il couvrait vingt lieues en une journée, il mangeait un quart de chevreuil à chaque repas. Il était farouche et taciturne. Il était effrayant.

Lélut n'avait pas changé. Blotti comme avant dans son écrin de forêt, le lac pour seul compagnon, le village était tel qu'ils l'avaient laissé quinze ans plus tôt. Cependant, en descendant la pente, Romuald remarqua de la fumée qui montait du toit des maisons. Il vit aussi des volailles se balader dans les poulaillers, des cochons dans leur enclos, puis des gens qui portaient des seaux, des écuelles ou des bottes de foin, des enfants qui jouaient dans une mare de pluie. Leur équipage épouvanta la population. À peine furent-ils aperçus que les gens se terrèrent chez eux dans un grand remue-ménage d'ordres contradictoires et de portes claquées :

« Alphonse dormait dans le charroi, écrivait Romuald. De toute façon, il était trop mal en point pour user de son charisme et amadouer ces couards. Peut-être la population avait-elle subi la cruauté des barbares, peut-être qu'une bande de malandrins avait dévalisé les chaumières, peut-être qu'un seigneur avait asservi tout le monde par la force. Je ne pouvais que conjecturer.

Je savais que les villageois me guettaient par les sournoises fenêtres. Avec mille ruses et compliments, je tâchai de vaincre leur peur. Mais personne ne se montra. J'en accusai mes allures rustiques et mon accoutrement guerrier, et entrepris de me déshabiller. Cette fin mars possédait un mordant de plein hiver et je frissonnai dans la bise. Quand je fus tout nu, laissant Delphine et mon poignard en évidence parmi mes vêtements, je marchai vers le lac. Je plongeai dans l'eau. J'avais escompté que cette attitude m'obtienne la grâce des serfs, mais je n'avais pas prévu qu'un des paysans, alors que je nageais vers le centre du lac, me chiperait mes effets. Il allait filer avec quand la voix d'Alphonse l'arrêta :

— Holà, misérable ! s'écria-t-il. Est-ce comme cela que tu accueilles le voyageur qui met sa confiance entre tes mains ?

Le bonhomme lâcha mes oripeaux et commença de courir.

— Arrête ! lui commanda Alphonse. *Beati sunt pauperes !*

L'homme s'arrêta en reconnaissant le latin.

— Monseigneur, dit-il, êtes-vous prêtre ?

— Non. Je m'appelle Alphonse Dorian. Et voici mon fils, Romuald Dorian.

— D'où venez-vous ?

— Si je te le dis, tu ne me croiras pas : d'ici !

J'assistai à ce dialogue depuis le lac et je décidai que la discussion était suffisamment bien engagée pour regagner la rive. Quand il me vit approcher, le paysan recula de quelques pas.

— N'aie pas peur, dit Alphonse en riant. Si tu lui rends ce qui lui appartient, il ne te fera pas de mal.

L'homme ramassa mon bien, marcha prudemment vers moi tandis que je sortais de l'eau. D'un geste servile, il me tendit mes vêtements, épée et poignard inclus.

— Merci, lui dis-je.

Le bonhomme s'appelait Charles. Il n'était pas beau. Un front sans cheveux, une barbe en touffe, une oreille à demi arrachée, l'épaule droite effondrée, le nez crochu, il semblait, le vilain, sorti de ces contes destinés à faire peur aux enfants. Mais, malgré ses dehors inquiétants, il possédait l'âme la plus droite et la plus fière de Gardot.

Après que je me fus rhabillé, il nous invita dans sa demeure. En quelques mots, il nous raconta comment le village avait été repeuplé. Depuis que nous étions partis, les Vikings, qu'il désignait sous le terme d'«hommes blonds», avaient mis la région à feu et à sang. Charles habitait à l'époque avec sa famille, un peu plus bas, dans un autre village qui se trouvait sur une route passante. Trop passante d'ailleurs, car y stationnaient, pillant les réserves de nourriture, harcelant les femmes, détruisant les cultures, des armées débraillées et dangereuses. La situation devenant intolérable, les habitants décidèrent d'abandonner leurs biens et de chercher un endroit plus tranquille. Presque tout le village se mit en marche par un matin d'été. Leurs pas les portèrent dans l'enclave du lac Moirand, loin des grands axes commerciaux ou guerriers. Ils trouvèrent le village tel que nous l'avions laissé, avec ses maisons vides aux pièces dévastées, ses champs incultes. Ils décidèrent de s'y installer.

Depuis, bien que le monde entier soit la proie des plus grands bouleversements, ils avaient vécu une vie paisible dans les murs de Gardot, qu'ils avaient rebaptisé Lélut.»

Charles, le paysan chapardeur, proposa à Romuald et à Alphonse son hospitalité. Ils acceptèrent. Charles possédait, en plus d'une terre fertile et d'un important poulailler, une femme et cinq enfants. Parmi cette progéniture se trouvait Jeanne, une fille de vingt-deux ans, brune et fraîche, « aussi belle qu'une truite qui frétille dans la main ». Romuald fit sa cour et, trois mois plus tard, mariait Jeanne au cours d'une messe prononcée par Alphonse.

Aimée fut déçu par l'arrivée de cette femme. C'en était fini des remarques désabusées, des réflexions pessimistes, du chagrin immortel. Il faillit abandonner le livre, mais il arrivait aux toutes dernières pages.

Romuald se devait d'offrir un toit à sa femme. Comme toutes les maisons du village étaient occupées, le patriarche décida d'en construire une spécialement pour lui et sa future famille. Au fil de ses pérégrinations, il avait acquis un esprit d'indépendance et il se refusa à bâtir dans l'agglomération de Lélut. Il contourna le lac, défricha un chemin dans la montagne et planta la première pierre du domaine Dorian de l'autre côté de Moirand, juste en face du village.

Cette tâche de bâtisseur porta Romuald vers une philosophie différente :

« Tout en nivelant le sol, en taillant les pierres, en ajustant la charpente, je réfléchissais que la vie se compare à l'élaboration d'une maison. On en choisit les matériaux, on en décide l'ampleur, on en façonne le plan, tout ne dépend que de ses besoins et de ses capacités. J'adhérais encore à mes vues sur la mort et la fatalité humaine, mais je comprenais par ailleurs que nous étions libres de jouir de notre existence comme nous l'entendions. Il échouait à chacun de nous de profiter de nos dons. Notre devenir ne dépendait que de notre imagination. »

« Un Candide existentialiste ! » pensa Aimée.

Mais il continua de lire.

« Je m'avisai ensuite, continuait Romuald, que ce n'étaient pas les hommes les plus éclectiques qui accomplissaient les plus grandes choses. Seuls les déterminés, les tenaces, les obstinés, ceux qui ne visaient qu'un seul objectif, parvenaient parfois au bonheur. Au cours de mes quinze années de voyage, j'avais été triste non pas à cause de la mort de Lélut et du cortège de pensées lugubres que cet événement avait engendré, mais simplement parce que je n'avais pas de but, pas d'attache et donc pas d'identité. Bâtir une famille, trouver un métier, se consacrer à une activité, c'est trouver un visage et se donner un nom. En ces termes seulement se comprend la condition de tout être humain solide et avisé.

À présent que j'ai trouvé une raison de vivre, je ne crains plus la mort. Le plaisir a ceci de commun avec le chagrin : on n'a que celui qu'on se donne. Il ne tient qu'à moi de profiter pleinement des jours qu'il me reste à passer sur cette Terre.

À présent, je finis mon récit. Alphonse s'éteignit à l'âge de cinquante-huit ans et il repose au petit cimetière de Lélut. Le village n'a plus connu d'invasion ou d'épidémie, sa géographie semble le préserver du temps et de l'histoire.

J'ai vécu la dernière partie de mon existence au pied de la colline de Fauvel, cultivant quelques arpents de terre. Avec Jeanne, nous avons eu cinq beaux enfants. Enfin, bien rassasié de la vie, j'ai voulu léguer mon expérience et ma réflexion à l'aîné de mes garçons. C'est à ce moment que j'entrepris la rédaction de ces pages. Je m'y attelai au début à mes heures mortes. Puis, à mesure que j'avançais dans mon ouvrage, je me pris de passion pour ma littérature. Je voyais dans le cheminement de mon existence un parcours unique, une leçon importante. Je conçus alors qu'écrire ses Mémoires n'est qu'une autre façon de définir ce que l'on est. En cela, les pages de ce manuscrit sont un peu plus que le récit de ma vie et la relation chronologique d'événements passés, elles sont le reflet le plus fidèle de ma conscience, elles sont la preuve que ma vie a eu une valeur.

J'ai écrit la première ligne de cette histoire à cinquante-trois ans, j'en ai à présent cinquante-six et je sens la mort venir à grands pas. Avant de poser ma signature pourtant, je voudrais édicter les règles auxquelles je souhaite que ma descendance se plie :

1. Le domaine Dorian sera légué de génération en génération selon le droit d'aînesse.

2. Aucun des Dorian n'essaiera d'agrandir son bien ou sa propriété de telle façon que cela importune la prospérité de Lélut. Mais chaque Dorian devra entretenir le domaine et le faire fructifier.

3. Chaque fils aîné Dorian sera dépositaire d'un coffret de bois noir que lui remettra son père. Ce coffret contiendra des valeurs qui peuvent sauver le domaine d'un naufrage financier ou acheter la paix à un éventuel envahisseur. J'y adjoins moi-même une poignée d'écus d'or trouvés par Alphonse Dorian, mon père adoptif, dans la demeure pillée de sa famille.

4. Chaque Dorian se livrera à une tâche et à une seule pendant toute son existence. Quelle que soit cette tâche, il la mènera aussi loin que ses capacités et les circonstances le permettent.

5. Chaque aîné Dorian mâle devra écrire le récit de sa vie lorsqu'il considérera le temps venu. Ensuite, il placera son manuscrit en sécurité auprès de celui de ses pères.

6. Chaque père aura la charge de faire lire ces manuscrits à son fils aîné et à lui seulement. Il est important de garder le secret sur cette entreprise au reste de la famille et même au reste du monde. C'est la garantie que chaque autobiographe pourra s'épancher librement sans crainte d'indiscrétion.

7. Chaque Dorian sera le gardien de cette tradition, à charge pour lui de la faire respecter.

8. Enfin, et cela est plus un vœu qu'un comman-
dement, chaque Dorian aspirera à la connaissance et
n'hésitera pas à quitter le sein familial pour la trouver.

Romuald Donatien Dorian.»

Aimée referma le manuscrit et le remit dans l'armoire. Le lendemain, accompagné de Claude, du docteur Bulliard, de la famille de Louise et de la petite
Séverine, il suivit le corbillard qui contenait les cercueils
des deux êtres qu'il avait le plus aimés. De même
qu'Aimée avait refusé d'assister à la veillée funèbre, il
refusa de contempler les cadavres dans leur bière. Le soir,
il se coucha dans le lit de son père, dans le lit du maître
des lieux. Il était seul à présent, seul et malheureux.

Au milieu de la nuit, il envoya sa lampe contre le
mur, savoura le bruit de verre brisé qui éclatait dans le
silence. Ensuite, il arracha sa taie d'oreiller et la déchira
à petits gestes nerveux et songeurs. Au matin, il se
retrouva en train de saccager la marqueterie d'une commode du XVIIIᵉ siècle. Claude n'intervint jamais. Plus
tard, il cassa un service à thé en porcelaine de Chine.
Une dizaine de jours passèrent dans cette ambiance de
vandalisme. Aimée détruisait quelque chose puis couvrait les traces de son forfait. Il se rongea les ongles
jusqu'au sang. Il prit la manie de se tirer la peau du bras,
puis de gratter l'eczéma qui naissait de cette torture.

Peut-être que cette automutilation se serait terminée
dans la Dauphine lancée à toute vitesse contre un arbre.
Au lieu de quoi, une nuit, il s'assit devant l'armoire.

Il contempla le meuble et il pensa à l'illusion de la
vie, à ses ancêtres qui avaient cru combattre la mort en
léguant leur testament spirituel. Il pensa au mensonge
que représentait cet héritage. Car, il s'en apercevait à
présent, quand quelqu'un meurt, quelque chose
manque. Il y a bel et bien disparition, ce n'est pas une

transformation, le passage d'un état à un autre, mais tout le contraire, c'est la fin d'un état, le manque absolu. Un manuscrit, une autobiographie n'était qu'une vanité, une de plus. De Romuald Dorian, il ne restait plus rien, ni dans les piliers de la maison ni dans les pages de son histoire. La tradition des Dorian représentait une lutte dérisoire, pitoyable, des vivants contre les morts.

Cette armoire n'existait à présent que pour lui et n'existerait à jamais que pour lui. Il avait engendré une fille que cet héritage ne concernait pas. Il fallait respecter la règle des Dorian stipulant que seul un mâle devait écrire ses Mémoires et passer la tradition. D'ailleurs, à y bien réfléchir, ce n'était pas si absurde. Car même si Séverine enfantait un garçon il porterait le nom du père. La lignée des Dorian s'éteindrait donc avec Aimée.

Il sourit à cette pensée car cela lui donnait une liberté presque totale, cela, en quelque sorte, justifiait ce qu'il allait faire. Or, il avait besoin de liberté, il en avait plus besoin que d'oxygène ou d'eau.

La bibliothèque était sombre, seuls quelques yeux de chats étincelaient parfois dans le noir. Sans allumer, il transporta le contenu de l'armoire, les soixante-dix volumes de la dynastie, dans un champ voisin. Il disposa les livres en tas dont il saupoudra le sommet avec les pages de son manuscrit à lui. Un instant, il considéra son œuvre, les poings sur les hanches, la mine plus sombre que jamais.

« Es-tu sûr ? » se demanda-t-il.

« J'en suis certain », se répondit-il.

Il sortit une boîte d'allumettes de sa poche et mit le feu au papier. La mémoire des Dorian s'envola en fumée en moins d'un quart d'heure. Il retourna à la maison et ne parla jamais de cet héritage à quiconque. Il nous fallut plus de trente ans pour lui faire avouer son crime.

Chapitre 11

FAUT-IL ÊTRE CINGLÉ pour écrire un livre ? Eût-on demandé cela à Aimée quand il attaqua *Potentiel* qu'il aurait sûrement répondu par l'affirmative.

Aimée démarra un nouveau roman. Il l'écrivait comme un testament. Au fil de l'histoire, il en conserva le format. On retrouvait la confession naïve, maladroite parfois, d'un homme, en l'occurrence un antiquaire, qui recherchait son passé et la signification du temps dans son stock de vieilleries. Cette méditation était dérangée par la venue d'une femme, une femme inaccessible et ensorcelante qui, comme les fées dans les contes, apparaissait et disparaissait pour ne plus revenir. Dès qu'elle était partie, l'antiquaire s'apercevait du vide de sa vie, à quel point il avait manqué les plaisirs ou les chagrins de l'existence, à quel point il était enfermé dans la poussière et l'oubli. Alors commençait pour lui un pénible parcours. Vieux et replié sur lui-même, aigri, il partait à la découverte du monde et à la recherche du temps perdu. Mais, comme dans un conte de Buzzati, il ne retrouvait ni la femme qui l'avait tiré de son sommeil, ni sa jeunesse, ni le plaisir. Il mourait seul, abandonné au pied d'une montagne, enseveli par la neige. Ses dernières pensées allaient vers la femme qu'il avait pourchassée : « Je la revoyais, l'épine dorsale dressée dans son tailleur gris, les piliers de chair sous la jupe, le pied aussi solide et fragile que celui d'un marbre italien. Je la revoyais dans tous ses détails, vivante et lointaine. Je la revoyais du fond de cette torpeur grandissante tandis que les flocons tombaient, je la revoyais, puissante image qui avait guidé mes vieux jours. Je la revoyais, je pouvais même l'appeler. Je la revoyais, oui, c'est vrai. Elle avait en fait toujours été là, et je savais, moi, pauvre idiot, que je la revoyais comme je l'avais toujours vue, et je me rendais compte que je n'y avais jamais cru. »

Aimée avait écrit comme on se vide. Ce livre amer et désabusé n'était que le reflet de ses préoccupations intérieures. Pendant quatre mois, il croupit dans l'eau fétide du désespoir. Claude le laissa tranquille, elle s'occupa de Séverine, évita que l'enfant ne dérangeât les cogitations paternelles. Aimée sombra pour de bon dans son livre. Il perdit le sens du temps, le sens des saisons, le sens de la réalité. Il ne se réveilla que quand il eut planté le mot *Fin* tout au bout des pages. Alors, hirsute, puant, hagard, il regroupa ses chapitres, les consigna dans une enveloppe qu'il envoya à son notaire, puis il sortit de la maison et plongea dans le lac. Il végéta ainsi plusieurs semaines, reprenant peu à peu pied avec la vie.

C'en était fini de l'écriture sereine et méditative, c'en était fini des heures à arpenter les pièces en songeant à la forme de l'histoire, au profil des personnages, c'en était fini de l'artisanat patient et méticuleux. À présent, il fallait que ça gicle, que ça jaillisse à tout prix, sans égard pour la forme ou le fond, l'un et l'autre confondus, inclus dans la verve.

C'était ce qui donnait à ses livres leur force de conviction. Aimée accrochait son lecteur dès la première ligne, l'empoignait par le col et lui maintenait la tête baissée pendant tout le récit.

« Une mentalité de fou furieux, devait-il reconnaître plus tard. Je m'enfermais, me cloîtrais dans une pièce aussi nue et dépouillée que possible, le pari étant d'en ressortir avec un manuscrit entier. J'emportais avec moi quatre ou cinq rames de papier, deux mille cinq cents pages blanches! À peine avais-je fermé la porte de ma retraite que je me jetais sur les feuilles. Il ne fallait surtout pas que je pense, je devais écrire en état de transe, comme décollé de moi-même. J'y parvenais à force de nuits blanches et de lassitude. J'écrivais toute mon histoire d'un jet. Je ne m'attardais ni sur les fautes, ni sur les personnages, ni sur rien. J'écrivais, c'est tout. Dès que la première pressée était finie, sans la relire, j'en démarrais une seconde, et ainsi de suite jusqu'à la forme finale. J'écrivais cinq ou six versions de la même histoire. L'important n'était pas de resserrer ma trame et mon style avec des corrections, mais de tracer des mots, encore plus de mots. Je devais me méfier de mon propre cerveau, c'est pour ça que j'essayais de déjouer sa vigilance et d'écrire en processus automatique. En fin de compte, après bien des tergiversations, j'étais revenu aux petites notes de Mozart: l'instinct et l'audace.»

Ainsi, le processus d'écriture était court, violent et dense. Aimée écrivait ses livres en moins de six mois. Le jour, la nuit, penché sur ses feuilles, sans dormir, sans s'arrêter, il écrivait. Il se relisait une fois, une seule, à la toute fin de la toute dernière mouture. C'étaient ses corrections à lui. Il ne revenait jamais dessus. Après ça, le mot marqué était le mot définitif. Puis, dernière étape, il envoyait l'œuvre à son éditeur. Il n'y avait rien à corriger, ni pour l'orthographe ni pour le style. Cela devait paraître tel quel, «erreurs incluses», plaisantait-il.

Ce fut d'ailleurs son premier sujet de polémique avec la maison d'édition qui répondit favorablement à *Potentiel.* Ils étaient prêts à publier le livre, ils joignaient même un contrat à leur proposition, mais à condition d'effectuer quelques coupes dans le texte ou de remodeler certains passages. Aimée répondit d'une phrase : « Vous prenez *Potentiel* comme il est, ou vous le laissez. » La maison d'édition préféra rejeter le livre.

Il reçut une semaine plus tard une autre lettre d'une autre maison. Celle-ci, plus enthousiaste, multipliait les adjectifs flatteurs. On ne proposait aucun changement dans le manuscrit. Aimée se sentit prêt à négocier. Bien qu'il n'eût pas besoin d'argent, il ne tenait pas à signer n'importe quoi. Il prévint donc la maison d'édition que le contrat devait être de quatre pages maximum et écrit dans un langage simple. L'éditeur accepta et, après qu'Aimée eût fait analyser le contrat par un avocat, il donna son accord.

Pour la commodité du récit, appelons cette première maison d'édition « Les éditions du début ». Ce n'était qu'une maison parmi tant d'autres, la seule chose en leur faveur était leur amour des livres et des auteurs. Pour eux, l'œuvre se jugeait à la qualité du texte, et non à l'argent ou au nombre de lecteurs qu'elle rapportait.

Mais, dès que *Potentiel* fut diffusé, il connut un énorme succès. Les ventes grimpèrent rapidement, les critiques en parlèrent, on se passa le livre de main en main, on condamna ou on loua, on se livra à des spéculations sur ses origines, sur sa portée, bref, ce fut un événement. Bien entendu, on voulut aussi connaître l'auteur, éventuellement savoir s'il pouvait répondre à quelques questions.

Ici commence la renommée d'Aimée, renommée qui comportait plus d'inconvénients que d'avantages, mais cela il ne le savait pas encore. Cela démarra par un télégramme qui atteignit le domaine Dorian en juin 1957, presque un an après la mort de Louise, celle d'Abélard et la destruction de l'armoire. Aimée se sentait toujours mal à l'aise pendant cette période de l'année. L'atmosphère du domaine Dorian lui pesait. Il accueillit donc le télégramme avec soulagement, il avait besoin de changer d'air.

Il appela son éditeur, qui confirma qu'il ne s'agissait que de quelques interviews, de faire des séances de signature dans des librairies prestigieuses, d'assister à un ou deux « dîners littéraires », en un mot de se montrer au public parisien. Le voyage, rapide et efficace, ne semblait cacher aucun piège. Aimée partit le lendemain.

□

À Paris, mon grand-père apprécia la foule, les journalistes, les conversations légères et superficielles. Il avait besoin de tout cela, il avait besoin de sortir de son moule. Il se sentait à l'abri parmi ces gens qui papotaient sur l'influence du XIXᵉ siècle dans les œuvres d'après-guerre, qui effleuraient le thème de la mort dans les livres de Céline, qui évoquaient entre deux petits-fours le candidat au prochain Nobel. Aimée écouta de mortels compliments sur son livre, sourit à des calembours de haute volée, but du champagne, embrassa des mains de baronne, participa à des rallyes de vieux beaux souffrant d'ennui, il se montra dans des soirées dont les invités étaient triés sur le volet, en un mot il vécut une vie mondaine.

De ce voyage qui n'aurait dû durer qu'une semaine, il fit un périple d'un mois. Ensuite, il envoya à Claude une lettre lui expliquant qu'il s'installait à Paris, qu'il y prenait un appartement, qu'il désirait qu'elle restât, elle, avec Séverine, à Lélut, où « la petite profiterait mieux des espaces et de la campagne ». Pour se défaire complètement de ses obligations, Aimée confia à Claude la tutelle de l'enfant, puis il lui ouvrit un compte presque illimité dans une banque de la région. En *post-scriptum,* il concluait: «Je ne vous remercierai jamais assez pour votre dévouement et votre gentillesse. Songez un jour à faire profiter de ces qualités quelqu'un qui saura les apprécier.»

Quelle était l'intimité de ces deux êtres? Honnêtement, je ne sais pas. Peut-être qu'Aimée et Claude furent amants — je veux dire après la naissance de Séverine. Mais je ne le pense pas. Certes, ils étaient tous deux liés par des liens puissants et indestructibles, mais ces liens les séparaient tout autant qu'ils les rassemblaient. Aimée, sans aucun doute, songea souvent aux charmes de la belle garde-malade, après tout leur relation avait commencé par un désir irrépressible. Mais il ne la voyait plus nécessairement sous ce jour. Claude, à force d'attention et de tendresse, était devenue une sorte de sainte, peut-être même la mère qu'il n'avait jamais connue. Il ne m'a jamais précisé l'exacte étendue de son attachement, il était pudique sur ce sujet. Quant aux sentiments de Claude, je ne me hasarderais à aucune interprétation. Elle s'occupait de Séverine. Aimable, présente, patiente, telle me la dépeignit Aimée, telle elle restera.

Aimée gravit les marches du panthéon littéraire à la belle cadence d'un roman tous les six mois. Ce rythme, qu'il soutint pendant des années, dérouta «Les éditions du début», qui obéissaient à la coutume répandue d'un livre tous les deux ans. Cependant, comme Aimée les menaçait de changer de maison, ils se plièrent à ses exigences. D'ailleurs, le grand Gallimard lui-même avait accepté la santé prolifique d'un Simenon, qui produisait au moins huit bouquins par an.

Aimée s'était installé dans un appartement calme et ensoleillé situé au fond d'une cour dans le VIIIᵉ arrondissement. Le deux-pièces cuisine, avec ses moulures de stuc au plafond, son lambris Art déco, ses lustres vert bouteille, était presque démuni de meubles. Un lit, une table, deux chaises, une armoire, tel était le décor d'un des plus riches écrivains de France. Une demi-douzaine de dictionnaires représentait la bibliothèque, pas de romans, pas de magazines, pas de journaux.

Dès *Je ne vous aime pas*, son troisième roman, il donna à ses récits la forme de chronique. Il prenait un personnage à sa naissance, lui fournissait une famille, une ville, une classe sociale, puis il le suivait pas à pas dans sa croissance. Il relatait tout, à la manière d'un mémorialiste, évoquait aussi bien les expériences sexuelles que les soucis financiers. Et à ceux qui l'accusaient d'être voyeur et impudique, il répliquait que «la vie n'est pas faite que de pensées convenables». Qu'Aimée bousculât la tradition romanesque, que l'histoire fût parfois enfouie dans une montagne de détails insignifiants, il n'en avait cure. «Je sens mes personnages, avait-il répondu à une journaliste, je les touche avec de l'encre et des adjectifs. Ce n'est pas vrai que je les fais se mouvoir, ce sont eux qui bougent, je dirai même que ce sont eux qui choisissent leurs actions. La quête d'un être, sa réflexion intérieure, me paraissent plus importantes que la ligne d'une histoire. Je reste dans la tradition des Tolstoï ou des Victor Hugo, ces virtuoses qui décrivaient avec un luxe de détails tous les aspects de leurs créatures. Simplement, j'ai poussé la logique un peu plus loin. Mes personnages ne sont pas obligés de servir une intrigue, il peuvent aussi, comme les gens dans la vie, exister par eux-mêmes.»

Il n'empêche, cette manie, qu'il poussa jusqu'à l'extrême avec *Les Imbéciles muets*, lui coûta «Les éditions du début» et faillit lui coûter son public.

Ce livre, le plus curieux qu'il ait jamais écrit, s'occupe de cinq personnages, trois hommes et deux femmes. Ils vivent tous dans des villes et même parfois des pays différents, à des époques différentes et dans des milieux différents. On suit leur existence de bout en bout en espérant tout au long du récit que l'action se dessine. Or, l'intrigue ne vient jamais car ces personnages *ne se rencontrent pas.* De fait, ils ne savent même pas qu'ils existent l'un pour l'autre. Cependant, et c'est là où réside l'ambiguïté, s'ils n'ont pas à proprement parler de traits communs, ils ont malgré tout une façon de penser ou de vivre similaire. Chacun semble nager dans la même ambiance, guidé par les mêmes instincts, conduit par la même logique. La serveuse compte ses sous et conçoit l'argent avec les mêmes mots que le banquier. Le médecin devient alcoolique comme le professeur d'histoire bascule dans la recherche. Tout cela participe d'un univers baroque et décousu dans lequel le lecteur est ballotté entre l'envie de jeter le livre par la fenêtre ou de crier au génie. La critique se chargea de faire les deux.

Aimée, assis au sommet de la gloire à vingt-neuf ans, et que l'échec laissait d'ordinaire indifférent, fut pourtant ébranlé par cet accueil distant. Il avait travaillé presque un an à l'élaboration des *Imbéciles muets* et considérait — considère toujours, la vieille mule — que c'était là son meilleur effort. Aussi se chargea-t-il, à travers une série d'articles vengeurs, de répondre à ses détracteurs. Il les accusa de ne pas savoir reconnaître la qualité dans une œuvre, d'être à peu près aussi aventureux que des vieillards en hospice, s'indigna qu'ils puissent décider de la tendance littéraire « eux qui n'écrivaient pas grand-chose, en tout cas pas des romans » et prédit qu'un jour on se souviendrait de lui à cause justement des *Imbéciles muets.*

Cette riposte, au lieu de clouer le bec à ses adversaires, leur fournit du carburant pour alimenter leur rogne. Ils se liguèrent et écrivirent un très long article, presque un dossier, publié dans un magazine littéraire, qui se proposait de clore définitivement le sujet. En face de ce tir de barrage, Aimée baissa les bras. Il essaya bien de chercher quelques appuis parmi ses amis, mais il ne trouva que des attitudes indécises et des portes fermées. Son éditeur lui-même, sans prendre parti, lui conseilla de laisser tomber et même, pendant un temps au moins, de se «faire oublier». Dépité, Aimée prit le train pour la Franche-Comté.

À la gare de Lélut, il vit Claude sur le quai qui tenait une petite fille à la main. La petite, qui avait bien sept ans, portait une robe bleue à fleurs blanches, des socquettes blanches, des mocassins noirs à sangle, un chemisier blanc qui étincelait dans le soleil de juillet. Quand Aimée descendit du train, un fantôme vint l'accueillir. Elle avait ce visage rond, ces yeux bruns, ces cheveux auburn, les mêmes fossettes au creux des joues, les mêmes lèvres fines protégées par un nez rond aux ailettes frémissantes, et Louise souriait du haut de son enfance et le regardait avec curiosité.

Il se tint en face d'elle, intimidé, balourd, et Claude dut les aider en poussant la petite dans les bras de son père. L'étreinte fut courte, sans chaleur, l'enfant aussitôt se détachant et recommençant à darder un regard inquisiteur vers cet inconnu.

Au domaine, alors qu'ils étaient attablés dehors sous un parasol orange devant un assortiment de charcuterie, la gêne ne se dissipa que lentement. Claude et Aimée échangeaient sur le mode mineur des considérations sur la santé ou le quotidien de chacun. La garde-malade glissait de temps en temps quelques informations sur la vie de Séverine, que ces indiscrétions scandalisaient. La petite quitta la table et se dirigea vers la colline de Fauvel quand le soleil se cacha derrière Lélut.

— C'est nouveau! dit Aimée. Maintenant, je suis un étranger.

Claude approchait de la quarantaine, elle arborait quelques rides autour de ses yeux bleus. Cela donnait du charme et de la valeur à son sourire.

— Elle s'y fera, répondit-elle. Vous allez rester longtemps?

— Je ne sais pas. Au minimum quelques semaines.

— J'ai entendu parler de vos... mésaventures. J'ai lu *Les Imbéciles muets* et...

— Non, coupa-t-il. Je ne veux pas savoir, même si vous l'avez aimé.

— Je comprends, murmura-t-elle.

Mais ce n'était pas vrai, elle ne saisissait pas. C'était Séverine qui le préoccupait.

— Vous savez où elle est partie? demanda-t-il.

— Vous avez été gosse avant elle, je suis sûre que vous connaissez toutes les cachettes du domaine.

— Vous avez raison.

Il se leva de table et plia sa serviette. Il prit le chemin qui montait la colline derrière la maison.

Depuis sept ans, il était souvent revenu à Lélut. Certes, il n'y restait jamais longtemps, mais il n'oubliait jamais d'amener un cadeau pour sa fille, qui l'avait toujours accueilli avec des démonstrations de joie. Il représentait pour elle une sorte de père Noël, du moins c'est ce qu'il s'imaginait. Chaque fois qu'il repartait, elle en devenait triste trois jours à l'avance. Puis, elle pleurait, faisait des crises et, depuis deux ans, il avait pris l'habitude de filer comme un voleur, sans lui dire au revoir, pour éviter les larmes. Cela n'empêchait pas que cela l'anéantisse, lui.

Il arriva à un endroit où le chemin se sépare en deux et, sans hésiter, il prit la branche de droite, celle qui s'enfonçait dans la forêt. La trace des petits pieds était lisible comme une enseigne. Il parcourut encore une centaine de mètres et buta sur le Pont'Ot. Le ruisseau était toujours là. Les grosses poutres soutenues par des pilots de calcaire avaient encore leur denture de clous tordus. Seule la couverture de lattes s'était clairsemée, laissant voir de gros nœuds d'eau par ses ouvertures. Il aimait cet endroit, il y avait épanché tous ses chagrins. Des générations de Dorian avaient pleuré près de ce cours d'eau, au pied des grands chênes au tronc plein d'ombre. Les racines qui crevaient la surface de la terre étaient recouvertes de pétales jaunes, comme arrosées par une pluie de fleurs. C'est là qu'il décida de s'asseoir.

— *À la claire fontaine, m'en allant promener*, fredonna-t-il. *J'ai trouvé l'eau si belle, que je m'y suis baigné...*

Il prit sa respiration :

— *Il y a longtemps que je t'aime, jamais je ne t'oublierai.*

Il répéta :

— *Il y a longtemps que je t'aime, jamais ne t'oublierai.*

Au-dessus de lui, il sentit une branche frémir. Il ne leva pas la tête.

— Hé, Pont'Ot ! lança-t-il. Salut ! Tu as encore perdu des dents, on te voit la mâchoire et le palais et la luette et la salive. On te voit tout, mon pauvre ! On dirait un pont pour les squelettes. Déjà tu n'étais pas bien gras, mais là, c'est un désastre. Je devine que tu t'ennuies. Tu te dis que personne ne vient te voir, qu'on t'a abandonné, et je te comprends. Il faudrait te redonner un coup de jeune. Quelques clous, quelques planches, un peu de peinture, ça ne te ferait pas de mal. Tiens, je vais y aller tout de suite. Et puis aussi, je vais t'amener ma fille, tu es un pont enchanté et il faut qu'elle te voie.

— Je suis là ! dit une voix qui tomba du feuillage.

— Et qui est là ? répondit Aimée en jouant les aveugles.

Une petite forme dégringolait les branches.

— C'est moi, Séverine.

— Eh bien! alors, tu m'as entendu?

— Oui, dit la petite en sautant souplement sur ses pieds. Viens, je sais où trouver des planches.

Ils partirent vers la maison.

Aimée reconnut que l'alerte avait été chaude et il choisit d'écrire son prochain roman au domaine. Il voulait passer du temps avec Séverine et s'occuper de choses, sans importance. Il raconta mille histoires à la petite. Il lui raconta toutes celles qu'il connaissait et, quand il eut épuisé son répertoire, il en inventa de nouvelles. Il prit pour protagoniste des animaux au lieu des hommes et cette gymnastique intellectuelle le détendit.

Il s'étonnait que Séverine, bien que toute jeune, montrât déjà un caractère aussi énergique. Têtue, bavarde, passionnée, il reconnaissait en elle des traits de Louise, qui, lorsque le charme était trop fort, le poussaient au bord des larmes. La petite adorait son père. Leur complicité grandit. Ils retapèrent le pont. Aimée apprit à Séverine le nom des arbres, celui des fleurs, des bêtes. Ils comptèrent les chats du domaine, puis entreprirent de les nommer. Elle retint tout, dotée comme lui d'une mémoire étonnante.

Il lui lut un livre entier à haute voix. Il lui installa une balançoire, il lui acheta de la crème glacée, il lui fit conduire la vieille Dauphine de Claude, il lui offrit des robes de princesse et des chaussures de marche. Il devint un papa gâteau au cœur généreux.

Cela dura jusqu'au milieu de septembre, jusqu'au jour où il reçut une lettre des « Éditions du début ». L'éditeur lui expliquait que *Les Imbéciles muets* s'était très mal vendu et que, parce qu'il ne voulait pas courir à la banqueroute, il serait profitable pour tout le monde de publier au plus tôt un autre livre signé Dorian. Bien entendu, il faudrait cette fois que le manuscrit soit lu puis approuvé par un comité de lecture « afin d'éviter tout impair ».

Aimée les appela au téléphone :

— Vous n'avez pas le droit ! s'écria-t-il. Mon contrat stipule que vous acceptez mes livres tels qu'ils sont, un point, c'est tout !

L'éditeur, un certain M. Rémi dont le chétif filet de voix reflétait la stature maigre et maladive, protesta :

— Je n'ai pas le temps d'en débattre, monsieur Dorian. Venez à Paris et nous en discuterons. Mais je crois que vous vous joindrez à notre...

— Non, je ne crois pas ! l'interrompit Aimée. Écoutez, si vous n'avez pas le temps, moi non plus. Mais refusez mon manuscrit et cela signifie une rupture de contrat. Je n'hésiterai pas à aller me faire éditer ailleurs.

Il raccrocha. Le soir même, sous le coup de la colère, il commençait un nouveau roman. Les jeux avec la petite Séverine étaient finis.

— Voilà tout ce qu'il m'a donné, devait dire ma mère bien plus tard, un demi-été, un pont de bois et une éternelle attente.

☐

Une grande douleur et une grande force poussaient Aimée à écrire. Il ne savait pas résister à cet appel. Il s'enferma dans la bibliothèque, dans laquelle il se sentit très mal à l'aise, puis il émigra dans une chambre à l'étage. Claude lui portait à manger et gardait sa porte. Il noircit des pages et des pages. Ce fut la naissance de *Racine*, son enfant maudit, son enfant barbare. L'histoire est celle d'un blasé qui recherche des plaisirs de plus en plus décadents pour tromper son ennui, un cousin du Vibescu d'Apollinaire, mais sans la même vigueur. Le livre n'est qu'une longue progression qui commence par d'innocentes masturbations et des ventrées de fruits maraudés et s'achève par des scènes de nécrophilie et de cannibalisme. La « racine », c'est la mort, ce vers quoi tout se ramène, cette entité qui attire le héros vers le suicide.

Ce roman demanda six mois de travail à Aimée, qui en ressortit meurtri, déchiré, brisé.

— Lorsqu'il surgit de cette chambre contre la porte de laquelle je tambourinais tous les jours, mon père me fit peur, témoignerait ma mère. Il portait une barbe en buisson, des cheveux ébouriffés. Il sentait fort, toute la pièce sentait fort et, quand il jaillit de cette espèce de caverne, il se jeta dehors. Malgré le brutal février qui régnait sur le paysage, il ôta tous ses habits, marcha dans la neige jusqu'au lac à moitié gelé, puis il plongea parmi les blocs de glace. J'étais abasourdie mais Claude, calme et sereine, une cigarette à la main, me rassura en me disant que j'avais retrouvé mon père.

Aimée sacrifia au rituel en envoyant le manuscrit aux « Éditions du début ». Plus nerveusement qu'à l'ordinaire, il attendit une réponse. Pendant un mois, il tourna dans la maison, essayant de se distraire en aidant Séverine à faire ses devoirs ou en s'occupant de l'entretien des bâtiments. Enfin, la réponse arriva. Le comité de lecture refusait *Racine* tel quel. Il fallait y apporter d'importantes retouches. Aimée ne lut même pas la lettre jusqu'au bout. Il rédigea une réponse lapidaire qui annonçait, en termes aussi crus que possible, la rupture de contrat.

Par le même courrier, il fit parvenir aux plus grandes maisons d'édition parisiennes une copie de *Racine*. Mais on s'était donné le mot et toutes les réponses furent négatives. Il apprit par la suite que, si on lui reconnaissait des talents de grand auteur, on dénonçait aussi ses capacités d'emmerdeur et ses manies de diva. Quoi qu'il en soit, il était à présent sur la liste noire du monde de l'édition et son manuscrit lui restait sur les bras.

Aimée trouvait toujours une solution à tous les problèmes. Le plus souvent, d'ailleurs, selon, des moyens radicaux. En l'occurrence, la seule chose sur laquelle il pouvait compter, c'était son public. C'était une précieuse monnaie d'échange. Il lui suffit d'un coup de téléphone pour retomber sur ses pattes.

La voix de son ami n'avait pas changé. Simplement, en arrière-fond, il distinguait le bruit d'une marmaille tumultueuse. Aimée espérait que le fils de forgeron n'avait pas perdu le goût de l'aventure.

— Allô, Émile ! C'est Aimée. Aimée Dorian.

— Oui, je te reconnais, tu parles !

— Écoute, j'ai besoin de toi. Tu sais que j'écris ?

— Oui, oui, j'ai lu tous tes livres. C'est vachement bon. Les enfants, ça suffit !

— Bon, je ne veux pas te prendre trop de temps,

— Mais non, pas du tout !... protesta Émile Œuvrard.

Puis, à la cantonade :

— Arrêtez de faire du bruit, papa téléphone !

Puis, dans le combiné :

— Tu disais ?

— Tu te souviens, je t'avais dit que tu serais mon agent ?...

— Oui, je me rappelle. Mais tu n'as pas une maison d'édition qui s'occupe de toi ?

— Justement !...

Œuvrard explosa soudain :

— Laissez cette chaise ! Je n'entends rien. Je vous préviens que ça va mal finir !

Et, revenant à Aimée :

— Tu voudrais m'embaucher?

— Je voudrais que tu démarches pour moi, oui.

Il y eut un grand fracas de vaisselle brisée à l'autre bout du fil et Émile jura.

— Il faut que j'y aille, dit Émile dans le téléphone. Mais c'est d'accord. Ah, nom de Dieu!...

Il raccrocha.

« En tant que comptable, je ne sais pas quelle était la valeur du gars de Landresse, écrirait Aimée. À en juger par les déboires que connurent les usines Lip, je ne peux qu'être sceptique. Comme agent littéraire, par contre, je n'eus jamais à me plaindre. Non seulement il me trouva une maison d'édition, mais il réussit à dégoter un meilleur contrat. J'appris petit à petit à lui faire confiance. »

Chapitre 12

« **I**SOLÉE COMME JE L'ÉTAIS au domaine des Dorian, écrirait ma mère, je pensais qu'un être humain ne connaît que deux ou trois événements importants dans sa vie. Et quand Aimée repartit pour Paris en compagnie d'Émile Œuvrard, j'étais convaincue que je venais de vivre un de ceux-là. »

Malgré les encouragements et l'affection de Claude, ma mère sombra dans la déprime. Il faut dire que le vent charriait de lourdes peluches grisâtres, que le lac se figeait dans le froid, que toute la maison résonnait du soir au matin d'une plainte lugubre et désolée. L'ex-garde-malade, qui pourtant connaissait bien la maison, sursautait quand un volet battait contre le mur ou qu'une rafale arrachait une branche d'arbre.

C'est dans cette ambiance que la petite Séverine attendit le retour de son père. Elle patienta tout l'hiver, le nez collé aux vitres, puis tout le printemps, épiant le chemin détrempé, et enfin tout l'été, guettant le sentier désert. Mais personne ne se montra.

« Quand je compris qu'il ne reviendrait pas, et cela me prit du temps, j'en conçus un absurde sentiment de culpabilité. Je commençais à croire que j'avais chassé mon père. J'en développai un besoin de bien faire, une volonté de plaire qui ne me quitta plus. Les années soixante arrivèrent avec mon adolescence et, alors que tout le monde prêchait l'amour libre et le renversement des valeurs, j'aspirais, moi, à devenir meilleure, à m'amender, à me faire pardonner. De toute façon, je traversais ces années extravagantes du fond de ma caverne, et, quand les années soixante-dix se présentèrent, je n'y vis de différence ni dans le ciel ni dans la couleur du lac. À peine remarquai-je que mon corps s'impatientait parfois du haut de ses quinze ans, et que de temps en temps j'éprouvais une faim que je ne pouvais rassasier, mais j'attribuais ces troubles à la météo. Je n'avais aucune idée de ma vulnérabilité. »

L'été 1971 devait la lui révéler. Le 6 juin exactement, à six heures du matin, la tranquillité du domaine fut dérangée par un drôle de bruit.

Séverine se réveilla parmi les chats aussi intrigués qu'elle, et courut vers la fenêtre. Sur le lac, tranchant le brouillard de son museau plat, un bateau progressait dans un bourdonnement d'insecte. À l'arrière, planté debout comme un totem, un homme regardait la proue (Séverine avait lu ce mot dans *Moby Dick*). Devant, assis, elle distingua une forme plus petite qui contemplait la lumière du matin percer la brume.

En vitesse, ma mère s'habilla et descendit l'escalier. Claude se tenait dans la cuisine, une cigarette à la main et ouvrant les placards pour préparer le petit déjeuner.

— Je ne te demande pas si tu les as entendus, dit-elle.

La jeune fille ne répondit pas. Elle s'élança dehors.

Séverine profita du coton épais qui effaçait le décor pour suivre les évolutions du canot sans être vue. Celui-ci avait ralenti et s'approchait de la rive. Enfin, on cala le moteur et la barque accosta sur les berges de la forêt. Cachée derrière un fût de chêne, la jeune fille observa les deux hommes qui dépliaient un attirail de pêche. Le plus vieux des deux avait la trentaine avancée, il portait une moustache épaisse, un ventre bardé de cuir où étaient fichés une kyrielle d'appâts. Sur son crâne massif il avait planté un chapeau de planteur, un chapeau à large bord. C'était visiblement le père de l'autre, un adolescent costaud mais aux yeux tristes, à la mine grave et sérieuse. Ce dernier admirait le décor avec une mélancolie subtile, considérant toute chose d'un air profond et résigné.

Ma mère les vit préparer leurs lignes. Elle cherchait un moyen de les aborder, de faire connaissance, mais elle ne voyait pas comment elle aurait pu justifier sa présence en ce lieu et à cette heure. Quand ils lancèrent leur bouchon, elle se risqua.

— Hé! c'est une propriété privée, ici! dit-elle en se montrant.

Ils tournèrent la tête en même temps. Elle nota rapidement la couleur bleu pâle des yeux du jeune homme.

— Ah ouais! dit le moustachu. Et c'est toi qui sers de chien de garde?

— Oui, répondit-elle. Je suis la fille du maître de ces lieux: Aimée Dorian (une jolie phrase qu'elle avait lue dans un conte et qu'elle s'était promis de ressortir).

— Mais je ne vois que toi, répliqua le père, goguenard. Où il est, ton «maître de ces lieux»?

Puis, il lança:

— D'autant plus qu'il m'a donné l'autorisation de pêcher dans ce coin!

C'était un mensonge et ma mère le devina tout de suite. Cela lui donna du courage. Elle s'approcha davantage. Le jeune homme se tenait la canne en main, muet, à l'avant de la barque.

— Je ne pense pas! dit-elle. Il me l'aurait dit. Aucun visiteur n'est supposé traverser nos terres ou nos rivages. Mon père est contre la chasse ou la pêche.

L'homme se fâcha. Il se baissa soudain et prit une boîte qu'il lança au visage de ma mère. Le couvercle s'ouvrit en l'air tandis que la jeune fille tâchait d'esquiver. Elle fut arrosée d'une pluie de vers qui grouillèrent dans ses cheveux. Elle n'en fut pas effrayée, mais furieuse. Elle ramassa des pommes de pin et se mit à bombarder l'homme, qui soudain s'escrima sur son moteur puis pointa le museau de son embarcation vers le large et s'enfuit dans une grande gerbe de diamants. Malgré sa rage, ma mère tâcha de ne pas viser le jeune homme.

Haletante, mais toute fière, elle revint raconter l'aventure à Claude.

Cette dernière buvait un café dans la cuisine. Une cigarette fumait dans le cendrier.

— Claude, tu ne devineras jamais ce que j'ai fait.

Ma mère déballa son histoire en cinq minutes puis attendit les félicitations. Claude se contenta de fixer un point derrière la fenêtre, par-delà le tissu de branches.

— Eh bien? avança Séverine.

La nourrice reposa son bol, elle tira une longue bouffée de fumée.

— Le domaine n'est pas privé, Séverine. Ton père n'a jamais émis aucune interdiction. Qu'ils chassent, qu'ils pêchent s'ils veulent. Je crois qu'Aimée s'en fiche.

Ma mère eut les larmes aux yeux presque tout de suite.

— Oui, il s'en fout! s'écria-t-elle. Il s'en fout du domaine, il s'en fout de la forêt, du lac, et même il s'en fout de nous. Rien ne compte pour lui, que ses bouquins et sa réputation. Le reste, ça n'a pas d'importance. Mais j'existe, moi, j'existe! Je veux vivre, et décider, et grandir. J'en ai marre d'avoir pour idole quelqu'un qui n'est pas là. Le fantôme du domaine Dorian, le voilà: Aimée premier du nom, le grand, le célèbre Aimée. Et sa fille qui crève entre un lac de merde et une nourrice indifférente.

« Je crois que je cherchais la baffe, écrirait-elle plus tard. C'était la première fois que j'allais aussi loin, et je ne savais pas ce qui m'avait pris. Mais Claude ne m'avait jamais frappée. Elle savait me calmer par d'autres moyens. »

— Arrête un peu, veux-tu ? cingla l'ex-garde-malade. Tu n'es ni une martyre ni une victime. Tu devrais aller faire un tour, dépenser ton énergie, courir un peu.

— J'ai pas envie de courir, j'en ai marre des promenades.

— Très bien, alors je vais te donner de quoi t'occuper : le jeune homme dans la barque t'intéresse. Voilà !

— N'importe quoi ! Je ne le connais même pas.

Mais Claude ne répondit pas. Elle écrasa sa cigarette dans le cendrier. Puis, elle écarta un chat qui tendait la patte vers une boîte de gâteaux secs. Elle se leva.

— Tu as fini de manger ?

Ma mère repoussa son bol trop fort car elle éclaboussa la table. Le café dégoulina sur ses jambes. Claude se contint, elle entreprit de remplir le vaisselier. La jeune fille, que le contact du liquide bouillant avait fait sursauter, s'aperçut qu'elle avait été injuste avec sa nourrice. Sa culpabilité, toujours prête à jaillir, surgit en l'espace de quelques secondes.

— Claude, dit-elle, d'une voix penaude.

— Laisse-moi tranquille. On commencera la leçon un peu plus tard, vers neuf heures.

— Je voulais te dire...

— Non, je crois que j'en ai assez entendu.

D'un geste vif, Claude s'alluma une cigarette. Séverine quitta la cuisine.

Elle sortit et alla se réfugier vers le Pont'Ot. Elle remua un moment de vieux souvenirs, l'été où Aimée l'avait retapé, les planches qu'il avait sciées, les coups de marteau qui faisaient fuir la faune alentour. Elle n'osait pas s'aventurer vers les zones dangereuses de sa réflexion. Elle songea à la peine qu'elle avait faite à Claude, cette femme aux cordes vocales atrophiées qui ne pouvait pas crier. L'adolescente eut honte. Elle cultiva cette honte, la regarda s'emparer de tout son être, se baigna dans la mixture aigre-douce du remords. Elle y resta autant qu'elle put. Puis, son attention se fixa sur les souvenirs de la matinée.

Quoi qu'en dise Claude, elle était contente d'avoir chassé ces intrus. Si Aimée n'interdisait rien, c'était son affaire. Mais elle, seule héritière *présente*, elle allait imposer ses règles. Il était temps. Les gens de Lélut verraient que le domaine était habité. Habité et défendu.

« Défendu par une furie de quinze ans aux genoux écorchés et aimable comme une vipère, pensa-t-elle. Une harpie qui vous reçoit à coup de pommes de pin et d'injures, qui brandit son titre et sa naissance pour vous chasser ! Une adorable créature, vraiment ! »

C'est à ce moment que la flèche que Claude avait tirée toucha son but. L'adolescente pensa aux yeux bleus pensifs, à la bouche sérieuse du jeune homme dans la banque. Elle se demanda ce que cachait ce front planté de cheveux noirs, quels secrets se tenaient derrière l'arcade des sourcils, quels gestes pouvaient accomplir ces mains aux ongles carrés. Elle aurait bien aimé qu'il parle, qu'il s'emporte lui aussi, qu'il émette un son.

« Et peut-être que toute la scène n'avait pas d'autre but », se dit-elle.

Mais elle ne voulait pas trop se rendre aux théories de Claude. La preuve, c'est que ce garçon devait être bien niais pour rester le cul dans sa coque de noix, sa canne à la main, aussi interdit qu'une poule devant un gant de boxe. Elle avait senti chez lui un côté mièvre, doucereux, qui ne lui plaisait pas, mais alors pas du tout. Et puis, ce costume kaki, ces bottes en plastique répugnant. Et leur moteur qui allait salir les eaux, polluer le lac. On vivrait bientôt au bord d'une mare de pétrole sillonnée par des escouades de pétaradantes barcasses. Joyeuse perspective ! Tous les matins, des marins d'eau douce se chargeraient de vous réveiller avec des bruits de tronçonneuse. Et je ne parle pas des touristes ! Il paraît que c'est un fléau, que le moindre point d'eau en attire des hordes ! Nous, notre lac, nous allons être envahis. Le littoral ne sera plus qu'un banc de béton creusé de meurtrières à insectes, comme sur la côte d'Azur. Elle se leva. La tête toute chaude, elle marcha vers la maison. Il fallait qu'elle en parle à Claude, qu'elles prennent des mesures, qu'elles échafaudent des plans, qu'elles préviennent le désastre.

Et elle arpenta le chemin sans s'avouer que ce n'était pas le calme du lac qu'on avait troublé, mais bien celui de sa vie.

Elle était dans le dernier virage quand une ombre bougea dans le coin de son œil.

— Hé ! lança-t-elle.

C'était sur la droite, derrière une haie d'aubépine. Elle écarta les branchettes.

— Y a quelqu'un ? demanda-t-elle.

Un imperceptible mouvement, là, sur la fleur de lilas ! Elle leva la tête. Rien.

— Je sais qu'il y a quelqu'un, reprit-elle. Vous pouvez vous montrer. Je suis une jeune fille sans défense.

« Sans défense », pas tant que ça. À deux pas se trouvait la remise à outils avec une énorme faux appuyée contre la porte. Un jeune homme aux cheveux noirs et fins, aux yeux d'un bleu profond, se dressa derrière un fourré. Séverine le reconnut tout de suite bien qu'il ait troqué ses cuissardes contre une paire de chaussures de marche. Leurs regards se croisèrent une seconde, puis il contempla ses pieds.

— Qu'est-que tu fais ici? dit-elle. Tu m'espionnes?

Mais ce n'était pas la bonne tactique, car il gardait le visage tourné vers ses chaussures.

— Tu pourrais me regarder quand je te cause.

Il releva la tête. Rapidement, il la dévisagea puis admira un point sur sa droite.

— T'es pas bavard, remarqua-t-elle encore.

Elle aurait voulu entendre le son de sa voix. En fait, elle aurait donné toute la fortune des Dorian pour qu'il dise quelque chose. Mais il était vraiment pataud.

— Tu t'es perdu, mon garçon, lui dit-elle, narquoise. Eh bien! je vais te montrer le chemin. Regarde, t'as qu'à suivre mon doigt.

Elle pointa le sentier creusé à flanc de montagne.

— C'est vrai que vous êtes folle? demanda-t-il.

Il possédait une voix grave, un peu rugueuse, surprenante pour quelqu'un d'aussi jeune, une voix d'homme mûr. La jeune fille arrêta de crâner.

— Qui t'a dit ça? répliqua-t-elle.

Il la fixa une seconde encore, petit picotement, puis ses yeux se détachèrent.

— C'est ce qu'on raconte.

— Où ça, au village?

— Oui, dit-il.

— C'est des mensonges. Juge par toi-même.

Mais elle s'avisa soudain que, jusque-là, elle ne lui avait donné aucune preuve du contraire. Elle se mordit la lèvre. Aussi vite qu'elle avait endossé le personnage de la sorcière, elle revêtit celui de la timide jouvencelle. Elle mit ses mains derrière son dos, courba la nuque.

Maintenant, ils étaient deux à se tortiller l'un en face de l'autre. Lui évitait de poser les yeux sur elle, et elle, elle cherchait quelque chose à dire qui corresponde au personnage qu'elle venait de créer.

— Je crois que je devrais rentrer, finit-elle par articuler. Ma tutrice va s'inquiéter.

Elle n'avait jamais appelé Claude sa « tutrice », mais c'était une sorte de perche qu'elle lui tendait. Il s'y agrippa sur-le-champ.

— Est-ce qu'elle est méchante ? demanda-t-il. Est-ce que c'est elle qui est folle ?

Elle fut tentée de donner de la saveur à son existence avec cet ingrédient pimenté, mais elle estima qu'elle avait fait assez de tort à sa « tutrice » pour la journée.

— Mais pourquoi veux-tu à tout prix qu'il y ait une folle ?

— Parce que c'est ce qu'on raconte, s'entêta-t-il.

— Mais ce n'est pas vrai. Les gens du village n'y connaissent rien !

— Alors, pourquoi tu ne sors jamais ? Pourquoi ils t'enferment entre quatre murs du matin au soir ? Pourquoi tu ne viens pas à l'école avec nous ?

— Mais personne ne m'enferme puisque je suis devant toi, et d'une. De deux, je ne vais pas à l'école parce que Claude me fait la classe. De trois, je n'ai pas à me justifier, ni auprès de toi, ni auprès d'une bande de cul-terreux comme voilà Lélut.

Allons bon, son tempérament reprenait le dessus. Le jeune homme se recroquevilla sur lui-même (il était vraiment timide, cette andouille !).

— Je ne suis pas folle, insista-t-elle. Tu n'es pas obligé de me croire mais c'est la vérité.

Puis, aussi innocemment que possible :

— Tu t'appelles comment ?

— Étienne.

Elle attendit trois secondes, mais rien. «Il ne me demandera pas mon nom», pensa-t-elle amèrement.

— Moi, c'est Séverine.

— Je vais rentrer, dit-il en marchant à reculons. Mon père va bientôt m'appeler pour la traite.

— Tu es trop coincé! lui lança-t-elle avant qu'il disparaisse.

«La vérité, c'est que j'étais ébloui, avouerait Étienne plus tard. Ta mère était une femme éblouissante pour un petit paysan comme moi.»

Séverine rentra à la maison.

☐

Le lendemain, il pleuvait. Ma mère erra un moment dans la demeure, puis elle s'affala dans un canapé entre deux chats. Elle caressa la tête des ronronneurs un moment, les pensées mal accrochées. La pluie bruissait d'un cliquetis berceur.

Elle remuait des idées molles, presque sans consistance, des idées déprimantes. Elle songeait à ces livres où la jeune fille rencontre le jeune homme, le prince charmant, et dès le premier regard en tombe amoureuse, rêve de serments et de baisers jusqu'à la nuit de noce, jusqu'à la première étreinte. Elle n'éprouvait rien de tout ça. Étienne était le premier garçon qu'elle avait envie de revoir, mais elle ne se languissait ni de ses lèvres ni de ses bras — d'autant plus qu'il se passerait quatre ans avant qu'elle ne le retrouve. Elle éprouvait plutôt une sorte de paresse, une lassitude insidieuse qui ressemblait plus aux suites d'une grasse matinée qu'à autre chose. Mais peut-être n'était-elle pas amoureuse. Elle ne connaissait ni la nature ni les effets de ce sentiment (si ce n'est ce qu'on en disait dans les livres). Demander à Claude... Sûrement pas! La nourrice n'avait personne dans sa vie, elle n'y comprendrait rien. Séverine décida qu'elle n'était pas amoureuse.

Elle se leva et alla contempler le paysage ruisselant de pluie. Dans la vitre, elle aperçut son reflet et elle se demanda si elle était belle.

«Très bonne question», se dit-elle.

Elle se précipita à la salle de bains. Le miroir la coupait à la taille. Elle vit une sauvageonne aux cheveux bruns, longs, partagés en deux au sommet de la tête et enveloppant les épaules d'une sorte de châle soyeux. Elle scruta les yeux marrons — «Des yeux communs, sans mystère», se dit-elle —, le front haut et têtu — «Un front tout plat, un front de vache!» —, le nez droit — «Osseux comme un éclat de bûche!» —, la bouche aux petites lèvres soulignées par un grain de beauté juste au coin, à droite — «Une bouche coupante, une bouche de serpent», jugea-t-elle — et enfin les mâchoires à peine dessinées, arrondies, pour une jugulaire nette et pure — «Des mâchoires fuyantes, une face de traître, un clapet de garce!» se dit-elle.

Elle examina sa poitrine qui gonflait à peine sa chemise. Elle se déshabilla. Ses seins germaient doucement. Elle espérait que leur croissance n'était pas finie, il lui semblait qu'il valait mieux avoir une gorge généreuse qu'une poitrine de chienne. Le ventre : une vasque profonde, sans plis, un ventre anodin, un ventre bébête.

Elle alla dans la chambre de son père et se planta devant un grand miroir en pied. Les hanches, oui... Peut-être un peu trop larges. Elle était grosse? Sans doute. Est-ce qu'elle se sentait grosse? Oui. Non... Parfois. Bon, elle était grosse! Les jambes? Pleines, rondes, souples, peut-être un peu trop lourdes. Elle termina l'examen en estimant qu'elle avait de très belles chevilles. C'était au moins un atout sur lequel elle pouvait compter.

Si seulement elle avait un élément de comparaison. Elle fut tentée de nouveau d'appeler Claude, mais elle s'abstint. Elle voulait accomplir ce chemin-là toute seule.

Elle s'assit sur le lit de son père, réfléchit une seconde, puis se dirigea vers une commode. Elle en fouilla les tiroirs sans succès, si ce n'est qu'elle y trouva un coffre noir contenant des bijoux qui ne l'intéressaient pas. Elle fit de même avec l'armoire et n'eut pas plus de chance. Elle scruta la pièce, explora celle d'à côté, puis la chambre bleue, puis la petite chambre, puis la chambre à solives, puis la chambre aux quatre lits. Elle inspecta ensuite le fumoir, la bibliothèque (cette pièce lui prit plus de temps que les autres), en catimini elle alla même jeter un coup d'œil dans la chambre de Claude. Mais elle resta bredouille.

Enfin, elle eut l'idée d'aller voir au grenier.

Sous les poutres, dormait un invraisemblable bric-à-brac et elle faillit baisser les bras devant l'ampleur de la tâche. Mais, méthodiquement, elle passa le fatras au peigne fin. Au soir, elle n'avait pas accompli le quart de la besogne. Sans broncher, elle répondit à l'appel de Claude et évita de confier le produit de ses réflexions pendant le repas.

Le lendemain, elle se remettait au travail. Elle ouvrit toute les malles, examina toutes les boîtes, déballa toutes les caisses. Elle connut quelques surprises en déterrant un heaume de chevalier ou une mandoline désaccordée. Au soir, elle dut se rendre à l'évidence : la famille Dorian ne possédait pas d'image d'elle-même. Ni portraits, ni dessins, ni photos. Ses représentants étaient venus et avaient disparu sans laisser de traces. Elle qui aurait voulu voir des images, contempler des visages de femmes, s'identifier à quelque chose...

— Ça fait trois fois que je t'appelle, dit Claude.

Séverine sursauta. L'ex-garde-malade se tenait près d'un coffre en acajou, un chat noir à ses pieds.

— Qu'est-ce que tu cherches? demanda Claude d'une voix douce.

— Des photos, ou des tableaux, une image de mes ancêtres.

Claude tira un paquet de cigarettes de sa robe écrue. Elle chercha des allumettes sans en trouver, replaça la cigarette dans le paquet.

— Je n'y avais pas pensé, avoua-t-elle. Mais tu as raison, je n'en ai jamais vu nulle part.

— Tu as fouillé le grenier, toi aussi?

— Non.

— Tu sais où je pourrais les trouver?

— Il faudrait demander à ton père. Il a sûrement une idée.

Claude regarda la jeune fille avec insistance. Il lui sembla qu'elle comprenait ce que désirait l'adolescente.

— Tu veux me poser des questions, ma mie? demanda-t-elle.

La jeune fille laissa retomber son bras dans une caisse pleine de cartes marines.

— Non.

Puis, très vite:

— Tu crois que je suis jolie?

Claude tira machinalement son paquet de cigarettes. De nouveau, elle s'aperçut qu'elle n'avait pas de feu.

— Oui, tu es très jolie.

— Je ne te crois pas. Tu ne me l'as jamais dit.

— Je n'y ai pas pensé.

— Je suis trop grosse, et puis j'ai un visage ingrat.

— Mais non.

— Et regarde les guenilles que je porte. Cette robe a au moins trois ans, elle m'arrive aux genoux.

— Eh bien! on peut en acheter une autre.

— Ce n'est pas de ça que je te parle ! s'énerva la jeune fille. Tu ne comprends donc pas ?

Et elle s'enfuit en courant vers sa chambre.

Une semaine plus tard, l'adolescente volait la vieille Dauphine et la jetait contre un arbre sur la route de Lélut. Elle passa trois semaines à l'hôpital.

« Je crois que nous avons un problème, écrivit Claude à Aimée. Votre fille a besoin de vous. »

Mais Aimée répondit qu'il serait là en septembre, qu'il ne pourrait pas se libérer avant, que la sortie de son nouveau livre demandait sa présence à Paris.

— En septembre, songea Claude, il sera sûrement trop tard.

Chapitre 13

AIMÉE ARRIVA effectivement trop tard, beaucoup trop tard. «Je dirais qu'il avait quinze ans de retard», estimerait ma mère. Quand l'écrivain débarqua à la gare de Lélut en septembre cette année-là, sa fille lui avait échappé. Par la suite, ces deux-là passeraient leur vie à essayer de se retrouver.

Bien sûr, Aimée était revenu régulièrement au domaine, bien sûr il avait maintes fois tenté de communiquer avec Séverine. Mais tout cela était fugitif, et la jeune fille avait senti l'imposture. À la fin, elle ne disait plus rien, elle le regardait comme un intrus et ce, quelles que soient les excuses qu'avançait Claude pour justifier l'attitude d'Aimée.

Lui faisait mine de s'en inquiéter le premier jour de ses visites. Il fronçait les sourcils deux secondes, il se sentait coupable, un peu, puis son regard glissait, il admirait le calme de l'endroit, sa paix, son harmonie, ce grand silence de Moirand qu'il voulait peupler de son imagination. Immédiatement, il pensait à une nouvelle histoire. Séverine savait exactement quand son père embarquait. En général, vingt minutes après son arrivée à Lélut.

D'ailleurs, elle n'allait plus l'attendre à la gare. Elle restait dans sa chambre tandis qu'il défaisait ses bagages. Elle ne se montrait qu'au moment des repas.

Ce soir-là, quand Claude l'appela, l'adolescente ne répondit pas. L'ex-garde-malade frappa à la porte de sa chambre mais personne ne se manifesta. Quand elle ouvrit la porte, la pièce était vide, le lit fait et une note était posée sur le couvre-lit : « Je suis partie faire un tour. Ne m'attendez pas pour dîner. »

Quand Aimée lut le message, il comprit que les parents paient toujours pour leurs erreurs et que sa fille était en train de lui préparer l'addition.

— Il faut aller la chercher, dit Claude. Je crois qu'elle est capable de faire une fugue.

Mais Aimée la dissuada de sauter dans la voiture.

— Ce serait la dernière chose à faire, déclara-t-il. Elle a besoin qu'on lui laisse la bride sur le cou.

La soirée fut morne. Peut-être qu'Aimée imaginait une histoire à partir de cette mésaventure. Quoi qu'il en soit, il commença à noircir du papier, comme à l'accoutumée, dès que le repas fut fini.

Il écrivit toute la nuit et, au petit matin, il entendit un trottinement dans la cuisine. Séverine avait mis une casserole d'eau à bouillir. Elle portait une robe qu'elle avait retaillée juste au-dessus du genou, son tee-shirt blanc portait des traces de terre, ses cheveux emmêlés contenaient des branchettes et des feuilles. Aimée la contempla tituber vers l'évier, chercher le café dans un placard, renverser le contenu en ouvrant la boîte.

— Bonjour, dit-il.

— Tiens, un revenant ! s'exclama-t-elle.

— Fais-en pour moi aussi, répondit-il en sortant deux tasses.

Elle prit la casserole par le manche et en versa le contenu dans l'évier. Ensuite, elle tenta de le regarder de haut, mais elle vacilla.

— D'où viens-tu ? demanda-t-il.

Elle attendait cette question. Elle avait manœuvré pour l'amener exactement là.

— Et toi ? retourna-t-elle.

— De Paris.

Elle releva la tête. Là encore, elle ne put garder la pose plus d'une seconde.

— C'est beau, Paris ? questionna-t-elle.

— Ce n'est pas la question.

Elle rejeta ses cheveux en arrière d'un geste mou.

— Oh si, c'est la question !

— Non, attaqua-t-il d'un ton rageur, la question c'est de savoir ce qu'a fait ma fille toute la nuit dehors pour revenir dans un état pareil.

— D'abord, je ne vois pas pourquoi je dois te rendre des comptes. Ensuite, si tu tiens vraiment à le savoir, j'ai fait la fête. Avec des amis ! Nous avons fumé de la marie-jeanne en écoutant du jazz. Du jazz, parfaitement ! Ils voulaient du rock, mais c'est pas mon truc.

Puis, elle laissa tomber :

— Et je me suis fait sauter, aussi.

Aimée ferma les yeux. Un voile rouge descendit devant ses prunelles.

— Je ne suis pas une nonne, ajouta-t-elle. Donne-moi une cigarette.

Comme il ne bougeait pas, elle chancela vers un paquet posé sur la table.

— Tu es contente de toi ? Tu as quinze ans et c'est comme ça que...

— Les enfants grandissent ! coupa-t-elle d'un ton railleur.

— Tu étais à Lélut ?

— Peut-être bien. Peut-être même un peu plus loin. Comme qui dirait, à l'aventure.

Encore une fois il s'efforça de rester calme.

— Va te coucher, dit-il.

— Et qui l'ordonne ? Toi ? Le grand, le célèbre Aimée ! Mais certainement, monsieur. J'y cours !

Elle partit d'un rire grinçant.

— Hors de question! Je ne reçois pas d'ordre d'un inconnu. Je vais faire comme d'habitude : comme si tu n'étais pas là. Et tu devrais faire pareil.

Elle tira sur sa cigarette avec insolence.

— Tu penses que je me fiche de ton sort? demanda-t-il.

— Je ne le pense pas, je le sais.

— Ce n'est pas vrai.

— Mais si! L'éducation n'est pas du jardinage, monsieur Dorian! On ne s'occupe pas d'un enfant comme on s'occupe d'une plante. Il ne suffit pas de l'arroser de temps en temps.

Elle avait dû préparer ses répliques. Malgré son ivresse, elle restait caustique.

— Et que veux-tu? demanda-t-il.

— Je voudrais ne pas être cloîtrée dans ce domaine. Je voudrais connaître le monde, je voudrais avoir eu une enfance normale, vivre avec les autres, pas à côté.

— Mais tu sais que cet endroit est retiré et que...

— Tu y crois à tes conneries?

Il faillit bondir.

— J'aurais dû aller à l'école, continua-t-elle. Claude aurait pu m'emmener tous les jours à Lélut. J'aurais dû être pensionnaire, sortir, rencontrer du monde. Pas mijoter dans ce trou toute ma vie.

— Et c'est pour me dire tout ça que tu t'es mise dans cet état?

— Non, c'est pour rattraper le temps perdu!

— Quel monceau d'inepties! Tu crois que tu connaîtras la vie parce que tu te feras sauter, ou parce que tu te soûleras, ou encore parce que tu t'es mise à fumer? C'est une vision sacrément étroite de l'existence, ma petite fille! Étroite et triste, même. Toi, ta culture, ta mémoire, tes possibilités, tu pourrais avoir l'Univers dans ta main. Je te croyais moins vile, moins lâche. Ce n'est pas en se roulant dans la fange qu'on explore le monde.

La jeune fille décida de s'asseoir. La tête lui tournait.

— C'est ça, railla-t-elle. Fais-moi des beaux discours. Sors-moi de croustilleux adjectifs, des phrases à tiroirs, des aphorismes à pompons. J'ai toujours eu envie de connaître le vocabulaire des salons. Mais on ne dit pas « la fange » à Lélut, on dit « la merde ». Et moi, oui, je me roule dedans. Je m'y plais même ! C'est pas de la littérature, c'est pas de la soie et des épithètes choisies, c'est la vie toute crue... Tiens, tu vois, je pourrais te dire : « Nos vues divergent et ne concorderont jamais. Très cher, vous fûtes trop longtemps parti. » Mais je préfère dire : « Aimée, tu m'emmerdes ! T'es jamais là, t'as rien à me dire. »

Il se leva à demi et d'une détente lui allongea une baffe.

— Maintenant, ça suffit ! explosa-t-il. Tu vas monter te coucher et cuver ton vin.

Mais elle s'était levée, toute blême, dessoûlée.

— Ça, tu vois, mon petit papa, tu n'aurais pas dû. Elle monta dans sa chambre.

Aimée commença à regretter son geste. En même temps, par une sorte de perversion malsaine, il se demandait s'il ne pouvait pas utiliser ce dialogue pour l'un de ses livres.

Son nouveau roman s'intitula : *Les lendemains déchantent.*

☐

De quinze à vingt-sept ans, ma mère bouda.

« J'aurais dû partir, écrirait ma mère. Normalement, cette scène avec mon père mettait fin à nos relations.

Mais, d'une part, je ne me sentais pas le cœur d'abandonner Claude. D'autre part, je n'aurais pas été bien loin, le monde me faisait peur. Puis Aimée, j'en avais conscience, n'était pas le seul responsable de mes problèmes. Sa visite n'avait fait que les mettre en lumière, et il ne restait jamais longtemps. Enfin, pour partir, il me fallait une destination et je n'en avais pas. Je résolus simplement de ne plus adresser la parole à mon père. Cette brouille dura douze ans.»

Pendant cette période, Séverine devait s'unir à mon père. Ce n'était pas lui qui l'avait sautée cette nuit-là. Personne n'avait sauté ma mère. Elle avait menti. L'année de ses quinze ans, elle l'avait attendu longtemps sur les berges de Moirand, guettant la barque au mufle plat. Mais il n'était pas reparu. Plus tard, au cours de ses escapades, elle avait cherché le jeune homme timide dans les villages des alentours, recherches stériles car elle ne le vit pas. Elle avait grandi, elle avait mûri, elle s'était lassée.

Enfin, un soir, elle avait maintenant dix-neuf ans, et, alors qu'elle pensait que cette histoire n'avait plus d'importance, elle avait reconnu dans un bal, au bout de la piste, le visage rude, les ongles carrés, la silhouette d'Étienne. Cela ne traîna pas. Ils s'embrassaient le soir même. Une semaine plus tard, c'étaient les promesses éternelles; trois mois après, les fiançailles. Le mariage était décidé peu après.

Étienne avait prévu de reprendre la ferme de ses parents, et ma mère projetait de s'en aller vivre à Lélut quand elle serait mariée. Claude, elle, resterait au domaine.

La mort trop rapide de Claude devait changer les plans de tout le monde. Un cancer de la langue emportait l'ex-garde-malade en un mois. Elle s'en alla discrètement. Elle tint le lit pendant les quinze derniers jours de son existence, sous la garde de ma mère qui tâchait de ne pas flancher. Mon grand-père fut prévenu, mais ne se montra pas. Le Salon du livre venait d'ouvrir ses portes et il ne pouvait s'absenter de Paris. Il ne se présenta qu'à l'enterrement, ce qui attisa la rancune de ma mère.

Aimée légua à la famille de Claude une fortune considérable, tous les arriérés de la paie mensuelle qu'elle n'avait jamais voulu toucher. Puis, il régla les affaires du domaine, se débarrassa de ses «obligations provinciales» aussi vite qu'il put.

Le notaire Monfort servit d'intermédiaire entre les deux parties et il fut décrété que la maison et la propriété seraient désormais la propriété de Séverine Dorian. Ensuite, Aimée retourna à Paris.

«En ce temps-là, commenterait ma mère, Aimée avait pris la sale habitude de tout ramener à l'argent. Il avait l'impression qu'on pouvait apaiser la douleur avec des mouvements de fonds.»

Car Aimée, en plus de léguer de son vivant presque la totalité de ses biens, décida aussi de verser une pension au jeune couple.

Ici, l'histoire n'est pas claire. Aimée en avait après sa fille, mais acceptait de l'entretenir. Quant à Séverine, sa fierté lui interdisait de négocier avec son père, mais cela ne s'étendait pas jusqu'aux questions financières. D'autre part, elle qui avait tant aspiré à quitter les rives de Moirand, au moment de devenir adulte, elle décidait de s'y installer pour toujours, elle ne voulait soudain plus partir du domaine. En fait, pour contradictoire que leur attitude puisse paraître, je pense qu'ils avaient l'un et l'autre opté pour la solution de facilité.

Peu après l'enterrement de Claude, ma mère se rendit auprès des Longchaland pour leur expliquer pourquoi elle tenait à garder son nom de jeune fille après le mariage. La discussion ne dura pas longtemps. Le père Longchaland, un puissant fermier qui considérait les femmes à peine plus importantes que les vaches, se fâcha tout de suite.

— Et si vous avez un enfant, comment allez-vous l'appeler? tonna-t-il.

— Dorian, répondit ma mère. Mais voici pourquoi... Il ne lui laissa pas le temps de finir:

— Et toi, tu es d'accord? dit-il à son fils. Tu te laisses mener par le bout du nez, comme ça, sans rien dire!...

Le pauvre Étienne baissa la tête. Il ne saurait jamais se défendre.

— Allez, foutez-moi le camp! hurla le père.

Ma mère se retrouva donc avec Étienne dans l'immense bâtisse des Dorian peu avant son mariage. Ils se marièrent en août 1976, l'été où il fit si chaud. Aimée n'assista pas à la cérémonie.

Après le mariage, Étienne eut le droit de gérer les biens de sa femme. Il s'occupa des coupes de bois, du cheptel de gibier, des champs en jachère, des locations, il devint le gérant du domaine Dorian. Quant à ma mère, dès novembre elle fut enceinte et elle passa le plus clair de son temps à contempler la pluie, puis la neige tomber derrière les vitres. Toute la journée, elle lisait ou bien elle écoutait du jazz.

«Je voulais que mon enfant soit un Dorian. Je n'aurais pas su l'expliquer autrement que par des raisons fallacieuses, mais c'était ainsi. Peut-être sentais-je déjà le poids d'une tradition inexprimée contre laquelle je ne pouvais pas lutter.»

Je naquis en 1977, le 17 juillet, le jour du dixième anniversaire de la mort d'un des plus grands saxophonistes de jazz. On m'appela Coltrane. Coltrane Dorian.

La tradition des A n'avait pas été respectée, mais j'étais un Dorian.

Un Dorian mâle.

Pour Aimée, c'était une très mauvaise nouvelle.

Chapitre 14

É CRIRE ÉTAIT ENCORE PÉNIBLE pour Aimée. Cela le serait toujours, mais moins cependant qu'à ses tout débuts. Avec l'âge, il avait acquis la certitude qu'il pouvait mener un livre de bout en bout, et cela lui donnait assez de force et de confiance pour s'installer derrière la page blanche sans risquer la crise d'angoisse. Il avait publié environ trente livres depuis *Potentiel* et, si tous n'avaient pas eu le même succès, ce palmarès lui avait établi une solide réputation dans les milieux littéraires. Il pouvait se permettre des écarts, ou même des virages abrupts, sans craindre de perdre son public.

L'année de ma naissancre, quand parut *Le Déchu*, livre qui traitait d'un sujet historique (l'avènement de la Renaissance vu par un serf), les critiques furent déroutés. On ne pensait pas qu'Aimée Dorian se départirait de la veine existentialiste qui avait été la sienne. Bien sûr, le héros creusait parfois son moi intime, ou se livrait occasionnellement à une confession poignante, mais rien à voir avec l'approche dorianesque d'un personnage. Le livre ne comportait aucune introspection psychologique, aucun thème métaphysique. C'était plutôt une tranche de vie, une existence narrée simplement, avec même de temps en temps des passages d'une naïveté troublante. Le genre de récit qui remuait des émotions vives chez le lecteur.

Le public adora. Les ventes grimpèrent, on multiplia les commentaires, les études, les articles de fond. L'auteur, lui, ferma sa porte aux journalistes. Mon grand-père, qui jusqu'ici s'était plié aux exigences de la renommée sans rechigner, garda le secret sur la gestation de cette œuvre. Tout ce qu'on put savoir, c'est que ce livre avait été « le plus difficile à écrire de toute sa carrière ».

Aimée commençait à être fatigué des lauriers. Il avait atteint la quarantaine, l'avait dépassée. Les dîners mondains, les invitations officielles, les soirées apprêtées lui pesaient. Il s'apercevait que c'était toujours à peu près les mêmes gens et les mêmes dialogues, que la mode n'était qu'une répétition ou, pis, un bégaiement. Il en arrivait lentement à cet âge où la futilité de la vie devient de plus en plus en plus flagrante. Il commençait à comprendre un peu mieux les paroles de son père.

Il n'était pas las de vivre, pourtant. En fait, dès qu'il eut amorcé son tournant littéraire, il écrivit comme un forcené. Il avait déjà la réputation d'être fécond, il devint prodigue. Sa production sauta de deux à quatre livres par an, ce qui n'est pas rien si l'on considère qu'il sortait des pavés de plus de cinq cents pages.

Ce fut le temps de *Fou et Mort*, des *Amandes amères*, du *Devin Marquis*, de *Pantalon ou Culotte* et de beaucoup d'autres. Des livres qui traitaient d'une époque, d'une période précise de l'histoire. Aimée, lorsqu'il n'était pas vissé à sa table de travail, arpentait les bibliothèques, fouillait dans les archives, exhumait des rapports de police, des statistiques, se livrait à un véritable travail de chercheur. Et chacun de ses récits était documenté comme une thèse : tout s'enchaînait rigoureusement, tout était appuyé par des références inébranlables. Ainsi, ce qu'on avait perdu en philosophie, on le récupérait en authenticité.

Face à cette production, l'agent littéraire Émile Œuvrard avait au début protesté. Il avait avancé qu'aucune maison d'édition ne pouvait suivre, que les bouquins de mon grand-père, pour bien conçus qu'ils fussent, comportaient sûrement des maladresses, des erreurs... Bref, ne pouvait-on pas passer plus de temps sur l'élaboration de ces œuvres ? Aimée répondit ce qu'il avait toujours répondu à pareille remarque : Tel avait été écrit le livre, tel il devait être publié. Il ne transigerait pas sur cette règle. D'ailleurs, Émile modérait ses observations. Les ventes se maintenaient à un excellent niveau, le public avait adopté le rythme de son auteur. Que demander de plus ?

Personne ne connaissait la vie de mon grand-père. On le savait riche, intelligent, cutivé, caractériel aussi, mais on ne savait pas si ces ingrédients le rendaient séduisant. On ne lui connaissait pas de liaisons amoureuses, pas d'aventures. On ne lui connaissait pas de famille, pas de parents non plus.

« En fait, avouerait-il plus tard, je n'avais pas du tout de vie privée. J'écrivais vingt heures sur vingt-quatre. Le reste du temps, j'apparaissais à un banquet et je baisais les mains de jolies dames en affichant un sourire mystérieux. Cela entretenait mon image et les gens me fichaient la paix. Il me fallut du temps pour m'apercevoir que j'étais insatisfait. Ma vie se composait de deux parties bien cloisonnées et qui ne se rencontraient jamais. D'une part l'écriture, labeur intense, profond, absolu, et d'autre part la vie publique, tâche superficielle et légère basée sur l'indifférence, le flegme et le dédain. Entre ces deux extrêmes, rien. C'est ce vide qui me força à modifier mon existence. »

En tout premier lieu, il tenta un rapprochement avec sa fille. Puis, il déménagea à Besançon, aux 408, « plus près du réel ».

Un matin du début des années quatre-vingt, il débarqua à la gare de Lélut à l'improviste et loua une barque pour traverser le lac. Il n'était pas revenu dans le coin depuis trois ans et il flaira avec plaisir le vent de la montagne, les senteurs de printemps qui couraient à la surface de l'eau. Le domaine approchait lentement. Un petit embarcadère avait été construit sur les rives et une barque était amarrée. Aimée accosta, puis il contempla la façade grise aux fenêtres éteintes. Il marcha vers la porte.

Il allait frapper, l'index en l'air, replié en heurtoir, quand ma mère apparut.

— Qu'est-ce que tu veux? dit-elle.

— Te voir.

— Pour quoi faire?

— Pour te parler.

— On n'a rien à se dire.

Mon grand-père sentit qu'elle bâtissait un mur à toute allure.

— Je ne suis pas venu pour faire la guerre.

— Alors, va-t'en! siffla ma mère.

— Que me reproches-tu, au juste?

— Rien, oh rien du tout! Qu'aurait-on à reprocher à un fantôme? Les absents ont toujours tort, dit-on. Eh bien! c'est faux, les absents n'existent pas.

Elle claqua la porte, mais le chambranle vibra car Aimée avait coincé son pied dans l'embrasure. Il poussa et réussit à ouvrir. Séverine avait à présent les cheveux défaits.

« Quel âge a-t-elle? se demanda-t-il. Peut-être vingt-cinq ans, peut-être plus, peut-être moins. Je ne le sais même pas. »

Cette réflexion l'attrista. Il retira son pied, mais pas sa main qui serrait le battant. Ce fut le moment que choisit ma mère pour donner un solide coup d'épaule dans le panneau. Celui-ci rebondit violemment sur les doigts d'Aimée qui sauta en arrière. De toutes ses forces, il essaya de retenir le cri qui lui tordait le ventre. Il se recroquevilla sur sa douleur en reculant. Ma mère avait rouvert la porte et le contemplait. Elle ne fit pas un geste pour l'aider.

— J'ai compris, souffla-t-il au bout d'un moment, arc-bouté et pâle de souffrance. Je m'en vais.

Il possédait deux valises. Il en empoigna une d'un bras, essaya de cramponner l'autre de sa main esquintée, mais il lâcha tout en poussant un hurlement.

« Il avait l'air d'un oiseau aux ailes cassées, écrirait ma mère. En tout cas, c'est l'image qui m'est venue. Il voulait fuir, c'était visible, mais il ne le pouvait pas. »

— Je vais te faire un pansement, lança-t-elle. Viens.

Elle s'effaça pour le laisser passer.

Tout de suite, il remarqua que la maison semblait plus claire, plus accueillante. Il ne savait pas si cela venait des rideaux blancs, des murs repeints, de l'espace un peu moins encombré, mais il lui sembla qu'on respirait mieux. Ils allèrent vers cette bonne vieille cuisine munie à présent d'une machine à café, d'un jeu de casseroles en cuivre étincelant, de placards aux portes vitrées. Il admira la fraîcheur du lieu tandis qu'elle partait chercher la pharmacie.

En revenant, elle portait sur sa hanche un enfant de trois ans, une sorte de poupon brun à la mine boudeuse, aux yeux bleus et aux épaules déjà développées comme celles d'un lutteur. Ma mère me posa à terre et je me cachai immédiatement dans ses jupes en jetant parfois un coup d'œil sourcilleux vers le visiteur. Mon grand-père dut se faire violence pour ne pas faire de commentaires.

Ma mère travaillait en silence, elle enduisait la main blessée de crème, enroulait la gaze, vérifiait le bandage avec des gestes brusques qui arrachaient des grimaces à son patient. Comme je m'agitais, elle dit à Aimée :

— C'est Coltrane.

Je désignai Aimée du doigt et je déclarai :

— Grand-père !

Cela ébranla Séverine et fit monter les larmes aux yeux du vieux bonhomme. En y repensant, je crois que c'est ce qui amorça la détente. Ma mère dut y voir un phénomène extraordinaire, le résultat d'un fluide mystique qui courait entre les membres de la famille. Elle croyait déjà au destin, aux arcanes magiques, elle adorait Corto Maltese et Comès. Mon grand-père ne croyait pas au père Noël, mais il avait besoin d'un appui, n'importe lequel. Je tombais à pic.

Il n'y avait rien d'extraordinaire dans ma remarque. Étienne lisait depuis longtemps, en cachette de sa femme, les ouvrages d'Aimée Dorian. Il était l'un de ses plus fervents admirateurs. Assis sur ses genoux, j'avais souvent été intrigué par ces livres qui avaient le don de faire rire ou pleurer le sensible Étienne.

L'alchimiste de ces émotions surnaturelles avait son visage exposé sur les couvertures : une dure tête de bois toute en angles et en facettes. Un jour que mon père m'avait surpris en train de regarder le portrait, il avait déclaré :

— C'est ton grand-père. C'est lui qui a écrit ce livre.

Je ne l'avais pas oublié.

— Oui, c'est ton grand-père, confirma ma mère. Dis-lui bonjour.

Je m'exécutai puis, avec des simagrées d'enfant, je m'approchai de lui. Le pauvre n'osait pas faire un geste. Ma mère se sentait mollir. Finalement, il me prit dans ses bras et tout le monde en fut soulagé.

Je jouai un peu avec sa moustache, je lui fis des agaceries, puis il me libéra.

— Tu veux rester dîner? demanda ma mère. Étienne ne va pas tarder.

— Si ça ne te dérange pas...

Elle s'abstint de répondre.

Quand mon père arriva, il faillit s'évanouir. Dès qu'Aimée avait entendu le bruit du tracteur sur la route, il était sorti en me tenant la main. Étienne avait stoppé son engin. Il frappait ses bottes contre la jante quand nous nous approchâmes. Il releva la tête et trouva son auteur favori, son dieu juste en face lui. Il devint livide. D'une main, il s'appuya sur le capot du tracteur, puis il tituba et finalement s'assit sur la roue avant.

Aimée, qui avait songé à lui serrer la main, se demandait à présent si c'était une bonne idée. Il se tint un peu à l'écart en le laissant reprendre ses esprits.

— Ça va? questionna-t-il.

Mais mon père répondait d'un mouvement d'éventail en gardant le souffle court.

— Je vais vous chercher un remontant, dit mon grand-père.

Aimée m'emmena vers la maison, fouilla d'une main dans le vaisselier, remplit un verre à liqueur et revint près du bouleversé après m'avoir lancé:

— Un sacré phénomène, ton père!

Étienne réussit à boire et l'alcool le fit tousser.

— C'est que ça dégage! approuva Aimée. Finissez le verre.

Étienne fit cul-sec et put enfin se redresser. Mais il n'osa pas fixer le grand homme.

«Bon Dieu que ce gars était bizarre, dirait Aimée. Il m'a fallu attendre quatre ans avant de voir la couleur de ses yeux.»

Pendant le repas, la conversation s'enlisa. Ma mère avait signé une trêve, pas une réconciliation. Quant à Étienne, il était hypnotisé.

Mon grand-père tâcha de distraire tout le monde en racontant des anecdotes provenant de la capitale, puis il s'avisa que son bavardage pouvait passer pour de la fatuité et il s'arrêta net. Ma mère ne semblait ni intéressée, ni ennuyée, ni courroucée, ni rien. Elle affichait une mine aussi neutre que possible.

Quand même, elle offrit à son père un lit pour la nuit, dans la chambre bleue, celle qui jouxte la bibliothèque.

Le lendemain, Aimée chargeait ses valises dans la barque qu'il avait louée et repartait pour Paris. Il porterait sa croix encore un moment.

□

Je ne devais pas revoir mon grand-père avant l'année suivante. De temps en temps, une lettre arrivait, traînait trois jours sur la table de la cuisine, le temps d'être lue, relue et apprise par cœur. Ma mère ne parlait pas de son père. Une chimie lente s'opérait chez elle, dont elle ne voulait pas troubler le déroulement par des paroles importunes. Étienne, quant à lui, était trop content de lire la prose du grand écrivain pour intervenir. C'est tout juste si, une fois tous les trente-six du mois, il rappelait doucement qu'on n'avait pas eu de lettre depuis longtemps, ce qui poussait sa femme à envoyer une réponse.

De toute façon, le résultat de ces négociations fut qu'Aimée revint l'été suivant, annoncé par une escorte de chats, et que sa fille lui fit meilleur accueil. Oh! ce ne furent pas des retrouvailles enflammées, mais la tension baissa et on se supporta pendant quatre jours sans animosité. Cette froideur s'atténua encore l'année d'après. Aimée resta une dizaine de jours dans une ambiance assez détendue. Deux ans plus tard, complètement pardonné, il venait à la maison deux fois par semestre, y composait les premiers chapitres de son nouveau livre, puis il repartait à Besançon. Et chaque fois, c'était une fête à la maison. Ma mère et moi déterrions du trésor de la famille Dorian tous les bibelots de presque mille ans de curiosité, nous les disposions en réfléchissant à l'importance de chaque colifichet, la mise en place étant censée aider l'imagination de l'artiste en villégiature.

Cette opération, pour puérile qu'elle fût, donna à Séverine l'illusion de participer à la vie de son père, phénomène qui ne s'était jamais produit jusqu'à présent. Elle lui accorda son estime et sa confiance. Aimée se fit plus accessible. Quant à Étienne, il était extatique. Mon grand-père lui eût demandé de léviter que le maquignon aurait décollé du sol illico. Moi, je découvrais un nouveau membre de la famille.

Mon grand-père se livrait peu. Il partageait rarement le fruit de ses méditations intérieures, il préférait les confier au papier. Moi-même, ayant beaucoup pris du côté des Longchaland, entretenais un jardin secret que personne ne pénétrait. Je subissais l'ascendance paysanne, qui est d'accepter les choses comme elles sont plutôt que d'essayer de les raconter. Pour tout dire, je restais réticent vis-à-vis de ce vieux bonhomme à l'odeur de solitaire. Je ne savais pas encore que je servirais de monnaie d'échange entre lui et sa fille et, lorsqu'il m'emmena à Besançon, je fus pris au dépourvu.

Ce déménagement vers la Franche-Comté, ce retour aux sources, avait fait partie des résolutions importantes d'Aimée. Il s'était rendu compte que le vide qu'il cherchait à combler se nichait dans l'essence même de son existence parisienne. Toujours partisan des solutions radicales, il trancha en faveur d'un exil. Exil de Paris, certes, mais aussi exil social. Il en avait marre des beaux quartiers et des hôtels particuliers, il voulait redonner un caractère authentique à sa vie, quitter pour de bon sa tour d'ivoire. En conséquence, il choisit les 408, la banlieue sordide, la zone triste et dure de Besançon. Il pensait qu'il aurait du mal à s'y faire, qu'il se languirait du confort de la vie bourgeoise, mais il s'aperçut qu'il vivait depuis toujours en ascète, que ses besoins minuscules, ses envies restreintes et ses désirs abstraits le protégeaient des pièges de la richesse.

Dans son nouvel environnement, il continua à écrire. Simplement, il le faisait dans une ambiance de foire d'empoigne plutôt que dans le grand calme des jardins résidentiels. Et puis, il avait troqué le papier pour un ordinateur. On cambriola son appartement trois fois en l'espace de huit mois et, bien sûr, le premier article qu'on emporta fut cet ordinateur. Mais mon grand-père ne protesta pas. Il achetait un autre engin, il y insérait la disquette de son œuvre en cours, qu'il avait le soin d'amener partout avec lui, et il reprenait son texte là où il l'avait laissé. Il acceptait les dangers de sa nouvelle existence comme il avait accepté les contraintes de la vie mondaine. En fait, les périls des 408, parce que plus directs, plus brutaux, plus simples aussi, lui paraissaient plus sains.

Quand je me retrouvai dans cette ambiance, je ne savais pas ce qui avait poussé mon grand père à vivre dans ces clapiers à pauvres, ou ce qui avait poussé ma mère à m'abandonner, ou même ce que je fichais à Besançon. On m'avait raconté que je devais aller à la ville pour apprendre, pour bénéficier d'une éducation qui me propulserait dans les sphères du génie humain. Je ne pouvais pas deviner qu'en fait je servais des intérêts bien différents, des intérêts dont l'origine se trouvait quelque part dans un passé lointain, à presque mille ans de distance, et que j'étais censé réconcilier à moi tout seul.

Quand je partis vivre avec Aimée, c'était comme si on privait un bébé de son liquide amniotique. Mais l'est d'Éden n'est pas l'enfer, ce n'est qu'une autre forme d'apprentissage. Ma mère disparut de ma vie comme on efface un visage avec une gomme. Même quand je la voyais, trois semaines par an, elle n'était pas là. Au début, je la cherchai puis, parce que j'en avais marre d'entretenir un jardin de souvenirs morts, je devins indifférent. Je passai sept ans aux 408 en compagnie d'Aimée, sept ans d'une vie somme toute agréable. Il fallut tout ce temps pour reprendre contact avec Séverine, tout ce temps pour que nos âmes se touchent de nouveau. Pendant sept ans, je connus les premiers bouleversements de l'adolescence, je pris du poil au sexe, puis au menton, je commençai à m'intéresser aux filles. Sept ans de réflexion en somme, comme le film. Sept ans que je m'apprête à négliger dans ce récit. Mais sept ans, quand j'y pense, c'est long dans la vie d'un môme.

Chapitre 15

Obligé de monter à la capitale tous les deux mois, Aimée s'y préparait trois jours à l'avance en lançant des injures dans tout l'appartement. Il me prenait à partie, moi et mes dix-sept ans, ma puberté flamboyante, ma soif d'exotisme. Il s'emportait quand je haussais les épaules, il me menaçait de me traîner avec lui dans les réceptions, les dîners, les interviews, toutes ces gâteries qu'Émile lui réservait et qu'il me décrivait comme un enfer. Mon œil s'allumait, et je le prenais au mot.

— Ah, tais-toi! retournait-il. Tu ne sais pas de quoi tu parles! Tiens, je vais voir Ahmed. Il va encore falloir qu'il te garde jusqu'à dimanche.

— Écoute, si ça te pose tant de problèmes, n'y va pas!

Mais il levait les bras au ciel.

— Encore un qui délire! Crois-moi, ça ne se passerait pas comme ça! Ils seraient à ma porte en moins d'une semaine. La France est un pays qui ne comprend pas qu'un écrivain a besoin qu'on lui foute la paix.

De toute façon, un soir je rentrais et une note m'avertissait que le frigo était plein de «toutes les cochonneries que tu aimes», et qu'il fallait que je fasse tous les jours un rapport à Ahmed. Ce dernier m'ouvrait sa porte et me gavait de sucreries en m'appelant « petit prince ».

— Ton grand-père, qu'Allah le protège dans son voyage ! m'a demandé de surveiller si tu faisais tes devoirs. « Et pas à la va-vite ! » a-t-il ajouté, ce grand homme. Mais moi, tu sais, le Tout-Puissant ne m'a pas légué un esprit aux rouages huilés comme le sien. Alors voilà, tu fais tes devoirs et puis moi je ne regarderai pas. Enfin, pas beaucoup. Mais, pour être sûr que tu n'iras pas trop vite, je veux que tu y passes une heure. Moi, je contrôlerai avec la montre.

— Mais j'en ai pas pour une heure !

— Ah, petit prince, c'est ce que tu dis ! De toute façon, il est écrit que tu y passeras une heure et qu'après nous irons acheter des pâtisseries marocaines chez Youssouf. Tiens, regarde, Aimée m'a donné de l'argent en cas de besoin et je ne veux pas le garder puisqu'il est pour toi.

— Donne-le-moi à moi, l'argent, Ahmed !

— Non, non. Il est écrit que moi je garderais l'argent et que toi tu le dépenserais.

On ne pouvait jamais gagner avec Ahmed. C'était un Jacques le Fataliste têtu. Sa logique me plongeait toujours dans des abîmes de perplexité.

Je planchais donc consciencieusement sous sa garde sourcilleuse. Si j'avais fini mes devoirs réguliers, et afin de tromper l'ennui, j'en profitais pour prendre de l'avance. Quand il s'occupait de moi, j'avais au bout de quatre jours achevé toutes les corvées passées et à venir que mes profs me donnaient.

Alors, pour un temps, je redevenais un élève modèle et mon grand-père en faisait son pain blanc. Il évoquait la tradition des Dorian, leurs fabuleuses capacités, leur exceptionnelle mémoire. Discours que j'avais entendu cent fois et que je me gardais de ratifier. Je savais qu'avec un peu d'effort, un minimum de sueur, oui, je pouvais y arriver. Mais, justement, le travail me coûtait. Comparant le récit de ses années scolaires aux miennes, j'étais parvenu à la conclusion affligeante que j'étais né fainéant.

Au collège, j'avais jugé sage au début de nier appartenir à la famille du grand écrivain. Surtout avec les profs de français, ceux qui flairaient du gibier extra-ordinaire. Puis, il dut y avoir une fuite car je fus reconnu officiellement comme le petit-fils d'Aimée Dorian et ma vie devint un enfer. Dans toutes les matières, de l'histoire-géographie au sport, on me poursuivait de citations et de références. Jusqu'aux professeurs d'anglais qui poussaient la cruauté jusqu'à nous demander de traduire des passages de la divine prose. Cela n'avait pas de fin.

Autant dire que mes camarades ne m'appréciaient pas. Au début de l'année, on me jetait des regards noirs et des remarques carrément désobligeantes. On ne tenait pas du tout à me compter dans les rangs de sa classe. Personne ne voulait « bouffer du Dorian » à longueur de trimestre.

La tension montait quand nous rejoignions nos profs parce que certains se frottaient franchement les mains, s'imaginaient la collection complète des œuvres du grand maître dédicacée dans leur bibliothèque. Quelques-uns allaient même jusqu'à me soudoyer, qu'on pouvait peut-être s'arranger, moi ma parenté, eux le carnet de notes, qu'en somme il y avait moyen de s'entendre. Je me trouvais dans une impasse : Comment dire non sans s'attirer les foudres du trafiquant ? Je ne trouvais jamais la bonne réponse.

Ma seule défense, pour qu'ils me laissent tranquille, était de jouer les idiots. Quand ils s'apercevaient que le petit-fils du grand génie n'était qu'un parfait crétin, ils me lâchaient un peu. C'était l'excuse que j'avais trouvée auprès d'Aimée pour justifier mes notes déplorables. À moitié convaincu, il m'avait enjoint de leur clouer le bec en montrant mon intelligence au contraire. Je m'étais efforcé de lui démontrer le non-sens de ce raisonnement et nous étions restés sur un match nul.

À vrai dire, cette situation était intenable. Ce n'était pas pour l'estime de mes profs ou ma popularité que je m'en faisais, en fait j'aurais très bien pu faire abstraction de tout ce monde. Mais il y avait les filles. Le collège Victor-Hugo regorgeait de beautés toutes plus appétissantes les unes que les autres. Qu'elles me classent d'«autor» dans la catégorie des emmerdeurs me dévastait.

J'aurais voulu attirer leurs faveurs, recueillir leurs confidences, en un mot être *cool*, mais elles avaient du mal à dépasser mon héritage intellectuel. Qu'elles s'appellent Adèle, Léonce ou Angélique, j'appartenais pour elles à l'autre camp, celui des heures laborieuses, celui des gratte-papier, celui des ringards.

J'avais dix-sept ans quand je connus Paula. Elle était d'un an plus vieille que moi, ce qui en faisait à mes yeux une femme d'expérience. Brune, assez grande, des vêtements amples dissimulant un corps modelé comme celui d'une bouteille de Coca-Cola, elle fut la première à me faire entrevoir l'avantage d'être apparenté à une célébrité.

— C'est vrai que ton grand-père, c'est Aimée Dorian? furent ses paroles d'introduction.

Nous attendions, chacun son plateau à la main, dans la file de la cantine.

— Ah! pas du tout, répondis-je.

— J'ai une explication de texte tirée de *Potentiel*. Je pensais que tu pouvais m'aider.

C'était tout différent.

— T'es pourtant pas dans ma classe, dis-je.

— Non, mais on a Robichon cette année. Elle lit que du Dorian.

Je connaissais l'engin : ma pire ennemie.

— « Les racines ne sont pas plantées droites, citai-je. Revenir sur ses pas ne participe pas d'une démarche linéaire mais d'un cheminement sinueux... »

— « Et la mort n'est pas une sanction, mais un aboutissement », tatata-tatata... Oui, c'est ce passage-là.

— Eh ben, vous êtes pas sortis ! Elle commence toujours par là. J'y suis passé l'année dernière.

— Justement, dit-elle en se rapprochant comme si l'affluence la poussait dans mes bras. Je me demande ce que toi tu as mis.

Son parfum m'avait sauté au sexe et je fis de mon mieux pour ne pas renverser le présentoir des couverts.

— Je peux t'amener ma compo demain, repris-je. Mais, tu sais, je ne suis pas une lumière en français.

Je n'étais une lumière nulle part.

— Ça ne fait rien.

Puis, elle précisa sa pensée.

— Tu pourrais demander à ton grand-père ce qu'il a voulu dire.

Je me promettais le soir même de lui tanner le cuir jusqu'à ce qu'il m'explique en long, en large et en travers la signification de ce passage.

Elle, son épaule collée à la mienne :

— Tu peux bien faire ça !

— Tu sais, il n'aime pas s'expliquer.

Puisqu'on en était aux marchandages, autant mettre du prix à mon apport. Elle se pencha pour pêcher une coupelle de salade et mon regard plongea dans l'échancrure de son chemisier.

— Mais je vais m'arranger, fis-je d'une voix blanche.

Cela conclu, nous parlâmes d'autre chose. Elle m'apprit qu'elle était de souche italienne, que son père était joaillier et qu'elle voulait être danseuse. Elle passait le plus clair de son temps au conservatoire à s'entraîner sous les ordres d'une ex-étoile. Malheureusement, cette activité n'avait aucune chance de devenir un métier attendu qu'elle était trop grosse. À en juger par la minceur des portions qu'elle absorbait, on ne pouvait pas accuser son régime.

— Mais je grignote tout le temps, se plaignit-elle. Un bonbon par-ci, une glace par-là, pof, j'ai pris deux kilos.

— Mais tu n'es pas grosse.

— Tu ne m'as pas vue en combinaison.

Et je le regrettais bien.

— Ma prof dit que mes seins n'ont pas fini de pousser.

Oh, mère des mères !

— Je vais être une grosse pouffiasse avec des mamelles de vache.

— Tu n'es pas grosse, insistai-je, rêveur.

— Tu n'y connais rien, trancha-t-elle.

Le repas se termina sur cette sorte de *statu quo*. Nous prîmes rendez-vous pour le lendemain.

Le soir, je trépignai jusqu'à ce qu'Aimée me livrât la clé de son texte. Au début réticent, il finit par se réchauffer et me servit un cours magistral qui dura une heure. Je gribouillai une dizaine de pages hérissées de flèches, d'explications fumeuses et de commentaires vagues. Comme je lui demandais d'être plus clair, il s'en tira par un haussement d'épaule :

— Ne me pose pas de question si tu ne veux pas que j'y réponde.

— Je comprends bien, mais quel est le sens de ce que tu as écrit ? Donne-moi au moins une direction, une piste à suivre.

— Impossible, Cole, je ne le sais pas moi-même.

J'abandonnai et je me couchai très agité.

Le lendemain, je me dandinais en face de Paula en cherchant mes mots. De toute évidence, je ne pouvais pas essayer de lui faire comprendre les mystères de la création artistique. Il lui fallait du concret. Je lui tendis mes notes. Elle les parcourut un moment en tâchant de repérer la tête et la queue de ces hiéroglyphes.

— C'est quoi ce charabia ? finit-elle par demander.

— C'est sa réponse.

Elle sourit.

— Eh ben, pour y comprendre quelque chose, bonjour !

— J'avoue que moi-même...

Elle me rendit les feuilles.

— Je ne peux rien en faire. Tu as ton devoir, celui que la Robichon t'a demandé de faire l'année dernière ?

Là aussi, j'allais la décevoir.

— Je ne garde pas mes devoirs d'une année sur l'autre, dis-je, piteux. Et c'est la vérité vraie !

Elle éclata de rire.

— Je te crois... Tant pis ! Au moins, j'aurai essayé.

— Mais, si tu veux, je peux t'aider à le faire.

— Je croyais que t'étais nul en français.

— Pas quand je m'y mets.

Elle mordit à l'hameçon.

— Bon, alors on se retrouve à sept heures ce soir au conservatoire, fit-elle.

— Au conservatoire ?

— Après le cours de danse. Tu montes au dernier étage. Tu verras, tu peux pas te tromper.

— On va faire nos devoirs au cons...

Mais elle avait pris son sac et elle trottait vers sa salle de classe.

Le conservatoire de Besançon doit être un des plus beaux de France. Adossé à la rivière dont il longe la berge, flanqué d'un escalier majestueux, il regarde l'une des plus grandes places de la ville. Je n'y étais jamais entré, je pensais qu'il était besoin de montrer patte blanche. En fait, l'entrée n'était gardée par personne, la loge du concierge étant transformée en débarras. Je gravis l'imposant escalier de marbre jusqu'au grenier. Deux portes s'ouvraient sur le dernier palier, une à droite et l'autre à gauche, toutes deux munies d'ouvertures en plexiglas. La lumière brillait à gauche. Un groupe de filles en sortit, un sac sur l'épaule. J'attendis encore un moment, puis Paula se montra.

Elle avait noué ses cheveux en une queue de cheval noire. Son buste était moulé dans un sweat-shirt violet et elle avait enveloppé ses jambes dans du vinyle. C'était la première fois que je la voyais sans son accoutrement de *baba-cool*, sans ses hardes de trois tailles trop grandes, c'était la première fois qu'elle rendait justice à son corps.

— Oh, tu es là ? dit-elle.

— Vous répétez dans cette salle ?

— Oui, tu veux voir ? Ne t'inquiète pas, j'étais la dernière.

Elle me fit admirer la grande salle avec les glaces sur le pourtour et les barres en bois à mi-hauteur.

— Et en face, qu'est-ce que c'est ? questionnai-je en désignant la porte de droite.

— T'es pas curieux, toi ! apprécia-t-elle.

Mais elle m'ouvrit le chemin.

Ce n'était qu'une autre salle immense avec un piano à queue dans un coin. Il faisait noir, je me sentais troublé. Paula s'est rapprochée de moi.

— Tu sais comment on allume ? dis-je.

Mais en même temps je voulais rester dans la pénombre. Je ressentais les effets d'un charme que j'avais peur de faire fuir en donnant la lumière.

Elle frôla les murs à la recherche du commutateur. Je la trouvais bien confiante, toute seule avec un garçon dans un endroit isolé. Je la rejoignis dans un coin alors qu'elle tâtonnait pour trouver son chemin.

Je l'embrassai. Elle se laissa faire.

Je ne savais pas comment on s'y prenait avec une femme. Je tâchais de ne pas ouvrir trop la bouche, de contrôler les mouvements de ma langue, de mesurer mon pelotage. Pourtant, je l'aurais serrée à l'étouffer tant elle offrait de douceur et de sensualité. Elle grognait un peu en me tétant les lèvres, ses mains fouillaient sous ma chemise, se plaquaient sur mon dos. J'en avais envie, j'en avais tant envie, je l'aurais mordue. Finalement, je faufilai trois doigts dans sa culotte, sentit la fente humide, le cresson de sa touffe. Je la caressai un peu plus profond. Elle se colla à moi en contenant une plainte. Nous dûmes nous appuyer contre le mur.

À partir de là, je ne savais plus quoi faire. Quelles sont les faveurs qu'une fille vous accorde au cours d'un premier rendez-vous? Devait-on se retenir ou au contraire y aller carrément? Je la laissai décider toute seule, me contentant d'accentuer le mouvement de va-et-vient sur son entrejambe.

Elle se redressa soudain et, toujours soudés, nous commençâmes à déambuler dans le grand trou noir. Gémissant, grognant, haletant, nous avons traversé la salle en zigzaguant. Nous avons fini notre course de météore ivre au fond de l'ombre, là où, semblait-il, seul l'inévitable se produisait. J'allais lui enlever son sweat-shirt quand, surprise! elle ouvrit une porte derrière elle sans me lâcher les lèvres.

Alors, nous avons franchi le seuil d'un monde étrange. Tout d'abord, je sentis une rondelle sous mon pied qui s'échappa en émettant un cri métallique. Ensuite, je trébuchai sur un timbre bref et aigu, une sorte d'aboiement terrifiant qui nous fit sursauter. Puis, je dérangeai un long feulement rauque qui ronronna dans la nuit. Enfin, je plantai mon coude dans un soleil retentissant, une sorte d'explosion jaune, et je lâchai Paula.

— Mais où sommes-nous? interrogeai-je.

— Dans la section des percussions. C'est ici qu'ils entassent tous leurs bidules.

Elle n'en dit pas plus et se pendit à mon cou.

Je me dis que nous allions ameuter toute la ville. Surtout que l'endroit semblait exigu. Mais Paula, à coups de hanches imperceptibles, se frayait un passage dans ce capharnaüm. À peine si elle fit dégringoler une kyrielle de craquements furtifs — des castagnettes? Une crécelle? — dans sa progression. En fin de compte, elle stoppa près d'une sorte de grosse marmite assise sur quatre solides pattes et qui émettait des borborygmes cuivrés chaque fois que nous l'effleurions. C'était le terminus de notre voyage.

Aussi silencieusement que possible, je la débarrassai de son sweat-shirt, puis de son tee-shirt. Sa poitrine roula sous mes paumes, puis sur mes joues, deux doux tétons de soie, des édredons d'amour qui m'enflammèrent le sang. Elle-même s'empressait de me faire quitter ma veste, mon pull, ma chemise. Elle se frotta contre moi, ses seins en coussins tendres contre mon buste.

Le local n'offrait aucun espace pour s'étendre ou même aucune paroi à laquelle s'appuyer. Nous allions être pris au piège. Mais je n'achevai pas ma pensée car Paula se laissa aller en arrière et se coucha sur la marmite de cuisine, sur l'énorme timbale. La peau de l'instrument s'incurva mollement sous son poids. Je me penchai sur elle et embouchai ses mamelons. Je ne connaissais pas le degré de résistance d'une peau de timbale, je ne savais pas quel poids elle pouvait supporter, mais j'avais confiance. Ce lieu me communiquait une assurance étonnante. Je me sentais en sécurité entre ces murs, parmi ce charivari qui ne demandait qu'à éclater. Malgré l'importance du moment, j'étais très maître de moi.

Le pantalon de vinyle glissa sur ses cuisses et je m'extirpai du mien en faisant tinter une clochette. Nous fîmes l'amour à cris retenus, ponctués par un orchestre de bruits insolites. Quand je m'envolai, un éclat mordoré m'accompagna dans mon extase.

Nous sommes restés un long moment l'un contre l'autre, elle couchée, moi penché sur elle. J'avais oublié tous mes soucis, toutes mes trouilles, je serais resté toute ma vie dans cet état de béatitude, dans cette harmonie surnaturelle. À regret, nous nous sommes rhabillés puis nous sommes partis. Nous n'avons jamais recommencé cette expérience et je ne me suis plus servi de la percussion à des fins sexuelles. C'est bien dommage, quand j'y songe.

☐

— Je veux être batteur !... J'vais t'dire, Aimée a été pris par surprise !

Nourredine s'exclama :

— Oh, putain, la crise !

Mohammed, dit « Mémed » ou « Médo », se curait le nez en contemplant la nationale. Totor était excité comme un pou. Nous nous trouvions juste au-dessus de la colline de Velotte et je venais de leur raconter mes exploits.

— Et ta môme, là, elle est d'accord pour la batterie ? Tu vas y casser les oreilles avec tes badaboums !

— Oh lui, hé ! Mais y fait c'qu'y veut ! s'indigna Totor. Non, moi, c'est pour son grand-père, qu'est-ce qu'il a dit ?

— Aimée ? Il a dit que c'était vachement dur d'être musicien, répondis-je. En plus, batteur...

— Patapoum, patapoum !

— Ben ouais, tu vois ça aux 408, avec les murs en papier crépon.

— En tout cas, ça changerait des bruits d'engueulades, ça ferait peut-être diversion.

— Alors, tu l'as vraiment tronchée au conservatoire, ta môme ? reprit Nourredine.

— Mais t'es con, toi ! protesta Totor. Dis pas « tronchée » ! T'es relou comme mec !

— Alors, vous avez vraiment... euh... enfin...

— Fait l'amour ? l'aidai-je. Oui. On était dans les percussions, au milieu d'un bordel monstre, t'as aucune idée.

— Elle s'est déshabillée toute seule ?

— Je vous ai déjà raconté tout ça. Je lui ai enlevé le haut, elle a enlevé le bas.

— D'accord, d'accord ! insista Nourredine. Mais la question, c'est : Est-ce que c'était bon ?

— C'était super !

— Oui, pour toi, mais pour elle ! Par exemple, est-ce qu'elle gueulait ?

— Y a pas que comme ça qu'on peut savoir ! dit Mémed.

— Elle a un peu crié, les calmai-je. À la fin surtout.

— Et paf ! appuya Totor.

— Elle a pu jouer, protesta Nourredine.

— Ça m'étonnerait.

— Y en a, tu sais, elles serrent les dents, elles te griffent, elles font un cinéma pas possible et, total, elles sentent rien. C'est tout du vent.

— Je crois pas, répliquai-je. Elle m'a invité chez elle. Elle veut que je rencontre ses parents.

— Vous allez vous marier?

Rigolade générale.

— Non, mais elle est comme ça. Faut que je voie sa famille. Et elle tient à rencontrer Aimée.

— C'est une Italienne, apprécia Totor. Pour eux, y a que la famille qui compte.

Tout le monde confirma par des hochements de tête.

— Tu y vas quand? demanda Nourredine.

— Vendredi prochain.

— Putain, t'as intérêt à te tenir à carreau. T'as vu dans *Le Parrain*? Si tu leur manques de respect, y te zigouillent.

— On va te retrouver découpé en cubes dans un sac-poubelle.

— Mais non, c'était dans *Le père Noël est une ordure*! Tu confonds tout, toi. Même qu'ils balancent la viande aux lions.

— Ah, l'autre! N'importe quoi! Qu'est-ce que t'en sais d'abord? T'as même pas la télé!

— En tout cas, dit Médo rêveur, quand elle viendra aux 408, ta Paula, faudra nous la présenter.

Je n'y aurais pas manqué. Malgré leurs airs de durs à cuire et leur verlan, je savais qu'ils rougiraient comme des premières communiantes dès qu'elle les regarderait dans les yeux. Si j'avais été un peu plus perspicace au cours de notre première rencontre, j'aurais deviné leur sensibilité, j'aurais évité de me défendre avec une seringue. Après tout, ils n'en voulaient qu'à mon car-table. Je les trouvais moins pernicieux que les fils à papa qui traînaient au collège. Eux, au moins, m'acceptaient comme j'étais ; mon grand-père n'était que mon grand-père.

Je ne m'étais battu qu'une fois depuis que j'étais arrivé aux 408, et cela m'avait attiré l'estime de ceux qui allaient devenir mes seuls amis. Toutes les techniques de combat étaient respectées, même les moins orthodoxes. Et malgré son abcès à la mâchoire, Nourredine avait été le premier à chercher ma sympathie. Les autres avaient suivi.

Nous avons quitté notre poste sur la colline de Velotte. Le soir descendait et nous avons regagné les cages à lapins en parlant du *Parrain*. Je sentais que Nourredine restait sur sa faim. Il me cuisina encore un peu au pied de l'immeuble :

— Allez, fais pas le chien, tu peux bien me dire si tu y as bouffé la motte !...

Regards outrés de tout le monde.

— Vas-y, mets la dose ! s'indigna Totor. Dis rien, Cole. Laisse-le moisir.

— Oh, putain, mais lâchez-moi ! s'écria Nourredine. J'demandais ça comme ça, c'est tout !

— Mais c'est toi ! insista Totor.

Je les quittai sur ces bonnes paroles.

Le vendredi, j'allai rendre visite aux Fortini. Paula me présenta à son père, Pépé, un homme presque chauve au sourire lumineux, à sa mère, Roberta, une jolie dame, aussi blonde que sa fille était brune, et à son grand frère, Frédéric, un jovial barbu de vingt et un ans qui avait toute la collection des Police. Stewart Coppeland à la batterie, un dieu !

Évidemment, ils me demandèrent quel métier je voulais faire. Je leur fis part de ma toute nouvelle vocation et, comme la batterie ne remportait pas leurs suffrages, cette famille de joaillier fit habilement dévier la conversation sur les pierres précieuses. On m'entretint de leur eau, de leur taille, de leur prix, et on illustra même cette démonstration avec une boîte d'échantillons qu'on alla chercher en bas, dans la boutique.

— Nous avons un coffre dans ma famille, dis-je. Là-bas, à Lélut.

Pépé, le père, tenait un roc transparent dans le creux de sa paume.

— Il contient des pierres? demanda-t-il.

— Oui, mais je ne sais pas lesquelles, et je ne sais pas combien.

— Votre grand-père doit savoir.

— Ça m'étonnerait.

Puis, je vis le parti que je pouvais tirer de cette discussion.

— Mais je pourrais aller les chercher, fis-je. Je vous les ramènerais, vous me diriez ce que ça vaut.

Puis, innocemment:

— On pourrait y aller pour le pont de la Toussaint, continuai-je en regardant Paula.

Roberta, la mère, sourit mais ne dit rien. Frédéric se passa la main sur sa barbe en s'exclamant:

— Oui, vous pourriez.

Pépé me fixa une seconde. Il reposa le diamant dans son écrin.

— Le temps d'aller et de revenir, finit-il par lâcher.

— Bien sûr, dis-je.

Chapitre 16

PENDANT LE VOYAGE EN TRAIN jusqu'à Lélut, Paula me demanda plus de détails sur ma famille. Elle avait fait la connaissance d'Aimée trois jours plus tôt, elle avait usé de son charme pour lui tirer les vers du nez, mais la vieille bête était rusée et s'était sortie habilement de tous les pièges. En fin de compte, c'était à moi de résoudre l'énigme.

Pour cruel que fût le sujet, je m'efforçai de lui donner des réponses. La vérité, c'est que je ne comprenais pas l'attitude de ma mère, je ne l'avais jamais comprise, et les explications que j'avais essayé de formuler pour résoudre ce mystère m'avaient laissé au mieux insatisfait, au pis déprimé. Depuis sept ans, je l'avais revue sept fois. Une fois par an, en été. Et chaque fois je m'étais trouvé en face d'un être poli, courtois même, mais qui ne dégageait ni tendresse ni affection. Parfois, je pensais que mon enfance, jusqu'à mes dix ans, choyée par une mère aimante et protectrice, n'avait été qu'un rêve. Le contraste apparaissait encore plus brutal à ma copine italienne.

Quant aux origines du coffre, Aimée avait été on ne peut plus évasif. Il avait parlé d'une vague tradition qui courait de père en fils et qui consistait à amasser un trésor, à agrandir le bien, ce genre de chose. Il s'était gardé d'être plus précis. Émile Œuvrard, présent à ce dîner, avait appuyé ce discours d'un chapelet d'exemples. Il avait cité d'importantes familles dans la région qui avaient amassé des trésors, des fortunes. La discussion avait dévié.

Autant dire que nous possédions peu d'éléments pour nous préparer à fouiller dans le passé des Dorian.

Le domaine sentait la poussière et l'humidité. Les chats l'avaient déserté, plus personne n'y habitait depuis sept ans. Un autre mystère : Pourquoi donc ma mère était-elle partie ? Nous dûmes nous escrimer avec la chaudière du chauffage central, puis avec les fuites d'eau qui se déclaraient un peu partout, enfin avec l'odeur de renfermé qui régnait dans toutes les pièces et qu'il fallut aérer. Au bout de trois heures, nous réussissions à redonner un semblant de vie à la baraque, dont toutes les jointures craquaient comme celles d'un arthritique. Nous montâmes dans les chambres, choisîmes le lit le moins humide, nous changeâmes les draps et nous fîmes l'amour jusqu'au soir.

Entre chaque étreinte, nous échangions des commentaires sur nos familles. Je m'aperçus que si Paula était capable de remonter jusqu'à la huitième génération de la sienne, je ne pouvais pas en faire autant. J'en conclus que les Dorian étaient négligents, qu'ils n'avaient pas la fibre familiale, que j'étais le produit d'une génération spontanée.

— Ne dis pas de bêtises, répliqua-t-elle. Je te promets que si ces murs pouvaient parler...

Après le repas, nous allâmes chercher le coffre. Je ne l'avais vu qu'une fois auparavant, planqué sous une pile de chemises dans la chambre des maîtres. Il était toujours là. Noir, grand comme une mallette, un peu plus épais, clos par des fermoirs en cuivre. Nous l'avons examiné longtemps avant de l'ouvrir. Paula frémissait à côté de moi, elle multipliait les phrases solennelles.

— Voici ton passé, Cole, tu vas savoir d'où tu viens et ce que tu fais sur cette Terre.

Je me sentais gagné par l'ambiance. Je tremblais un peu en introduisant la clé dans la serrure.

J'ai soulevé le couvercle et une pluie d'étincelles a jailli du coffre. Nous sommes restés interdits devant la lumière. Paula m'a serré le bras. Au bout d'un moment, elle a refermé doucement la boîte.

— Vous êtes fous dans votre famille, dit-elle.

Je l'ai regardée, elle avait l'air terrifié.

— Tu sais la fortune qui se trouve là-dedans? a-t-elle soufflé.

— Qu'est-ce qu'on fait? demandai-je.

Elle s'est emparée du coffre.

— On va les classer. Viens, il faut une grande table.

Nous sommes descendus à la salle à manger et nous avons commencé à trier les bijoux.

— D'un côté les pierres précieuses, de l'autre les pierres fines, a-t-elle décidé.

Comme je ne savais pas distinguer les unes des autres, elle m'a expliqué les gemmes.

— Les pierres précieuses sont le diamant, l'émeraude, le rubis, le saphir. Les pierres fines sont pratiquement toutes les autres: topaze, améthyste, chrysobéryl, agate, onyx, etc.

— Et l'or? Et l'argent?

— On fera des catégories à part. Il faudrait aussi reconnaître les bijoux selon leur époque ou leur facture, mais je ne suis pas si calée. On va simplement dégrossir un peu le chemin pour mon père.

Nous nous sommes mis au travail. Je lui passais de temps à autre une pierre dont je n'étais pas sûr. Les petits tas grossirent. Je remarquai que mes ancêtres avaient une affection pour le diamant et l'émeraude. Les bijoux travaillés représentaient la portion congrue.

— Tu crois que ça vaut cher? questionnai-je quand nous eûmes terminé.

— Au pifomètre, ça dépasse le milliard. Peut-être plus.

Elle s'est levée, elle est partie dans la cuisine, en est revenue avec des petits sacs en plastique. Nous les avons remplis, puis nous les avons placés dans le coffre que j'ai fermé à clé. Je faisais confiance à Paula, elle semblait faite du même bois que moi, trop tendre pour être malfaisant.

— Tu as des photos de ta famille? demanda-t-elle.

Je ne me souvenais pas en avoir jamais vu. Nous sommes pourtant partis en chasse dans toute la baraque. Nous avons fouillé l'endroit de fond en comble et je me suis senti triste car cette course m'a rappelé les heures où nous décorions la maison, ma mère et moi, en attendant la venue d'Aimée. Nous sommes revenus bredouilles. Pas le moindre portrait, la moindre représentation d'un membre de la famille Dorian, pas même un médaillon de montre ou un camée ciselé.

— De mieux en mieux! dit Paula. Vraiment étrange...

— Quoi donc?

Elle m'a regardé comme si j'allais la frapper.

— Dio mio! murmura-t-elle.

Je n'ai pas insisté. Nous avons pris une douche ensemble et j'ai décollé de ce monde quand je lui ai savonné le dos, puis les seins, le ventre...

☐

Nous sommes rentrés à Besançon et j'ai laissé le coffre chez Paula. Son père m'a signé un reçu. Quand je suis arrivé aux 408, Aimée n'était pas là.

— Ton grand-père m'a chargé de te dire qu'il revenait après-demain, déclara Ahmed. Que les dieux l'assistent dans ses démarches! As-tu fait tes devoirs?

Le lendemain, au lycée, Paula m'a attiré dans un
coin de la cour. Elle a jeté des regards soupçonneux un
peu partout puis, quand elle a été certaine que le KGB
ne nous écoutait pas, elle m'a embrassé. Je n'étais pas
dupe.

— Arrête de faire des mystères, dis-je. Raconte!

— On a trouvé un de tes ancêtres, me souffla-t-elle
dans le cou.

Elle m'avait annoncé ça comme si je venais d'avoir
un fils.

— Mais où? interrogeai-je.

— Dans la boîte. Le coffret de pierres précieuses?

— Dans la boîte?

— Il y avait un secret.

— Ben ça, oui! Personne ne m'a jamais rien dit.

— Non, non! s'expliqua-t-elle. Ça s'appelait comme
ça. C'étaient des compartiments cachés dans les meubles
ou les tiroirs. Le coffre en avait un énorme, une sorte
de double fond.

— Et qu'est-ce qu'il contenait?

— Mon père veut te voir ce soir.

— Mais, vingt dieux, mais dis-moi!

Elle secoua la tête. La cloche d'appel a sonné et tout
le monde s'est précipité vers sa classe.

— Il te montrera. Viens avec ton grand-père.

— Il est à Paris!

Elle a paru indécise. Elle s'est détachée de moi.

— Viens quand même.

Elle a empoigné son sac et elle est partie.

□

Giuseppe Fortini, dit Pépé, m'a ouvert la porte lui-même. Paula n'était pas là, ni le reste de la famille. Il semblait seul. Il m'a guidé vers une sorte de débarras dans lequel on avait aménagé un atelier d'orfèvrerie. Le coffre était posé sur l'établi, fermé.

— Assieds-toi, dit-il.

Il a ouvert le coffre avec des gestes pleins d'emphase.

À l'intérieur, j'ai reconnu les sacs en plastique. On y avait épinglé des étiquettes avec des chiffres.

— Tout d'abord, voici le résultat de mon estimation, dit-il en me tendant un papier.

Paula avait raison, cela dépassait, et de loin, le milliard.

— Maintenant, regarde, continua-t-il.

Il me présentait une poignée de pièces.

— C'est de l'or. Tu as une idée de quand elles datent?

— Non.

— Approximativement de l'an mille. Je dirais même que c'est antérieur. Mais ce n'est pas le plus étrange.

— Vous voulez parler du double fond?

— J'y arrive. Tiens, prends ça.

Il m'a donné une sorte d'entonnoir dans lequel on avait vissé une lentille. Je l'ai enchâssé sur mon orbite.

— Prends cette monnaie. Tu vois l'inscription gravée dessus?

— Romuald Dorian, lus-je.

— Et celle-là.

Je pressai la loupe contre ma paupière.

— Alphonse Dorian.

— Tu sais qui sont ces hommes?

— Non. De lointains parents peut-être...

Il a remis les pièces dans un sac.

— Peut-être, répondit-il.

Il s'est planté en face de moi :

— Je vais te montrer comment on déclenche le mécanisme du secret. Mais tu ne vas pas t'y mettre tout de suite. Tu vas attendre que je sois sorti d'ici. Je te promets que je n'ai pas regardé ce qu'il contient.

Il m'a pris la main, l'a conduite dans un angle du capitonnage du coffre. J'ai senti une excroissance sous mes doigts.

— Il suffit de pousser le ressort vers le bas, dit-il.

— Attendez. Comment l'avez-vous trouvé ?

— Les volumes intérieur-extérieur ne correspondent pas.

Il m'a laissé seul.

J'ai posé mon doigt sur la clenche dissimulée, cela a libéré un compartiment qui a sailli sur le devant de la boîte. J'ai tiré l'espèce de tiroir et un livre est apparu, un livre à couverture de cuir embossée de motifs médiévaux. Sur la tranche, il y avait un nom et deux dates : *Norbert Dorian, 1285-1350*. Quand j'ai ouvert le livre, un papier en est tombé, une simple note sur papier machine sur lequel on avait écrit « Pour Aimée » et que j'ai mise de côté.

J'étais plus qu'impressionné, j'étais bouleversé. Je me sentais au seuil d'une grande découverte. Paula n'avait pas menti, ouvrir les portes de son passé est une entreprise effrayante. Peut-être aurais-je mieux fait de refermer ce livre, de le ranger là où je l'avais pris et de n'en parler à personne. Mais la curiosité fut la plus forte et je déchiffrai le premier paragraphe :

« Comprendre n'est rien, créer est tout. À tous ceux qui liront ces lignes, je confesse que je n'ai pas eu d'autre but dans ma vie que de pousser mes contemporains à réfléchir. Je ne suis pas certain d'y être parvenu ou même d'avoir été compris, attendu que l'être humain ne s'interroge sur sa condition ou sur sa vie que s'il y est obligé. Je n'ai pas voulu, comme mes ancêtres, léguer un texte qui se contente de relater les différentes étapes de mon existence. Au contraire, j'invite le lecteur curieux (et je sais que vous l'êtes puisque vous avez découvert cet ouvrage) à une odyssée spirituelle. Le vieux Romuald lui-même, en édictant ses règles, nous convie à méditer sur la valeur de nos existences. Je ne souhaite pas autre chose, mais je voudrais aller un peu plus loin et piquer l'intérêt des générations à venir. De cette curiosité peut-être naîtra-t-il une âme de chercheur, et de cette âme un peu de ce talent dont on fait les grands hommes, ou même du génie. Je dois tenter ma chance.»

Quelqu'un frappa à la porte :

— Ça va, Coltrane ? demanda Pépé.

J'ai refermé le livre, je l'ai replacé dans sa cachette.

— Oui, oui. Vous pouvez entrer.

Il s'est tenu sur le seuil, et Paula est apparue dans son dos.

— Coucou ! fit-elle.

— Salut !

Son père s'est avancé un peu et elle est venue près de moi.

— Qu'est-ce que je dois faire ? demandai-je au joaillier.

— Je vais t'appeler un taxi.

— Je voulais dire, pour la boîte...

Il a penché la tête en mettant ses mains dans ses poches.

— Tu pourrais l'amener avec toi. Tu la montrerais à ton grand-père, mais...

— Mais ?...

— Mais tu n'habites pas dans un quartier très...

Il a cherché le mot une seconde.

— Très sûr, finit-il par dire. Tu as presque autant de pierres que la famille d'Angleterre là-dedans.

J'attendais la suite.

— Je peux les mettre dans mon coffre-fort pour la nuit. Demain, tu les déposeras dans une banque. Mais il faudra que tu ramènes la cassette chez toi. Je n'ai pas tant de place dans mon coffre.

Je me suis tâté un instant, puis je me suis dit qu'il m'avait confié sa fille, la prunelle de ses yeux, pendant un long week-end.

— D'accord, répondis-je.

Paula m'a souri. Je l'ai embrassée en vitesse quand son père est parti téléphoner. Évidemment, elle brûlait de savoir ce que contenait le secret. Mais, quand je lui répondis : « Un livre », elle a eu l'air de ne pas me croire.

Je suis reparti chez moi avec le coffre. Le chauffeur m'a dit que j'habitais dans un quartier mal famé, « pas chrétien ». Deux kilomètres de plus et il me parlait de la France qui partait en couille à cause des Arabes. Ce genre de gars se multipliaient ces derniers temps, ils sortaient tous de l'ombre comme une armée de gros cons. Ça devenait difficile d'être un homme libre. Difficile et dangereux.

— Vous êtes français ? m'a-t-il demandé dans le rétroviseur.

Je n'ai rien dit. Je pensais faire un coup d'éclat comme de cracher sur l'argent au moment de payer, puis de lui emboutir une aile d'un coup de pied et de me sauver en courant. Mais il avait l'adresse de Paula.

— Vous êtes français ? a-t-il répété.

Nous approchions. La voiture a monté la dernière rampe.

— Alors ? insista-t-il.

J'aurais voulu être tout sauf français à ce moment. Dans la bouche d'un tel abruti, c'était vraiment une question piège.

— Je ne suis pas dans votre camp, si c'est ce que vous voulez savoir, répliquai-je.

J'ai cru qu'il allait piler, mais il a continué sans un mot. J'ai ouvert un peu la fenêtre.

Quand je l'ai payé, je me suis abstenu de lui filer un pourboire. Il m'a lancé une injure, mais j'ai poursuivi ma route, le coffret sous le bras, en tortillant du cul, léger et tranquille comme un homme ouvert sur le monde.

□

Quand Aimée arriva, j'étais penché sur mes devoirs dans l'appartement d'Ahmed. Émile Œuvrard l'accompagnait et tous les deux ils ressemblaient aux Blues Brothers avec leur costume anthracite et leurs chaussettes blanches. La passation des pouvoirs s'est opérée en douceur : quand Aimée m'a embrassé, Ahmed a rangé son chronomètre.

— Tiens, c'est pour toi, a dit mon grand-père en donnant un paquet au sultan.

— Allah pleure des larmes de joie de te revoir !

— Ce n'est que du thé, tu sais. Il a été sage ?

— C'est un ange d'entre les anges.

J'ai remballé mes livres et mes cahiers, et nous avons rejoint notre appartement. J'ai tenu à être le premier à ouvrir.

Nous sommes entrés et Aimée a tout de suite vu le coffret qui trônait sur la table. Il a froncé les sourcils.

— Tu l'as ramené ?

J'ai lancé ma première bombe :

— Tu connais Norbert Dorian ?

— Oui, dit-il en blêmissant.

Je me suis avancé vers le coffret, je l'ai ouvert et j'ai déclenché le mécanisme. J'ai tiré le vieux manuscrit de son double fond.

— D'après ce que j'ai compris, ce sont ses Mémoires. Il y a une note pour toi, elle est de ton père, Abélard

Dorian. Je voudrais que tu m'expliques de quelle armoire il parle.

Je m'attendais à tout sauf à ça : il s'est effondré ! Il a chancelé, s'est appuyé contre le mur, mais finalement ses jambes l'ont lâché et il a glissé contre le papier peint. Émile a foncé à la cuisine, en est revenu avec un verre d'eau tandis que je dégrafais le col d'Aimée.

— C'est malin ! a grincé l'agent littéraire.

Aimée s'est recroquevillé sur lui-même, comme une huître au contact du vinaigre. Nous l'avons porté jusqu'au divan, ensuite nous l'avons débarrassé de sa veste, de sa chemise, nous l'avons aspergé d'eau froide. Il dodelinait de la tête avec les yeux à demi fermés. Émile m'a entraîné dans un coin du salon :

— Qu'est-ce que c'est que cette histoire ?

— J'en sais rien, répliquai-je. Tiens, lis.

Je lui ai passé la note d'Abélard :

« Mon fils bien-aimé,

Je voulais te prévenir contre ce livre. De tous ceux qui garnissent déjà l'armoire, celui-ci est le meilleur. Norbert ne m'a pas déçu. Toi, par contre, je crains que tu ne te sentes accablé par cet héritage, qui, je m'en rends compte, pèse déjà de tout son poids sur tes épaules. La plupart des bons ouvrages donnent envie d'écrire, dit-on, celui-ci donne l'impression d'avoir tout dit. Ouvre-le quand, bien vieux et bien épuisé, tu te sentiras vide. Il m'a permis à moi de comprendre beaucoup de choses sur notre famille. Je t'aime, mon fils.

Abélard Dorian »

Émile a soupiré :

— Alors ? l'interrogeai-je.

— Je n'en sais pas plus que toi.

Mais ce n'était pas vrai. Une lueur brillait dans son regard.

— Émile, dis-moi ! suppliai-je.

— Écoute, tu as déjà lu un bouquin de ton grand-père ?

— J'ai lu *Potentiel*. Mais je ne vois pas ce que...

— *Potentiel* ! Ce sacré *Potentiel* !

— Lecture imposée au collège, plaidai-je.

— Et le reste ?

Le reste, je n'y avais jamais touché. La prose d'Aimée Dorian, pour tout dire... J'ai fait non de la tête. Il a levé les yeux au ciel.

— Il faudrait que tu lises un peu, et pas que des conneries.

J'aimais Céline, Cavanna, Djian, Steinbeck, Fante. Je ne considérais pas ça comme des conneries. Mais je n'avais pas envie d'engager une discussion sur le sujet.

— Qu'est-ce qu'on fait ? demandai-je.

Il semblait que j'étais condamné à répéter cette question ces derniers temps.

— Tu vas lui chercher une bassine d'eau avec un gant de toilette. Rafraîchis-lui le visage. Il faut que j'appelle Laurence, je ne peux pas te laisser seul avec lui dans cet état.

Une demi-heure plus tard, le médecin arrivait.

— Il est en état de choc, dit le toubib en enlevant le tensiomètre. Il dormira toute la nuit. Si demain matin il est dans la même situation, allez aux urgences.

Émile et moi avons décidé de nous relayer à son chevet. Émile avait raflé le livre de Norbert : « Tu sais lire le vieux français ? Le patois franc-comtois ?... Alors, tu vois bien ! » Aimée respirait normalement.

Chapitre 17

À L'HÔPITAL, ils nous avaient expliqué qu'il fallait attendre les résultats des analyses, qu'en somme il y avait une toute petite chance, que le cerveau possède des ressources étonnantes. Je me demandais combien de sang avait jailli de cette petite veine, s'il était possible de noyer complètement les cellules d'un créateur. Émile et moi avions quitté le bureau du neurologue en silence.

L'agent littéraire devenait de plus en plus sombre au fil des jours. La lecture du livre de Norbert semblait l'affliger. Quand j'arrivais de l'école, il n'avait pas bougé, tel je l'avais laissé au matin, un pied sur le genou, plongé dans le manuscrit et attentif aux plaintes d'Aimée qui gisait sur le lit, tel je le retrouvais. Si je lui posais des questions, il ne répondait pas. Il évitait même de me regarder.

— Si le livre est aussi bien que le dit Abélard, cela doit lui couper la chique, me rassurait Paula.

Pépé, le père de ma copine, m'avait accompagné jusqu'à la banque avec la fortune des Dorian dans un attaché-case. Nous avions loué un coffre au nom d'Aimée. La caissière avait fermé les yeux quand j'avais imité sa signature. La vérité, c'est que je ne savais pas ce que je pouvais faire de cette richesse.

— Garde-la, m'avait conseillé Giuseppe Fortini. Tu auras bien le temps d'y trouver un usage.

Malgré mes lubies de batteur, il me considérait d'un meilleur œil. Je n'étais pas un si mauvais parti pour sa fille.

Paula passait de temps en temps aux 408. Elle apportait un peu de chaleur. Elle amenait des lasagnes faites maison ou une pleine gamelle d'osso buco. Elle nous redonnait vie. Je me suis mis à l'aimer pour de bon.

Enfin, Émile un jour me prit à part. Il avait terminé le livre de Norbert, mais il m'interdisait toujours de poser les yeux dessus.

— Il faut que cette histoire finisse, m'avait-il confié.

— Quelle histoire?

Il avait passé la semaine au chevet d'Aimée. Il était dans un état lamentable. Il avait soupiré.

— Le destin est un sale con. Si j'étais croyant, je prierais le bon Dieu. Tu as lu le journal d'hier?

Il parlait de plus en plus par énigmes.

— Écoute, Trane, demain tu viendras me rejoindre au pied de la citadelle.

Ahmed a frappé à la porte et je n'ai pas eu le temps de répondre.

Le lendemain, accompagné de Paula, je suis monté jusqu'à la forteresse. Émile nous attendait en haut de la pente. Dès qu'il a aperçu ma copine, il a fait la grimace:

— C'est mieux si Coltrane et moi restons seuls, lui a-t-il dit.

— Elle peut tout entendre, déclarai-je.

— Non! Ça ne la concerne pas.

Puis, à Paula, qui avait tourné les talons:

— Je suis désolé...

Paula a disparu.

Nous surplombions la ville, qui brillait dans la lumière d'automne. Une méchante bise nous coupait le sang. Émile s'est mis à marcher et nous avons longé le dos d'une combe. Le chemin s'est divisé en deux et il a pris la branche qui descendait dans le fossé. J'ai aperçu en contrebas un camion de la ville, un camion orange avec des hommes qui s'affairaient autour. Nous nous sommes arrêtés à mi-pente.

— Assieds-toi, dit-il.

— C'est mouillé par terre.

Cela m'a rappelé une ancienne conversation.

— On s'en fout, a dit Émile Œuvrard.

Il s'est posé dans l'herbe humide. Je l'ai imité.

— Tu vois ce qu'ils font? questionna-t-il en désignant le groupe de cantonniers.

Ils tournaient tous autour d'un arbre énorme, une sorte de géant dont la cime dépassait les murs des remparts. L'un des hommes avait sorti une tronçonneuse et bientôt un grondement hargneux nous parvint.

— Cette histoire doit finir, a murmuré Émile comme s'il essayait de se stimuler.

Il a sorti une fiole de sa poche, il en a bu une longue rasade, me l'a tendue machinalement. L'alcool m'a agressé le système puis m'a réchauffé.

— J'ai raconté à ton grand-père l'histoire de l'arbre aux pendues il y a plus de quarante ans, commença-t-il. À l'époque, il était plongé dans la mémoire de sa famille. Je n'en savais rien. De même que je ne savais pas que cet arbre qu'ils vont abattre a connu l'un de tes aïeux.

— C'est de Norbert que tu parles?

— Oui, c'est de Norbert. Il a vécu ici, sur cette combe, peut-être un peu plus haut, il y a sept cents ans. On l'appelait le Diable, il faisait peur. Mais maintenant je crois que je le comprends un peu mieux. Quoi qu'il en soit, beaucoup de contes de la région le concernent. Celui de l'arbre aux pendues n'en est qu'un parmi tant d'autres.

Il s'est calé sur une motte de terre et il m'a raconté cette très vieille légende tandis qu'en bas ils élaguaient les plus grosses branches puis s'attaquaient au tronc. Le vieux tilleul avait encore sa parure d'automne. Cela leur a pris du temps de couper un à un les anneaux de son âge. Je souhaitais vaguement que le gros arbre écrase un ou deux bûcherons dans sa chute. Quand Émile est arrivé à la fin de son histoire, le camion a tiré sur la chaîne et le tilleul s'est effondré tout doucement, sans faire de bruit, dans un grand silence de fin du monde.

— Je pense que Norbert avait trente, trente-cinq ans quand il a sauvé Besançon de la grande peste noire, dit Émile. Il vivait comme un banni. Personne ne l'a vraiment connu, sauf ceux d'Orsans. Et cela aussi, c'est une histoire que j'ai souvent entendue quand j'étais petit, à Landresse. Norbert ne dit rien là-dessus dans son manuscrit, mais je suis sûr que c'est un des épisodes les plus importants de sa vie.

Il a tiré de nouveau sa fiasque. Les cantonniers débitaient l'arbre.

— Orsans, c'est un village pas bien loin du mien, juste au bord d'un plateau calcaire. C'est d'ailleurs plus une clairière qu'un village tant les forêts alentour sont denses et sauvages. Du temps de Norbert, toute cette végétation était encore habitée par une foule de sangliers, de chevreuils, de loups ou d'ours, ces derniers ayant donné leur nom au hameau. Une rivière, l'Audeux, serpente entre les maisons, c'est un très bel endroit.

On dit souvent que le haut Moyen Âge est une des plus sombres périodes de l'histoire. Peut-être bien... Quoi qu'il en soit, il est vrai que pour se protéger des mauvaises saisons, des maladies, des deuils, on s'en remettait au bon Dieu, c'est-à-dire au curé. Et quand celui-ci mourait, c'était une grosse affaire. On attendait avec impatience celui qui allait prendre sa place. Orsans connut cette situation vers 1330 et, quand il fallut remplacer le prêtre mort, on vit arriver sur la route un colosse barbu, drapé de noir, un havresac sur le dos, une sorte de *beatnik* avant la lettre, chaussé de croquenots dévoreurs de chemins et tenant un long bâton de marche à la main.

Le nouveau prêtre avait cinquante, peut-être soixante ans, et les gens lui firent bon accueil. Il s'installa à la cure et on patienta jusqu'à dimanche pour juger de sa valeur. Le dimanche arriva et il fit une excellente impression à la première messe. L'une des plus grosses familles, les Calemain, l'invita chez elle après le prêche. Puis, ce fut le tour des Faurement et, au bout d'une semaine, Orsans était bel et bien tombé amoureux de son curé.

Il faut dire qu'il avait toujours un bon mot, un conseil avisé, ou une oreille patiente pour ses ouailles. En plus, il ne buvait pas, enfin, pas comme un ivrogne, et il savait garder un secret. Il n'avait qu'une seule habitude un peu drôle. En toute saison, il se promenait sur les chemins, l'air inspiré, et lorsqu'on lui demandait ce qu'il faisait il répondait mystérieusement : « Je me rappelle. »

Les années passèrent, les enfants grandirent, se marièrent, eurent d'autres enfants. Le curé, lui, ne semblait pas affecté par le temps.

Pourtant, un jour, il parut inquiet. Ses promenades devinrent plus courtes, il se mit à répondre d'un ton aigri à ceux qui le dérangeaient, tant et si bien que le maire, ou ce qui en tenait lieu à cette époque, se décida à aller le trouver. Il surprit le prêtre au milieu d'un amoncellement de papier qui recouvrait les tables, les bancs et les fauteuils. Le maire le pressa de questions et le curé finit par avouer qu'il voulait partir.

— Pourquoi ? demanda le maire.

L'autre rougit mais ne répondit pas.

Alors, la cuisine de la cure se peupla de gloussements, de cris pincés, de halètements et de vagissements
de plaisir. Cela venait de la maison d'à côté. En effet,
depuis peu s'était installé dans la bâtisse mitoyenne un
jeune couple qui passait son temps à « agrandir sa
descendance », selon le curé. Le maire rassura son
homme et lui promit qu'il arrangerait l'affaire.

Une aigre bourrasque poussa Émile à sortir son
flacon pour la troisième fois.

— Le maire fit comme il avait dit, poursuivit l'agent
littéraire. Il alla parler au couple. Il en connaissait
l'homme, Paul Calemain, mais la femme, une grande et
belle fille de Laviron, aussi souple et vive qu'une trique
de noisetier, il ne l'avait jamais rencontrée. Elle s'appelait Jeanne. Les deux amoureux se confondirent en
excuses et le lendemain la femme prépara une tarte
qu'elle alla porter elle-même au prêtre.

Ce fut magique, au bout d'une semaine, le curé était
redevenu le convivial gaillard que tout le monde aimait.
Non seulement l'épouse avait muselé ses ardeurs, mais
elle apportait presque tous les jours des offrandes à
l'écclésiastique et certains dirent qu'elle tenait même sa
cure en ordre.

Enfin, au bout d'un mois de ce commerce, un petit
garçon, Charles Faurement, entra dans le presbytère en
courant pour présenter son doigt coupé au curé et
demander au bon Dieu de le réparer. Le petit bonhomme trouva le salon vide mais, dans une chambre, il
découvrit le prêtre sans soutane, rouge et velu, couché
sur une Jeanne Calemain volcanique.

Le petit Charles se sauva chez lui et raconta toute
l'aventure à sa mère. Tu penses bien qu'avant le coucher
du soleil l'histoire avait fait le tour du village. Les gens

en parlèrent tout bas, mais se gardèrent bien d'avertir le mari cocu de son infortune.

Cette situation ne dura pas longtemps car, à la grande surprise de tout le monde, une semaine plus tard le curé s'en allait. Il expliqua que les cris d'extase avaient repris, que ses voisins ne savaient pas se tenir et qu'en conséquence il émigrait dans une petite grotte pas trop loin où il pourrait penser en paix. La seule réelle difficulté du déménagement résidait dans le fait que la grotte était habitée par un groupe d'ours grognons qu'il faudrait déloger à la force du poignet.

Paul, le mari de la belle Jeanne, se sentit coupable. Il promit qu'il se chargeait de faire fuir les ours. Le curé répondit qu'à midi il entasserait tout dans sa charrette et qu'on verrait bien.

Aux petites heures du jour, Paul s'avança vers la grotte. C'était une ouverture profonde, une plaie de roche dont on n'avait jamais exploré le fond. Le mari cocu gravissait la petite pente qui menait à l'entrée quand surgit un gros ours brun, lourd et puissant, qui reniflait d'une truffe méticuleuse cette aube de printemps. Paul lui barra le chemin, une hache à la main, et le plantigrade se dressa sur ses pattes postérieures. L'homme, vert de peur, leva sa hache et l'animal fondit sur lui. D'un coup de patte, Paul Calemain eut la gorge tranchée. L'ours s'acharnait sur le corps quand un énorme craquement surmonta le bruit de la lutte. Un rocher tomba de la falaise et la masse s'abattit sur les combattants, les écrasant sur place.

Toute la scène avait été suivie de loin par le petit Charles Faurement, galopin braconnier qui relevait ses pièges et qui vit les visages du curé et de Jeanne Calemain perchés au-dessus de la caverne. Dès que le rocher se fut immobilisé, le curé et sa compagne descendirent et s'engagèrent dans la grotte. Charles revint à Orsans à toute vapeur et alerta les populations.

Deux heures plus tard, une équipe d'hommes du village progressait dans le boyau rocheux qu'avaient emprunté le prêtre et la belle Jeanne. Le meneur de cette expédition passait ses épaules dans un col de calcaire quand il se figea. Une croix plantée à l'envers lui barrait le chemin. Le Diable était passé par là. On ne poussa pas les recherches plus loin.

Quelques années plus tard, Charles Faurement, qui n'avait rien oublié, revint à la grotte, bien décidé à élucider ce mystère. Une torche à la main, il s'aventura dans le conduit, passa la croix maudite et déboucha sur une vaste salle décorée de stalactites.

Il y trouva du papier, beaucoup de papier griffonné, des restes d'étoffes, ainsi que les pierres plates d'un foyer. Puis, près d'un gobelet en étain, il vit une marionnette d'ours miniature cousue dans de la toile de jute. Un enfant, un tout petit enfant, un nourrisson, avait vécu ici. Charles ramassa un des papiers qui parsemaient le sol et se mit à lire. C'était l'histoire du curé d'Orsans, le récit de sa longue vie de baroudeur. Son passage dans le village n'était en fait qu'une villégiature d'écrivain. Quand il disait « Je me rappelle », il ne mentait pas.

Émile se leva.

— Le livre de Norbert ne dit rien de cette aventure. En fait, son autobiographie ne m'a pas éclairé tant que ça sur son auteur. Les hommes qui prétendent tout dire sont ceux qui se dévoilent le moins. J'ai pensé qu'avant que tu te plonges dans la vie de Norbert il fallait que tu en connaisses l'un des chapitres les plus importants. Car je crois qu'après des années de vagabondage, de solitude, de misanthropie, de recherche aussi, quand il est arrivé à Orsans, entre un clocher comtois, un maire débonnaire, un mari cocu et un ours brun, Norbert était peut-être bien venu se chercher un fils. L'enfant qui est né dans la grotte s'appelait André. Après cela,

Norbert revint avec Jeanne à Lélut pour y finir sa vie. Il y installa une sorte de laboratoire d'alchimiste car il s'intéressait à la botanique, à la biologie, à la médecine, à l'astronomie, aux mathématiques, bref, à toutes les sciences reconnues hérétiques. Il poussa ses recherches aussi loin que possible, tout en sachant que ses efforts seraient anéantis par sa descendance. Le drame de Norbert, je pense, c'est qu'il n'était accepté par personne, même pas par sa propre famille, et qu'il le savait. Cela expliquerait ce manuscrit dissimulé et le fait qu'il ait hésité jusqu'à soixante ans pour avoir un enfant. Il a dû s'interroger longtemps avant de se décider à amener au monde un enfant qui le haïrait.

Émile s'élança vers le fond de la combe, les basques de son manteau flottant comme des ailes. Je le suivis.

— Attendez! cria-t-il aux bûcherons.

Il marcha vers une bille de bois qui saignait sa sève. Avec un couteau, il dégagea un copeau d'écorce qu'il me remit.

— Garde ça, dit le fils de forgeron. C'est le fameux « Oncques ne dérange le Diable » de l'arbre aux pendues.

Il me prit par le bras et nous entraîna loin du carnage.

— Je suis fatigué de parler, dit-il. C'est Aimée qui aurait dû te raconter tout ça. Seulement, hier j'ai vu dans le journal qu'ils allaient couper cet arbre, c'était une drôle de coïncidence, et puis Aimée raide comme une statue...

Nous avons gravi le flanc du fossé.

— As-tu lu *Le Domaine perdu*?

— Non, dis-je.

— Et *Seul*?

— Non plus.

— Vois-tu, dans *Seul*, le livre commence par ces mots: « *De mon père je ne parlerai pas, oncques ne dérange le Diable.* » C'est une histoire qui se passe aux temps féodaux. Mais ce n'est pas ce bouquin qui nous occupe. Revenons à Aimée. Il a écrit environ soixante livres depuis que tu es au monde et on a appelé ça sa « deuxième époque », l'époque des romans historiques. C'est seulement la semaine dernière que j'ai commencé à comprendre.

— Comprendre quoi ? questionnai-je.

Nous étions sur la crête, en plein vent. Il a frissonné à la première bourrasque.

— Ah, Trane... Ton grand-père ressemble à Norbert, il ne recule devant rien.

— Qu'est-ce qu'il a fait ?

— Je te le dirai plus tard. Tu sais, pour en finir avec l'histoire de la belle Jeanne et du curé cochon, je suis passé souvent à Orsans et, depuis la route, on aperçoit la grotte. Mais, il y a peu de temps, des gamins y ont tracé des graffitis. Maintenant, cela ressemble à un couloir de métro.

Il a lancé un regard mélancolique vers le tilleul tronçonné.

— Viens, allons-nous-en, dit-il, il fait trop froid ici.

Nous sommes descendus vers la ville.

□

Je ne me suis pas jeté sur le livre de Norbert. Je ne me sentais pas capable de lire cette aride prose du Moyen Âge. Mais j'ai acheté toute la collection des Dorian, *Historique*, la seconde partie de l'œuvre de mon grand-père, et j'ai commencé à lire. J'ai noté que le nom de la plupart des héros commençait par un A. J'ai aussi remarqué qu'ils suivaient tous le même schéma : enfance dans une petite localité, description des premières expériences, choix d'un métier ou d'une occupation, apprentissage, mariage, grands bouleversements intérieurs, puis la paix et le repos sous les arbres du domaine. Je me suis aussi amusé à relever les périodes de l'histoire dont traitait chaque livre et je les ai classées par ordre chronologique. Je notais des petites choses intéressantes.

Les résultats des analyses d'Aimée revinrent sans amener de réponses. Le docteur déconseilla qu'on l'hospitalise. Il était mieux chez lui, assurait-il, entre Émile, Paula et moi. Nous nous retenions d'espérer.

Aimée restait les yeux clos tout le temps, comme stupéfié. Il ne bougeait pas, ne gémissait plus. Il semblait détaché de nos petites préoccupations, bien qu'il comprît ce que nous lui disions. De temps en temps, je butais sur la mallette de son ordinateur et cela me rendait nerveux.

☐

La neige s'est mise à tomber, Paula s'est emmitouflée dans des écharpes parfumées. Au premier jour de décembre, j'ai habillé Aimée de son costume bleu clair. Ensuite, je l'ai assis sur une chaise et je l'ai supplié d'ouvrir les yeux. Au bout d'un moment, un regard éteint s'est glissé entre ses paupières. La table était dressée comme pour un banquet. J'avais mis un jean tout neuf et j'arborais un chandail bordeaux avec un col en V.

Nous avons attendu quelques minutes, lui figé, moi inquiet, puis j'ai entendu la porte de l'ascenseur s'ouvrir.

Émile est entré vêtu de son plus beau costume et ma mère le suivait dans un manteau en poil de chameau. Quand elle s'en est débarrassée, elle est apparue dans une robe de laine bleu marine qui lui dégageait les épaules. L'air s'est condensé autour de sa présence.

Poliment, elle m'a fait la bise et j'ai ressenti une contraction dans mes entrailles quand nos visages se sont touchés. Elle m'a passé une main sur la joue, un élan qu'elle a vite retenu.

— Aimée, tu m'entends? demanda Émile.

— Oui, dis-je. Il a ouvert les yeux quand je le lui ai demandé.

J'ai remarqué que ma mère se tenait à distance.

— Aimée, reprit Émile, j'ai lu le livre de Norbert. C'est bon, c'est très bon. J'ai parlé à Cole de l'arbre aux pendues, des livres que tu as écrits depuis qu'il est né, la deuxième période de ta production. Je crois qu'il a compris. Mais il reste ta fille.

Ma mère était de plus en plus sur la défensive.

— Regarde-les, Aimée, s'écria Émile, regarde-les bien, c'est tout ce qu'il reste des Dorian.

Les yeux vitreux allèrent vers ma mère, puis vers moi.

— Mettons-nous à table, décida l'agent littéraire.

Nous nous sommes assis, un peu tendus. Nous ne savions pas exactement ce que nous cherchions. La nourriture n'avait aucun goût. Émile a répété l'histoire de Norbert, il a évoqué les livres d'Aimée, sa période d'historien. Petit à petit, ma mère reconstituait le puzzle.

— Où est le livre de Norbert? demanda-t-elle.

Je l'ai pêché sur une tablette et le lui ai tendu. Quand elle l'a ouvert, la note d'Abélard s'en est échappée. Elle l'a lue.

— Qu'est-ce que c'est que cette armoire?

— Je pense que c'était le meuble où vos ancêtres rangeaient leurs livres, dit Émile.

— Quels livres?

— Leurs Mémoires.

— Leurs Mémoires?

— Ils écrivaient leurs Mémoires à la fin de leur vie. C'était une tradition, dit l'agent littéraire.

— Alors, pourquoi on a retrouvé celui-ci dans un coffret ? insista-t-elle.

Émile a allumé une cigarette.

— Parce que, d'après ce que j'ai compris, Norbert ne pouvait rien faire comme les autres.

— Et qu'est-il arrivé à cette armoire ? Je ne l'ai jamais vue.

— Moi non plus, assurai-je.

— Attention, dit Émile, je ne connais pas la réponse à toutes les questions.

Ma mère a piqué sa fourchette dans une croûte de pain.

— Est-ce que... Non, je crois savoir. Quel est le dernier livre qu'Aimée a écrit ?

— Le Pouvoir vide. Cela se passe sous la Révolution.

— Non, non, dit-elle. Je veux dire quel est le livre de sa période d'historien qui soit le plus proche de notre époque ?

— La Mécanique des anges. Cela commence un peu avant le début du siècle et s'achève dans les années cinquante, dit Émile.

— Et ça parle de quoi ?

— C'est la vie d'un pianiste.

— Qui s'appelle ?

— Abélard.

— Comme son père, dit-elle.

Elle continua de torturer son croûton de pain.

— C'est dommage que je ne l'aie pas lu, reprit-elle.

— Mais moi, oui, dit Émile. Posez-moi des questions.

Elle a arrêté de jouer avec son pain.

— Bien, dans le livre, Abélard a un fils, n'est-ce pas ?

— Oui.

Émile était devenu tout pâle.

— Il s'appelle René, dit Émile. Mais ce n'est pas ça ! Le fils veut devenir écrivain. Or, il a énormément de mal à vaincre la peur de la page blanche parce qu'il existe un héritage littéraire qui l'en empêche. Un héritage enfermé dans une armoire...

Nous avons tous regardé Aimée. Il avait fermé les yeux.

— Papa, dit Séverine, cela voudrait dire que les Dorian possèdent un héritage enfermé dans une armoire. Qu'est-il arrivé à cette armoire ?

Les paupières se rouvrirent lentement. Une nuance d'affolement perçait dans les prunelles.

— Où est-elle ? insista ma mère.

Aimée semblait faire un effort pour parler. Je me rapprochai de lui.

— Brûlée, murmura-t-il.

— Il l'a brûlée ! dis-je.

Ma mère s'était levée d'une seule détente :

— Mais, bon Dieu, mais pourquoi ?

Aimée resta tout droit sur sa chaise, un peu d'eau accumulée au bord des paupières.

— Quel salaud ! jura-t-elle.

Émile écrasa sa cigarette :

— Attendez ! Je crois que ce n'est pas si simple. Je viens de me souvenir que le livre d'Aimée qui traite de l'époque la plus reculée de l'Histoire et qui s'appelle *Les Morts ridicules* se passe au Moyen Âge, vers l'an mil. Le héros s'appelle Romuald et, à la fin de sa vie, il édicte des règles pour sa descendance : « Chaque fils aîné doit garder le secret sur... », non, ce n'est pas ça.

— Je l'ai lu celui-là, dit ma mère. « Chaque aîné mâle devra écrire le récit de sa vie lorsqu'il considérera le temps venu. Ensuite, il placera son manuscrit en sécurité auprès de ses pères. » Elle a fait une pause : « Chaque père aura la charge de faire lire ce manuscrit à son fils *et à lui seulement.* Il est important de garder le secret sur cette entreprise au reste du monde. C'est la garantie que chaque autobiographe pourra s'épancher librement, sans crainte d'indiscrétion.»

— Chaque aîné mâle! insista Émile. Mâle!

— Et alors? dit Séverine.

Elle resta muette une seconde, puis elle foudroya son père du regard.

— C'est parce que je suis une fille! C'est ça? Ah, nom de Dieu!

Émile s'interposa.

— Aimée a cru être le tout dernier à porter le nom des Dorian, plaida-t-il. Il faut comprendre qu'il ne voulait pas qu'un tel héritage se perde dans une autre famille. Vous l'avez pris par surprise en gardant votre nom de jeune fille et en le donnant à Coltrane.

— Et c'est à ce moment qu'il a décidé de réécrire et de diffuser le si précieux et si secret héritage pour un public aussi large que possible! ricana ma mère. Non, Émile, ça m'étonnerait que vous puissiez justifier ça. Moi, je crois qu'il a agi en égoïste depuis le début.

Je n'avais encore rien dit. Ils me regardèrent d'une drôle de façon quand j'ouvris la bouche.

— Émile a dit qu'Aimée avait du mal à écrire, avançai-je. Abélard raconte que l'héritage de l'armoire «écrase» son fils. Je ne suis pas écrivain, mais je peux comprendre ça.

Cela a eu le don de clouer le bec à ma mère. Je n'avais pas comme elle la même image d'Aimée. Moi, il ne m'avait pas abandonné. Même, à choisir entre lui et elle, je l'aurais pris lui. Je le comprenais mieux.

— Il a raison, dit Émile. En tout cas, il est trop tard pour en vouloir à Aimée.

Ma mère se rassit et recommença à triturer son pain. Je crus bon, puisque nous en étions aux règlements de comptes, de poser mes cartes sur la table. Cela me sortit du ventre, tout droit, sans que je puisse rien y faire.

— Maman, dis-je, pourquoi m'as-tu abandonné?

Elle s'est arrêtée de bouger, pétrifiée. Émile n'a pas osé intervenir. Je fixai ma mère en silence, elle scrutait son bout de pain.

— Je crois que je ferais mieux d'aller dormir, dit-elle.

— Ce n'est pas vrai, m'écriai-je. Tu es comme lui, comme moi, tu ne dors presque pas! Tu vas réfléchir toute la nuit. Tu vas te passer le film de cette soirée image par image. Parce que tu es comme lui, parce que tu es comme moi, parce que tu es une Dorian et que tu possèdes une mémoire qui ne te fiche jamais la paix.

Elle est allée chercher son manteau.

— En tout cas, j'ai besoin d'air.

Elle s'est dirigée vers la porte. Émile s'est précipité et il l'a accompagnée jusqu'en bas. Il est revenu avec les mains dans les poches, plus maussade que jamais.

— Tu crois que je n'aurais pas dû? demandai-je.

— Ça ne fait rien, Cole, laisse tomber.

Nous avons couché Aimée. Il avait gardé les yeux ouverts et paraissait ne plus vouloir les fermer. Je lui ai fait une bise sur le front, puis je suis parti dans ma chambre. Je me suis couché et j'ai agrippé les draps.

Les racines, la filiation, l'hérédité, ces mots n'avaient pas eu jusque-là de grande signification pour moi. Je n'avais jamais eu de cousins, de tantes, d'oncles. À dix ans j'avais été arraché de mon noyau familial — sans compter que le domaine avait été abandonné et que nous ne possédions plus de maison où nous retrouver. Je ne pouvais pas dire qu'on s'était efforcé de développer ma fibre familiale. Pourtant, je n'en tenais pas moins debout, droit sur mes jambes, et solide et assez content de moi en plus. Qu'avais-je besoin de ces foutues racines, de mes parents, de leurs tics, de leurs petites manies, de leur folie ? Je pouvais bien grandir sous l'aile de mon grand-père, ou de quiconque m'aurait adopté, une louve ou un troupeau de singes aurait fait l'affaire. Je n'avais pas les mêmes intuitions que ma mère, je ne me sentais pas des pulsions mystérieuses, je n'éprouvais pas l'appel des générations. Dans mon sang bouillaient des minéraux, des protéines, pas de l'histoire. La légende des Dorian, comme celle des Capet ou des Bonaparte, ne signifiait rien. Qu'un fils d'empereur soit élevé par un berger et il deviendrait berger.

Les Dorian avaient été paysans, maréchaux-ferrants, artistes, commerçants, vagabonds, que sais-je ? La galerie des ancêtres mettait le trésorier à côté du passeur, l'avare à côté du contemplatif, le vinaigre à côté de l'huile. Mais qu'est-ce que cela avait à voir avec mon identité, avec ce que j'aimais, ce à quoi je rêvais ? Est-ce que tout cela me donnait une raison de vivre ? Paula, elle, ne vivait que pour sa famille. Non, disons plutôt *par* sa famille. Elle extrayait du foyer familial la sève qui l'aidait à acquérir son autonomie. Moi, j'étais le fruit de mille ans d'histoire et j'avais grandi comme une mauvaise herbe, arrosé par le chiche amour d'un vieil égoïste. Mais c'était bien suffisant. Je ne me sentais ni moins ancré ni plus instable dans la vie. Alors ?

Alors je venais de recevoir mon passé en pleine poitrine, un passé qui m'appartenait malgré tout. À travers les livres de mes aïeux qu'Aimée avait en quelque sorte recopiés, j'avais noté mille et un traits de caractère, mille et une similitudes dans leur façon de penser ou d'agir qui me parlaient de moi-même. J'étais issu, directement issu, d'une lignée qui avait germé sur les marches d'un orphelinat parisien et qui avait habité, décennie après décennie, patiemment, un coin de Franche-Comté. Et j'avais hérité d'un gène, une chose ridicule qui avait traversé les siècles convoyée par les artères de mes pères et qui promettait de me rendre fou. Je comprenais Aimée tout à coup, et ma mère, l'ingrate Séverine, et Norbert l'écorché vif, et Abélard l'éclairé, André le bon vivant, Alain le pieux, je retrouvais en eux ce que je portais en moi, leur mémoire, leur sacrée mémoire, mille ans de souvenirs dans une armoire secrète, et c'était beau, et c'était terrifant. La mémoire infaillible conduit à la folie. Je voyais ça à présent, le poids du souvenir est une charge insupportable. Savoir tous les travers d'un homme, connaître ses moindres secrets, ses moindres peurs le transforment en monstre, en une sorte d'animal de laboratoire transparent. C'était cela, mon problème : ma mémoire cuisait à feu doux depuis une éternité, mais je n'avais pas choisi les ingrédients qui étaient tombés dans la marmite ; on me demandait juste d'entretenir le feu. Et cela m'épouvantait.

Toute la nuit, j'ai dérivé dans une soupe insomniaque écœurante, en proie aux mêmes questions et aux mêmes contradictions. À la vérité, je n'en pouvais plus d'être un Dorian.

Épilogue

MA MÈRE EST REVENUE AU PETIT MATIN. Elle portait la même robe bleue, mais cette fois elle sentait le tabac froid. Elle a frappé trois coups discrets contre la porte et j'ai ouvert tout de suite. Je n'ai pas réveillé Émile, qui dormait sur le divan.

— Allons nous balader, dit-elle.

J'ai pris un manteau et je l'ai suivie. Un taxi nous attendait en bas. Nous avons traversé la banlieue et nous sommes allés au centre-ville, dans la boucle, nous avons débarqué dans la rue des Granges. C'était un matin d'hiver au museau froid mais aux yeux brillants. Elle m'a pris le bras et nous avons remonté la rue lentement.

— Où est papa? demandai-je.

— Il est à Guérande.

— Guérande?

— C'est en Bretagne. Tu verras, c'est une jolie ville. Tu as une copine?

— Oui, dis-je.

Et, sans raison particulière, je rougis.

— Comment elle s'appelle?

— Paula.

— Elle est italienne.

— Oui.

— Il faudra que je la rencontre.

Je la voyais s'avancer au bord du gouffre. Elle y allait à petits pas. C'était peut-être le froid mais, de temps à autre, elle se mordait les lèvres, ou alors elle laissait échapper une larme d'eau pure.

— Tu crois qu'Aimée se serait rappelé toutes les autobiographies qu'il y avait dans l'armoire? demandai-je.

— Il en est bien capable, dit-elle. Ensuite, il aurait traduit les textes dans son style à lui. Avec la mémoire qu'il a... Il retient tout. On dit que le cardinal de Richelieu était pareil, qu'il pouvait réciter dans sa totalité n'importe quel discours après l'avoir entendu une seule fois, quelle que soit la longueur du texte.

— Mozart avait le même don en musique, pontifiai-je, des opéras de cinq heures s'il voulait. Et puis, si l'on voit ce que n'importe quel chirurgien doit ingurgiter comme connaissances!... La somme du savoir grandit mais il semble que cela reste dans les limites mnémotechniques de l'homme.

J'employais des grands mots un peu à tort et à travers, mais j'avais envie de lui en mettre plein la vue. Elle a souri.

— Nous vivons dans un monde de plus en plus compliqué, concéda-t-elle.

Nous avons marché encore un peu. Les premières plaques de givre se cristallisaient sous nos pas. La ville n'était pas encore éveillée, les lampadaires n'étaient pas éteints.

— J'ai vécu toute ma vie à Lélut, commença-t-elle (et j'avais cru que ce moment n'arriverait jamais). Aimée est parti courir après la gloire et il m'a laissée entre un lac et une montagne, il ne s'est pas occupé de moi. Claude, bien sûr, était là, mais je n'avais pas de mère, pas de père, pas d'avenir. Pas de passé non plus. Quand j'ai eu trente ans, j'ai eu envie d'écrire, d'écrire ma vie. Je ne savais pas à l'époque d'où me venait cette envie.

Je me suis dit hier soir que l'on sent les choses parfois sans pouvoir les expliquer. Cela ne leur ôte pas leur force, au contraire. En tout cas, j'avais envie d'écrire, une envie irrépressible. Mais je n'avais rien vécu. Quand je me suis retrouvée devant une feuille blanche, je me suis aperçue que j'étais toute vide. À l'époque, Aimée était revenu dans ma vie. Il voulait se faire pardonner, il voulait une autre chance, bref, nous avons passé une sorte de pacte. Il s'occuperait de toi pendant un an, et moi je voyagerais, j'irais découvrir le monde. C'était pour moi une sorte de congé sabbatique. Au bout d'un an, je n'avais pas encore rassasié ma faim de découvertes. Et puis j'ai vu que tu n'étais pas malheureux avec lui. Alors, je t'ai laissé une autre année, puis une autre encore. Et ainsi de suite. J'essayais de ne pas m'attacher à toi quand je te revoyais. Je voulais rester indépendante... souffrir... C'est idiot, non ?

— Mais tu n'aurais pas pu m'emmener avec toi ?

— Je ne savais pas où j'allais, je ne savais pas ce que je voulais. Je me disais que je faisais une folie et qu'il valait mieux que je sois seule à en subir les conséquences. Le monde me faisait peur à l'époque, je m'imaginais des choses horribles.

— Et papa ?

Elle a eu une moue amère. Une larme est tombée sur le col bleu marine de sa robe :

— Ton père m'aime, dit-elle comme si cela expliquait tout.

La rue a débouché brusquement sur une grande place. Le conservatoire était posé au bout avec ses fenêtres trouées par les premiers rayons du soleil. J'y suivais des cours de percussion depuis deux mois, c'était la chose la plus dure et la plus belle que j'avais jamais faite dans ma vie. Nous avons déambulé jusqu'au pont Battant, elle s'appuyait sur mon bras.

— Tu viendras nous voir en Bretagne ? demanda-
t-elle.

— Vous n'allez pas revenir au domaine ? m'étonnai-
je.

Elle fit non de la tête, soupira :

— Pas pour y habiter en tout cas. Je crois que cela
ne m'appartient plus. À Aimée, oui, à toi aussi, mais
moi... Je suis partie, j'ai voulu me défaire à tout prix des
liens qui me retenaient. Peut-être plus tard... Enfin, je
ne sais pas.

— Je viendrai vous voir, laissai-je tomber.

☐

Nous avons tous écrit dans notre famille, nous avons
tous eu besoin de nous raconter pour exorciser nos
démons. Moi-même, j'ai cru que j'étais guéri de cette
manie, et je me retrouve à vingt ans avec un manuscrit
de deux cents pages. Aimée dit qu'on ne peut pas s'en
empêcher, que la coccinelle a engendré un camion
trente-huit tonnes. Il est content, je pense, d'être
revenu à Lélut. Il me jure qu'il retournera un jour vivre
avec moi aux 408, qu'il voudrait profiter de la compagnie de Paula, qu'Ahmed lui manque, mais ça
m'étonnerait qu'il parte du domaine.

Il travaille encore, mais d'une autre façon. Il prend les
choses moins à cœur. Avec Émile, ils se sont mis en tête
de traduire en français moderne le manuscrit de Norbert,
et les deux flibustiers ne plaisantent pas. J'entends le
clavier de l'ordinateur sous les doigts de l'agent littéraire
et le tapotement de la canne d'Aimée qui arpente la
bibliothèque. Ils s'amusent bien, je n'irais pas leur ôter
leur jouet pour tout l'or du monde. De temps en temps,
ils s'engueulent et, parfois, ils restent deux jours sans
s'adresser la parole. Ils essaient alors de me soudoyer,
m'invitent à prendre parti, et je m'arrange pour enveni-

mer la querelle, pour leur griller le cœur, sacrés crocodiles.

Les médecins disent qu'Aimée est encore fragile, mais c'est mal le connaître. Quand ma mère nous a envoyé son manuscrit, il a arraché le paquet des mains du postier et s'est enfermé pour tout lire d'une seule traite, sans dormir, sans manger, un crayon rouge à la main et ses lunettes aussi opaques qu'un ciel d'orage. Même les chats n'ont pas osé le déranger. Ensuite, il a renvoyé le manuscrit corrigé à «Séverine» avec une lettre d'explication à l'appui. Que nous l'aurions tué, Émile et moi! parce qu'il nous a fallu attendre un second envoi pour enfin lire le livre.

Écrire est une étrange chose. J'ai redécouvert ma mère à travers son manuscrit. J'ai même presque réussi à la comprendre. Quand elle viendra en Franche-Comté, je lui parlerai. Mon père m'a écrit lui aussi, mais une simple lettre de quelques mots, sans figures de style, sans fioritures. Il est content qu'un autre bébé soit en route. Celui-là s'appellera Longchaland.

☐

Avant-hier, par mégarde, j'ai pénétré dans la chambre d'Aimée. J'ai vu qu'il travaillait sur un nouveau livre. Sur son bureau, il y avait un paquet de feuilles. Je n'ai pas pu m'empêcher d'y jeter un coup d'œil.

«Je suis né à Lélut, mon père s'appelait Abélard, il était pianiste. Ma mère, je ne l'ai pas connue. J'ai grandi près du lac Moirand, comme tous les Dorian, et comme eux, je vais raconter l'histoire de ma vie.»

Je ne suis pas allé plus loin. J'ai eu une sorte de crise de jubilation silencieuse qui a éclaté en picotements nerveux. Ensuite, je suis parti tout doucement, et j'ai fait signe aux chats qui m'accompagnaient de ne pas me dénoncer.

Table

CET OUVRAGE
COMPOSÉ EN GALLIARD CORPS 12 SUR 14
A ÉTÉ ACHEVÉ D'IMPRIMER
LE SEIZE MARS MIL NEUF CENT QUATRE-VINGT-DIX-HUIT
PAR LES TRAVAILLEUSES ET TRAVAILLEURS DES PRESSES
DE L'IMPRIMERIE AGMV-MARQUIS
À CAP-SAINT-IGNACE
POUR LE COMPTE DE LANCTÔT ÉDITEUR.

IMPRIMÉ AU QUÉBEC (CANADA)